U0466042

凰川湾里的中国

王顺法 著

江苏凤凰文艺出版社
JIANGSU PHOENIX LITERATURE AND ART PUBLISHING

图书在版编目 (CIP) 数据

凰川湾里的中国 / 王顺法著 . -- 南京: 江苏凤凰文艺出版社，2022.11

ISBN 978-7-5594-5317-4

Ⅰ . ①凰… Ⅱ . ①王… Ⅲ . ①散文集—中国—当代 Ⅳ . ① I267

中国版本图书馆 CIP 数据核字（2022）第 190660 号

凰川湾里的中国

王顺法　著

责任编辑　朱雨芯
责任印制　刘　巍
出版发行　江苏凤凰文艺出版社
　　　　　南京市中央路 165 号，邮编：210009
网　　址　http : //www.jswenyi.com
印　　刷　江苏图美云印刷科技有限公司
开　　本　880 毫米 ×1230 毫米 1/32
印　　张　8.875
字　　数　198 千字
版　　次　2022 年 11 月第 1 版
印　　次　2022 年 11 月第 1 次印刷
书　　号　ISBN978-7-5594-5317-4
定　　价　48.00 元

画卷与心史

读王顺法的《凰川湾里的中国》，心中不禁涌起关于岁月，关于成长，关于亲情与世情的一些思索。

顺法提供给我们的诚然是一部磊然的平民之书，百姓故事，大众情怀，老老实实，从从容容，没有豪言壮语，亦不属慷慨悲歌。

但这又是一本大书，有着非同寻常的意义。之所以可以称之为“大”，不在于它有多大的篇幅，多华美的辞藻，多缜密的结构，多惊人的巧思，而在于有蕴藏其中的大胸怀和大境界。

顺法的散文真诚、宽阔、坦荡，他所建构的文学世界是立体的，多面的，又是有机的，是以自我写时代，以个人写群体，以村庄写中国，色彩斑斓，杂花生树，给人以不少启发。书中的一篇篇文字，既像一幅幅素描图或写生画那样，各自独立，又相互有联系，徐徐展开之后，便构成了多彩乡村风俗和人情的画卷，让那个位于江苏宜兴的小小凰川湾，成为承载中国一段独特历史，承载着中国人别开生面心史之所在。

顺法的这些散文首先是从写自我出发，由个别通往普遍的。他像所有深谙文学之道的作家那样，将个人的过往作为文学书写的起点及指归，作为建立起与广大世界联系的唯一可靠渠道，以此来安放自己文学王国的基石。阿根廷作家埃内斯托·萨瓦托曾经说过："在任何情况下，只有一条隧道，一条阴暗孤独的隧道：我的隧道。在这条隧道中有我的童年、青年和我的一生。"

从某种意义上说，每个作家的书写都是在修建和加固自己与外部世界联系的通道，他将自己由童年、青年到壮年的成长过程，看做是社会对自己不停顿的考验，个体则是在不断地迎接和跨越这种考验。如他在后记里所说的那样，他以"总有一种向上的劲"的精神，不断奋力开掘那条"我的隧道"，打通自己与生活即外部世界的联系。

应该说，顺法的"开掘"之路殊为不易。乡村的现实像是一位冷酷的长者，很早就教会他，必须早日"选择去做一个优秀的自己"。我与顺法年龄相仿，同样出生在20世纪60年代初期，那时物质极端匮乏，他出生后营养跟不上，长得又瘦又小，小时候经常生活在别人的白眼中，他由此逐渐明白了这样一个道理——命运一定得掌握在自己手中，他更清醒地意识到，"光有豪言壮语没用，唯有脚踏实地去干"。

所以，他在学校勤奋好学，学习成绩永远能排在班级前三，在外面，他力争多出力多干活，努力给家里增加一些收入补贴家用。他身上那种不服输的精神，来自艰难现实生活的触动，来自对"物竞天择"这一道理的深刻领悟，是他自我意识的苏醒，更是对改变自己命运的一种坚定执念。也正因为有了这种意识，才促使他小小年纪苦苦哀求去参加挖大渠修水利的工程，强撑着瘦弱的身体，干与壮劳力一样重的活，日夜奔忙劳作，直至累倒在床上，从而赢得人们的刮目相看。高中辍学后他并不气馁，发挥特长，编唱词，写报道，排节目，靠真本事十九岁进入大队办公室，成为农村青年人人羡慕的对象。三十四岁更辞去村主任一职下海创业，白手起家，招工办厂，开拓市场，成为名闻遐迩的乡镇企业家。从企业管理者岗位卸任后，接连出版几部长篇小说，成为一位誉满省内外的著名作家。

可见，顺法的奋斗史，相当典型地反映了中国当代优秀分子与时代同行，与共和国同心的情怀，他的奋斗历程，像一滴露珠反射出了太阳的光芒，同样折射出了广大有志气有作为的当代中国人奋斗与创造的普遍追求和心史。

好的文学总是以情动人，顺法的散文打动人心的，还有那真挚、朴实而纯粹的情感。他在散文中记录和抒发了对自己的父亲母亲的深厚感情，对自己家乡的真挚依恋，而这种抒发，最终都能从中获得启迪和力量。

儿女是母亲眼中的宝贝，顺法母亲那句对儿子充满怜爱之情的“偶的宝”，唤起的是依恋的柔情，更是让他自律、向上的力量，“它长驻我心口，鼓舞着我，激励着我，一如我生命之舟航行的灯塔，始终在照亮着我前行的方向，让我从不迷航。”我很喜欢《洗头》一文，这篇散文表达的顺法与妻子相濡以沫的深情感人至深。为丈夫洗头，是顺法妻子三十多年来日常生活中最为重要的一个功课，是维系他们夫妻感情的一根重要纽带，顺法借妻子为自己洗头，写出了妻子可贵的忠贞、痴情和憨厚。或许，世上到处都能觅到黄金，但最让人习焉不察的珍贵，恰恰是自己身边这种金子一样的感情。这部散文集子中写了大量栩栩如生的人物形象，其中最光彩照人的，便是顺法的母亲（娘）和他自己的妻子（俏枝），她们之所以有着辉耀人心的力量，就在于她们都有着至为真挚牢固的情感坚守。

正如别林斯基所说，文学是民族的自觉，反映着民族的精神和生活，文学又像是一种事实，从里面可以看出一个民族所肩负的使命。王顺法的散文和他之前创作的长篇小说《扬州在北》等一样，是充分现实主义的，就在于他见微知著地写出了自己所在的那个村庄的爱恨情仇，乡亲们所经历的酸甜苦辣，让我们看到了在新中国艰难进步的历程中，一代又一代乡村的人们如何挣扎、突围，如何创造与歌哭，这是它作为一部“大书”的突出价值，充分表现了作者对写作的一种自觉意识。顺法所书写的一切，明白无误地告诉我们，中华民族生生不息的创造，来自无数普通人的奋斗、追求，他们的悲欢与忧喜，正是整个民族进步律动的现实体现。生活总是意味着感觉和思索，饱受的苦难和享受的快乐被感受到的越多，就生活得越多，被记录得越多，就越具有生命的自觉意识。作为一位写作者和真正热爱生活的人，王顺法再次以自己的书写，留下了时代的画卷与心灵的史诗。

以为序，并以此表达对作者的敬意。

梁鸿鹰
2022 年 10 月 11 日，北京西坝河
（序言作者为《文艺报》总编辑）

目　录

偶的宝

偶的宝 · 003

我的“贼”爹 · 019

桃　子 · 029

一把夜壶 · 035

洗　头 · 039

记忆里的秦淮河 · 046

爹与他的竹扁担 · 053

趣角儿

春　叔 · 077

伏　龙 · 091

演　戏 · 113

刘百万 · 131

黄鳑鲏 · 146

趣角儿 · 156

村西口

村西口 · 173

生死场 · 176

故乡的小河 · 186

消失的轱辘声 · 195

喝喜酒

焐　鸡 · 203

捕蟹记 · 207

撞名记 · 211

喝喜酒 · 216

生死镜

印　记 · 223

娘　师 · 232

顺　林 · 236

生死镜 · 240

志圆和尚 · 251

代后记

映山红静静绽放 · 267

偶的宝

偶的宝

1

娘一辈子说的话，都装不满嫁进王家时带来的一个由松木做的白坯子针线匣。可她是金口，叫过我的一个昵称统共也才几次，却全挂在我心头，至今不时叮当作响。

娘第一次叫我“偶的[1]宝”，我心里还曾划过一阵她犯了啥毛病的感觉。

那年，我八岁。

隆冬之夜，外边滴水成冰，冷得山村里的每一条狗都缩着头窝在草堆中不愿出声。我一觉醒来，耳里除听到娘在用麻线扎着千层鞋底发出的“吱嘎”“吱嘎”，还有的，便是门前光秃的苦楝树梢，被北风刮过发出的凄楚“嘘”声，它好像鬼魂在野坟地难受得打滚。那风从裂着一条条半指宽的门缝挤进屋里，让人害怕。好在睁开眼就见娘仍

① 偶的：方言词汇，意为“我的”。

坐在床头做着针线活，我心里略感安稳。

家里晚饭的习惯，是喝一通汤水能照出人脸的薄粥。尿多，只要醒来，便是赶紧咬着牙将赤膊的身子挺着钻出被窝，拎起床前的大号夜壶长长地放上一泡。

夜壶口哗啦啦响着。我顺便向娘瞥了下，见她面前那只用墨水瓶做的油盏灯火挑得实在太小，昏黄的一星灯火，让娘每扎一针鞋底，就要将一双深度的近视眼与灯火凑个脸。因为天太冷，抿着嘴唇纳鞋底的娘，每出一口气，鼻子里就会冲出两条像小白龙一样的气体，直撞灯火。油盏灯该已燃着灯脚的油污了，这让娘每吸一口气，这灯芯上蹿着的小黑龙就会趁机拱一下她的鼻孔。

人高的土坯墙隔在西屋中间。后房两张毛竹爿床上躺着的三个哥哥早都睡了，前房这张从地主家分得的大木床上，排放着两条黑棉絮。里间那条加盖着老棉袄老棉裤的被絮里，爹正像一段木棍似的一动不动地睡在一头。睡他脚头的则是五岁的小妹，她紧抱着爹的一双老脚。妹的小小胸口是爹的脚炉，让爹睡得鼾声均匀。

我与娘睡一条被。见娘这般操劳，在放下夜壶时，我轻声道：“娘，四儿把被子焐热烘烘了，您也钻进来吧。”

听过这话，娘停下了针线，她先没回我，只是用双指捏针的右手理了理散落在前额的刘海，微笑着盯我看了两眼，在鼻子里又随一口重气冲出两条小白龙后，这才对我悄悄来了一句：“嗯哩，偶的宝。”

习惯于爹娘称我为四儿，再钻进被子，就感觉听娘这声“偶的宝”心里很是别扭，好像娘有哄我的意思。

村上人大多是新中国成立前后从苏北逃荒过来落的户，男人、孩子已基本一口当地方言，唯那些上了年纪的女人们，相互间交流时大多仍操着变了腔的苏北口音。这类人，家里娃少的，做娘的还会叫自家娃儿一声“偶的宝”，我上有三个哥哥，下有一个妹妹，不论从啥角度，都是最不受待见的，还能让娘称“偶的宝”？况且娘是土生土长的本地人，学苏北女人腔叫我，我想，娘不是纳鞋底纳昏头了，就是在寻我的开心。

不过，这别扭也就是闪念之事。我体谅娘的辛苦，让自己娘取个乐又有啥？想着不久就要大年三十，很快就会有吃红烧肉的好事，我在连咽了几口口水后，就香香入梦。

2

这年放寒假的那天。下午，扫完教室，我从学校回来时，在紧贴校门的汽车站里躲了一会。待同学们走尽，便瞪着灯笼大的眼睛，在候车室仔细搜寻着烟屁股。

公社偏僻，一天仅两班从县城往来的客车。小站两间屋，大屋一间，墙角放了条可供五人坐的长条背椅，算是候车室。里间卖票，兼售票员的休息室。

小车站就一个人，男售票员兼站长。天高皇帝远，这人懒得没法说，地上脏得至少一星期没动过扫帚，这使我在把室内的每一寸地方都找了个遍之后，得了上百个烟屁股，装得两个“大前门”烟壳满满当当。

天气不好，饭后就飘起了雪花。我从学校走到村口，并没有直接回家，而是奔向了队里的养猪场。爹是饲养员，尽心伺候着猪场的几十头母猪仔猪。

雪花纷纷扬扬，一朵朵大如棉花。这个时候，田头压麦的社员都该歇了工，娘与兄长们该全回家了。但大冬天的，猪得吃热食，这个点，爹应该正在大锅台的灶窝里烧着猪饲料。

我肩头斜挎书包，胸口怀揣着两烟壳宝贝，喜盈盈地刚站在猪场灶房的大门口，就被正坐在灶窝里一个矮树墩上准备向灶膛添柴的爹一眼看见，他马上站了起来。该是太孤寂了，爹迎我时有些喜出望外，一米六出点头的瘦瘪个儿，有些低头哈腰样。

爹为我拍打身上的雪花时，嗔言道："四娃子，这大雪天，还来老庙做啥，该回家呀。"

爹成家晚，四十八岁才生我。他瘦瘪的脸，前额的皱纹因我的到来而喜得已卷成了一朵花。

"四娃为爹送宝贝来了。"

我兴致勃勃地解开老棉袄，从怀中取出那两包烟屁股，咧着个大嘴，像是大臣献宝给皇帝一样，用双手捧着，将它稳稳地放在爹的手中。

平时对我们兄妹说话较多的爹开始有些反常，他接了我的烟屁股后，竟一言没发，在将烟屁股放在灶台一角后，他将我瘦小的身子揽入怀中，与我一起坐上了灶窝中那个搁屁股烧火的树墩。

向灶膛添过两把柴火后，爹伸出一只爬满青筋粗糙得像老榆树皮的右手，在抚摸了我头发好一阵后，才轻轻说了声："嗯呐，也难怪，你娘要将那一斤多羊糕全给你四儿吃个精光，要学苏北女人，叫你'偶的宝'哩。"

闲来无事。那天，爹向我说出了娘初叫我这昵称的缘由。

爹说，生下我的第二年，好政策来了，只要谁肯花力气，凡是生产队的荒山，任你开，谁开谁种。有这好事，爹娘白天队上赶工分，夜里披星戴月开荒种地。也就半年工夫，南瓜、山芋就着队里分的米面，我们一家子就彻底告别了吃糠咽菜的日子。

这年的大雪节气那天，娘生小妹。中午饭，娘是吃了三碗山芋丝掺米饭开始“发动”的，毕竟吃得饱，有力，娘三憋气两憋气，半个钟点里小妹就落了地。

连生四男娃，添了个女娃做总结，爹是满心喜。为奖励我娘这个大功臣，爹马上挑了柴仓的一担硬柴火，紧赶八里路，去乌溪港码头卖给了弄船人。手里捏着卖柴的七毛三分钱，爹本想割一斤猪肉回来烧给娘吃的，但他转念一想，锅里有了肉香，让我们兄弟四个闻着，哪能不会让娃儿各弄上一口？

不行，动不得锅子。恰好，爹见码头一侧有家开羊肉店的在高声吆喝卖羊糕，他一听动了心，就买了这羊糕。

羊糕是冷切着吃的，买这给娘放在床头，既当零食消遣，又补身子，两全其美。

爹不买猪肉改买羊糕，是想让娘独吃这份食，可娘不干。那年，我四岁，因生我时，娘吃的是麸皮，没奶水，我是靠吃米汤活下来的，说是四岁，个儿比刚生下的妹妹大不了多少。当爹偷偷摸摸将用油纸包着的一片片切好的羊糕放在娘床头，满心指望她用这补身子时，娘却将第一片羊糕先塞进窝在她身边的我的嘴中。娘这下可闯了祸，这么个好东西，我自第一片入嘴后就再收不住，吃完一片，就再要，不给就哭。

爹说，娘就会对我百依百顺，说是到后半夜我把这包羊糕一丝儿不剩全吃光了，也就香香睡了。

爹说这话我将信将疑。因为从记事起，别说我从没闻过羊糕的味，更不知道羊糕是啥东西。我便侧头问还在笑眯眯地沉浸在回忆往事中的爹：“啥叫羊糕？娘自己不吃也罢，咋又会这偏心眼让四娃独吃？”

爹慈眉善目道："你还小，没出过门。咱山里自然见不着羊糕，乌溪码头才有。羊糕就是将羊肉烧得稀烂，与浓汁一起冻成后做的荤菜。娘咋偏心你？娘是怜惜你呵，见你四岁还丁点个，怕你长不大。那时，半夜里，你娘把你搂怀里哄你睡觉时，总是学着苏北女人腔，不停轻唤你'偶的宝'。至你个儿大了些，她不叫了。爹晓得，手心手背都是肉……"

爹难得的细言慢语，那话瓷实得如铁锅碰铁铲，当当响。我虽确实不知道啥叫羊糕，可此刻，我第一次知道，尽管我已是家中的第四个男娃，爹娘却真对我有偏爱。想想，兄妹五人，同为爹娘骨血啊，从他们嘴里说出的那声"偶的宝"，却只我独享，这真天样难了。

灶膛里的柴火烧得很旺，映红了爹的一张让皱纹起着疙疙瘩瘩的脸，这让我在爹的怀中，感觉爹的脸庞就如一轮冬阳，温暖着我的身体，也温暖我的心房。

这一刻，我有了一阵冲动。

我挣脱出爹的怀抱，从书包中找出了一张草稿纸，将它摊在灶面上，尔后将拾来的烟屁股一个个剥开，把烟丝均匀地铺在草稿纸上，然后细心地卷起烟来。

猪舍建在村东的破庙中，离村有百十丈，偏僻。爹长期一人在猪场干活，孤寂。他历来抽的是旱烟，都是自己种自己晒自己切的生烟，凶。爹坐在灶窝的树墩上，在长长地抽了一口我卷的烟后，竟一言不发。

我已又坐在爹怀里，当我发觉爹的头一直在看着头顶的木梁，我以为木梁上有什么东西吸引了他，便也抬头细看木梁，就这时，我发觉爹热乎乎的泪水滑落在我脸上。

"这烟真香。哦，偶的……"

爹在轻轻呼出这半句话时，他的一只手又在摩挲我的头顶，而他的脸依然在看着头顶的木梁。

3

现在没法想象我十二岁的时候是什么长相，这也是我那时在学校拒绝所有拍合照的原因。全班最小的个儿，瘦麦秆的身躯顶着个笆斗大的脑壳，蜡黄的脸，真叫“五官分明”——因瘦得过了头，窝在眼眶中的黑眼珠就更显大，鼻尖更显高；一不注意，嘴皮就包不住的牙，加上两只本就“好福气”的“扇风”大耳朵，这些“大招牌”，不知让同伴们方便地为我起了多少绰号。发育前几年，一般人根本不会知道我脱了衣服后的样子，一副瘦得如具枯骨的身子，以至让娘打量我时，她脸上总有种说不出的重重的内疚表情。

生下时遭难，家又穷过了头，这使我的身心在那段岁月中遭尽蹂躏。

我自小就生活在人们的不待见中，好似我来到人间，是专供别人取笑的，这就迫使我与大自然的万物一样，感受到物竞天择的道理，它让我早慧。我打上学的那天起就知道，我唯有优秀，在家，才能少受兄长们的白眼；在外，才可以让人不看低。何况我认为，自己不是没有依靠，哪怕世人都视我为废物，我不是还有爹娘？娘那一声“偶的宝”便是我生命中的天籁，可让我终身自醉。

毫无疑问，我选择做一个优秀的自己，这决定十分正确。在校，自小学至中学辍学，我最感自豪的，是每次期末考试，必定是全班最早交试卷的人，成绩永远的班级前三。在家，该我做的家务总是一着不让，每逢节假日，便会尽一切法子挣钱，为家里创收。

十二岁那年初秋，后山的桔梗花开得正盛。

这时期，是挖中药材的最好季节，像我这样挖桔梗的高手，搞得好，一天的收入可抵大人在生产队干两天的工分钱，几天下来，足够爹娘买回可用两月的油盐酱醋。

一个星期天的上午，我与同伴张小坤一早就带着铁镐、背着竹篓上了大山。

已挖过几年，内行了。凡事我都用心。近山，挖的人多，山上的桔梗不仅少还小。这天，我与小坤去了离家三里外的海家湾。那里离村庄远了，属“野山”。

野山好哇，挖得的桔梗都粗如拇指，个大，品相好，价格也卖得好，挖得也更多更快，以至在中午时分，我与小坤歇在半山腰裸露着的岩石上，吃着带上山的铝盒中的冷饭时，桔梗已基本装满各自的竹篓，稍微再挖些即可打道回府了。

一是累，二是山峦旷野，深谷中一片寂静。我紧贴小坤坐在岩石上吃饭，能听到的，只是对方嘴里嘎吱嘎吱咀嚼米饭的声音。就在这时，我们忽然听到了离我们头顶上方约十多米处，有了一记不太重的闷声响。这声音让我与小坤立马同时放下了手中的饭盒，并都本能地抓着了身边的铁镐。

细听，仍有轻微的摩擦声。我们顺声抬头向山上望去，那是山梁上的一块小洼地。一是我们从没听说这里有过什么大型野兽。二是大好阳光，不担心啥鬼怪。三是出于好奇心，况且两人手中都有铁家伙，见着了啥，大家齐心共斗，没什么可怕的。虽比我小一岁但高我半头的小坤，壮胆似的向我高喝一声：“上去看看，别是老鹰与兔子打架，给咱捡个便宜。”

谁是胆小鬼？

我不假思索就手提了铁镐跟着小坤冲上山去。

也就走了一二十步，我们就到了那洼地边。可我们停住脚步朝这个乱石坑中看了一眼，竟见一条大人腿般粗的巨蟒，正慢悠悠地半绞半吞食着一只断了气的猪獾！

我头一发蒙，在与小坤异口同声“啊”的一声惨叫后，瞬间便丢了手中铁镐，向山下狂奔。

那刻，我们只恨自己腿短，都如旋风般的速度逃离现场。从这小洼至山脚小路的几百米间，我们如飞人一般，在漫山半人高的马尾松、乱石、杂树顶上飞跃！

当我们来到山脚小路，见身后并没有那巨蛇在追赶时，我们这才停下脚步。

我俩都仍沉浸在惊恐中，在无声中相互打量。我发现面前的小坤，不仅秋衣秋裤有好几处被乱石、树枝划得如开了窗口，白净的皮肉上也有多条血痕，而满头汗水的脸上，惊恐仍一丝没有退去。

小坤面对我，突然间，他的脸色变得雪白，随后用手指着我的下半身一声尖叫：“白骨！啊……”

小坤这又细又尖的惨叫声几乎引得山谷回响，我再次被吓得魂不附体。

我见他指的是我的下部，恐慌中低头一看，这才见自己的裤管早被什么撕开，而在左膝盖与脚踝中段间，一块约两寸多大的皮肤竟然会被撕在一边，白骨外露！

我本瘦如枯枝，受伤处又是人体最没肌肉保护的位置，是真正的“皮包骨”处，正因此处皮薄如纸，皮肤撕破后才几乎见不着丁点出血。

当我一眼见着自己的白骨，也忽然蒙了：我的血呢？我的肉呢？

我这不就是要上路了吗？

我为自己叹息：刚见花蕾的一枝野花朵，尚未遇上春风……

也罢，我总是让带我来人世的人疼过、宠过，我也曾做过了他们的“偶的宝”啊！

值了！

临走，感恩之心不由让我仰天一声长啸“娘啊……”

之后，我便再无知觉，任凭自己瘫软于地。

4

我是让赤脚医生刘小华用酒精清创时痛醒的。

仰躺在病床，初始，我并不知身处何处，也不知为何事静躺。

电灯泡由一根红白电线吊着，闪着刺眼的光，让人不由生出畏惧感。我赶紧回避。稍一转头，见娘就在离我三尺的床边静立，我心中这才如吃了颗定心丸。我是娘的心头宝，有娘在身边，就是半夜躺在坟头野地，恶鬼也不敢伤我一根毫毛。然而，这种胆气也就是转眼即逝的事，因我第一次见娘是眼前的狼狈样。

立在面前一声不语两眼紧盯我腿部的娘，面部的模样，一如死了亲人般悲伤，这又让我惊恐。

才四十二岁的娘，头顶，齐腮长的头发白了大半，像极了冬日荒滩上的一团蓬松枯草，没了生机；一双浮肿的眼睛，泪光盈盈；两行淡淡的眉毛与脸上的肌肉，往上一吊一吊的形状，说明她在无声抽泣；上面穿的那件洗得快成白布的蓝色秋装，湿漉漉粘在身上，一如刚从河里爬上岸的人，使两只快挂至肚脐的瘪奶轮廓分明凸出衣外。让我更为揪心的，是她穿着的这条补丁叠着补丁的黑色单裤下边，那双黑乎乎的赤脚板上，涂有一种暗红色的糨糊，十根脚趾还一根根不断地一张一缩，在死劲地抠着由煤灰与石灰拌浇的地面。

我的心更发紧了。

目光从娘的脚板上移。娘手中倒拎着她的那双圆口黑布鞋子，鞋头、鞋底与鞋布早都已分离……我这才猛然想起自己的遭遇，想到自己应该已躺在医院，更想到娘为我又遭受的天大的罪来。

哦，我可怜的娘，这撕裂的鞋帮，这满脚板的污垢，必是您得信去了海家湾后，身背四儿回家时，您慌不择路……赤脚奔下这几里崎岖山路，那路面该留下了您的一道道鲜血染红的脚印了啊……

我悲伤得不能自已，泪水模糊了双眼。我再不是为自己的腿伤疼痛，而是为眼前这位曾吃了麸皮生下我的人，现今又为我再次受难的人而泪流满面的。

处理好伤口回家时，娘坚持不让我自己走，仍背我而行。

娘双手托着我的屁股一颠一颠往回赶。一里多路，虽与我没有任何交流，可从娘那金口里自言自语的几句话，字字让我如剐心般难受。

"偶的宝……穷……难为了我四娃……"

我就是那刻发誓的，我就是那个秋天趴在娘的背上，双手紧抓娘的肩骨发誓的，我就是闻着娘背上的汗酸臭，含着自己满口的苦涩泪水发誓的。

娘呵，就为您叫我这声"偶的宝"，相信您的四儿，一定会走在人前，您今生一定会尝到四儿这颗"干瘪枣儿"的甘甜！

5

是的，我的人生就是在十二岁那年翻开了新的一页。我知道，贫困会随时让我辍学。我明白，命运得掌握在自己手中。我更明白，光有豪言壮语没用，唯有脚踏实地去干。

我量力而行，根据自己的兴趣与长处设置目标。

我要成为作家。

我从此奋力直奔方向。

辍学的日子很快来临。不去说努力的过程有多艰辛，我只说努力给我的回报——十九岁，勉强才发育的我，已在家乡报刊发表了不少有影响的文章，并写出了一批有质量的曲艺作品，由县文化馆油印下发各基层单位排练演出。得益于我冒尖的文字功底，从此进入了大队办公室，小小年纪，成了农村青年人人羡慕的对象。

娘的那句“偶的宝”，是我自律、向上的法宝。它常驻我心口，鼓舞着我，激励着我，一如我生命之舟航行的灯塔，始终在照亮着我前行的方向,让我从不迷航。它让我从立志那天开始,从没想去超越谁，所念，是永远去做一个最好的自己。

在担任了十多年出色的基层干部，得到了良好锻炼后，我又紧跟时代步伐，于三十四岁时辞去村主任一职下海创业，并因努力而取得成功。

爹娘没有白疼我一场，他们在要强的四儿身上见着了希望，此后，生活中，这两张让岁月浸润的脸，每条皱纹都填满了喜气。在他们心里眼里，有了一米八个子的四儿，成了个真正的男子汉，我是他们精神世界的开心果，甜蜜生活的活水源头。

爹在 1995 年 3 月，八十三岁离开这人世前，已见着他的四儿手持“大哥大”，还知道四儿马上就要买回三十万元的轿车。爹告诉他四儿，能过上一段这么好的日子走，能见四儿有这样出息走，光彩。

爹最后用枯枝般的手抹着我涟涟的泪水，用委婉的语调安慰道：“四儿呵，不哭，爹是唱着走的，笑着走的。”

爹就是用这样方式与我别过。他同样始终把他的四儿视为手心宝。

同年的一次宴请，我又因爹的离世让事业起了一阵波澜。

时值四九寒冬。我在苏北县城的一家酒店，宴请一大型建筑公司的几位领导。

该公司承建该市的一个地标性工程，需要采购大批琉璃瓦及配套产品。我公司主营的就是这类业务。工地上早就立着工程效果图的招牌，同行，都知道这信息，竞争空前激烈。

深感这单生意对企业发展的重要性，早在订席前，我已将自己在这次宴请中从言辞到举止的如何得体做足了功课。我明白，宴会上人多嘴杂，不可能谈合作的具体细节，我要做的，是给他们留下一个良好合作伙伴的形象，以利于接下来对业务进行的实际洽谈。

人员到齐一阵寒暄过后，便是动筷吃菜。这时，我身边两个人的一段对话，让我身子忽有一种触电感。

“嗯，这羊糕不错，汁浓，肉烂，味道刮刮那个叫。”

“没来过？看嘛，切得这薄薄的，可当扇子扇风，可见这羊糕的韧劲。汁浓得亮晶晶，香重，一看一闻就让人馋涎欲滴。这叫啥？料足，功到呀，否则羊糕也成不了这店的招牌菜嘛。”

多么熟悉的一道菜名，可我就只听过却没见过就更别说尝过。

一方水土养一方人，各处有各处的饮食习惯，说来稀奇，家乡有人养羊，但小镇上别说羊糕，连羊肉也不见卖。虽然在家乡城区，我有无数次接待，各式烧法的羊肉是常吃，但羊糕从未入眼。

不知咋了，我当时的头脑就有些模糊，在筷子伸向羊糕时，手竟然会无意识地一阵发抖。抖动中的筷子无论如何夹不住一块羊糕。我更无法相信，就这刻，在商海摸爬滚打多年的我，突然间泪流满面。

宴请者出了状况。这失态马上震惊全座。

“王总，你这是……”

对方的老总姓方，大高个儿，据说是从部队转业的。招待一次客罢了，宴请者就这模样，他无论如何不解。

谁知方总也就这么轻轻一问，我的情感更一泻千里，竟在抹着一把泪水后抽泣起来。

事至这般，生意也就不去说争了，反正东方不亮西方亮，只要努力，企业就会向前发展，这笔生意黄了，还有其他生意可接，但场面还要顾，我总得收好场啊。

“家父两个月前刚走……我为人之子……老人念叨一辈子的菜，就是这羊糕……可长这么大，我在家乡就没见过……我是让事业忙昏了头，总认为只要有钱给他用，孝……有的是时间……现在见到羊糕了……子欲孝……却亲不……”

我在这样的场合失声痛哭，引得酒桌上的人一片嘘声。

“哦，理解，理解了。”

方总那是宽慰我的话。生意不成人情在，收场，总要挽回些面子，我索性边与他们吃喝起来，边叹息着对客人讲起我爹娘，讲起他们关于那句“偶的宝”故事，讲起我成长的动力，讲起我的立志与努力奋斗的目标。

无欲则刚，没有了利益顾忌，我因感情冲动，叙述时，时而抹泪，时而抽泣，时而还用筷子敲敲桌子。是的，反正生意没戏了，我白请他们一餐，听我发泄一通又咋了？

“服务员，麻烦告诉后厨，等下为我再切两斤羊糕，让我带走。”

酒多了，我与服务员打了这招呼，边喝边又对方总苦笑了一下，然后拍桌子大着舌头说道：“爹走、走了，我还有个老、老娘在哩。今儿见着了这羊、羊糕，这二百公里，老子明天就是飞、飞也要飞回去，要将羊糕片喂进老娘嘴、嘴里！”

我万万没有想到，一直安安静静听我“做报告”的方总，忽然间也拍了桌子，他还朝我瞪着一对铜铃似的眼珠，粗嗓子吼了起来：成！成交！都是爹娘的血肉，老子的生意不给孝子，造孽！

6

自我见识了羊糕后，娘在世时，每年的腊月，我都会买几次与娘共享。虽是日子富足了，这羊糕已是平常之物，然于我母子，形式大于实质，娘每次吃了我买回的羊糕，虽很多时候金口不开，可她每咀嚼一口羊糕时的得意，不亚于在听一出她最喜爱的京戏《苏三起解》。娘是用这样的方式为她四儿的成功庆贺。

娘八十一岁时患了尿毒症。2010 年秋天走的。

娘走得比爹更平静。患病期间，四儿一女，将娘服侍得周周到到。

娘走的前几天，我知道，这次与老人家别过，我从此就是再没有爹娘的孩子，因此，我不分白天黑夜，基本上每天陪着老人。有好几次，我趁娘昏睡时，忍不住噘起嘴唇，带着凝重的神情，悄悄亲了又亲娘的额头。我亲着娘时，心中就会泛起一种难以言表的心情，一如在亲自己的骨肉。

母子，只要一息尚存，骨肉始终相连啊！

一天，这举动让娘发觉，眼看就是上路的人，娘脸上竟会现出一丝喜气，还会忍不住开口："看我这四娃……"

娘这喜气中裹着不舍与交代。满头银发散落在枕，一如头已枕着了隆冬雪花。此状让我似有一股寒气侵袭之感，以至我不忍正面直视。我稍一转头，从日光灯的侧光中，仍依稀见着娘在默默打量我，这让我在泪眼蒙眬里仿佛见着了母子间一寸寸过来的往日光阴，见着娘踏过的山岗上留下的血迹，我甚至还想象出娘初来王家，在门前小河边洗菜时落在清澈河水中的秀气倒影，以及这个与我血脉相连的人，在喂我吃羊糕时的疼爱样、从内心呼我"偶的宝"那种深深歉疚与怜爱的神圣目光。

娘的神色同时让我感到自己其实从未长大，我与娘一直是共生关系，我的能力一直作用于外部世界，而内心始终于滚滚红尘中与娘的心相触，从没离过半寸。

从娘临别时以目注的形式，传递给我这世间最丰盈的精神能量时，我对神性有了新的认识，它让我对世间万物都有了敬畏之心，因为都是生命。野草的外像会枯荣，树木的内在有年轮，即使是一粒地上的尘埃，它也有来路更有去向。

自娘走后，我仍然会在这个季节，一年一次，买一盘羊糕回家，用它下一口小酒。每当我在闭着眼睛咀嚼羊糕的时候，仿佛就是吃着了灵丹妙药，我眼前，总会闪动着娘眯着眼的微笑，耳中似乎会听到娘满是怜爱的"偶的宝"。这种对我来说仪式感极强的一个人的小酌，每一次我都把它当作人生路上再次出发的号令；想象中的娘轻呼着"偶的宝"为我擂鼓助威，使我无所羁绊地去做一个上进的人。

我始终相信，天上总有一双温暖的眼睛一直在注视着我，有一张老花眼下瘪了嘴唇的嘴，始终在向我轻声呼唤"偶的宝"。

我的“贼”爹

还是动了笔。自然，跪着写。

——题记

爹，自您走后至今，我有一个习惯：总会在每年入秋后的某天，不用菜，不用汤，在一个无人的角落，白吃两碗米饭。

也许不能叫白吃，因为每每在下咽这两碗米饭时，泪水就会在这个时候大颗落入饭碗，这白饭便有了滋味。而每当此刻，我相信，小儿吃着端在手里的这亮光光的白米饭，早就在天堂那一边的您一定会看到，它会让您放心，您的小儿再也没有了饿肚子的日子，白米饭总能把小儿的肚皮吃得圆鼓鼓的了。

爹，在我看来，这吃“光饭”是一种仪式，一如清明上坟去看您，也或许是我在您的面前显摆。

人人都想自己有个好的出身，父母能从事老师、医生、律师、法官等等职业，做子女的不仅脸上光彩，在家，餐桌上顿顿能有鱼有肉；在外，走到哪里也能昂着头做人。然而上天不会给每个人都有这种礼遇。比如，爹，您是个“惯偷”，您被社会上所有的人鄙夷，曾经也包括您自己的儿女。

爹，命运对您格外吝啬，还在您十个月的时候，做长工的爷爷在一个冬日的清晨，从地主家带着五斤糙米，踏着齐膝深的积雪回家看您和奶奶时，就见您趴在奶奶身上已哭哑了嗓子——饿死多时的奶奶，冰凉僵硬的死尸上，干瘪的奶头早已吮吸不出一滴奶水。

奶奶去世时才二十一岁。

爹，您和我说过，“手脚不干净”是从两岁时就开始的。地主家秋日要摊晒大量的山芋丝做冬日的猪饲料，您见了这满地的食物，心花怒放，不仅会偷偷将自己的肚皮填饱，还时常悄悄地在怀里塞上一把，让干长工吃不饱肚皮的爷爷在半夜有了零食。不过，好景不长，在您十六岁时爷爷死了之后，尚没发育的您，走投无路之际进了庙门当了和尚。

新中国成立那年，孤儿的您分得了田地，还分到了地主家的两间瓦房。有了地有了房，三十六岁的您，娶回了小您十七岁的我娘。夫妻俩能生哪，十三年里一口气生下了四男一女五个孩子。然而，生是一回事，一家七口能吃饱又是一回事。为了让自己的孩子能过上不仅有吃，还能有菜下饭的日子，您从此开始了漫长的“偷窃”生涯。

爹，小个子的您十分聪明，这在生产队安排您当生猪饲养员时有了充分体现：由您饲养的肥猪死亡率极低，且易上膘、出栏早；母猪的产仔率、成活率之高更是让人咂舌。这使生产队的猪场在您手里从来就是全公社的先进典型。取得这些成就并不容易，完全在于您的好学、敬业，比如肥猪各个生长环节的投料、防病、治病，母猪发情期的准确把握和及时授精等等。这些技术的掌握，渐渐让您成了饲养界的标兵，让您成了生产队的宝贝疙瘩，也为您后来进行的长期“偷窃”创造了条件。

在我的记忆中，初知您是“贼”，该是在五岁左右。

一个寒冬的夜晚，您在猪场候着一头母猪产了仔后回家。我正好起床撒尿，因为没有房门，从娘点着的油盏灯火中，我见您一手空着，一手打着手电筒大摇大摆进了家门。您上身穿着光壳棉袄，腰间系着一条麻绳；下身穿棉裤，脚踝处，裤管也由小草绳紧扎着。扎着的这些绳子看似防冷风吹进身子，一无怀疑之处，怎想您关了大门进了房，马上叫娘起床，让娘拿来一个竹匾放在地下。随后，爹，您像极了一个变戏法的，就见您脱鞋赤脚立在竹匾上，低头解开了两道扎着脚踝的草绳，匾里就“哗”声一片，瞬间，竹匾里大约就有了二三斤从裤管中涌出的黄豆。这情景几乎让我目瞪口呆：爹，您这不是做贼？不是偷东西吗？

此时，我见您在娘面前还很有成就感：“法他娘，一斤黄豆可换两斤多豆腐哩，省着吃，呵呵，孩子们可以半个月不吃白饭了。”

娘轻声交代着您：“每次拿个半斤上街，还要早些去，别让人发觉……”

这黄豆是您在猪舍烧大灶时获得的外快，它们在豆枝上躲过脱粒，“滑溜”了，谁想到了灶间，一颗颗给您捏着，成了您的“胜利成果”。可这毕竟是公物，拿回家是偷盗。想必您和娘知道让人发觉的后果，所以，为防窗外有耳，两人的说话声小得如蜜蜂嗡嗡响。

妹妹小我三岁还不懂事，几个哥哥应该早就知道您的作为，也知道这偷盗的风险，因此，都守口如瓶。可我还不太清楚，第二天私下竟会问起了三哥：“我爹这算是哪一回事？”长我四岁的三哥扬手就给我一个巴掌，低声喝道：“大哥正是蹿个子的时候，要补，你竟敢说这事？”

吃了耳刮子就长记性，我已知道了饭桌上这豆腐是怎么来的，更知道它的作用是什么。我吃饭时就学会了和三哥一样，只吃白饭，把桌上仅有的一碗烧豆腐省给大哥、二哥长个派用场。

爹，其实，对于我们这样的家庭，能在什么时候吃上一碗亮花花的白米饭已奢侈至极，在大多时间里，煮饭时，里面是要掺和着大半山芋丝的。家里吃饭也分等级：大哥、二哥既已在挣工分，又在长个，他们打饭时以米饭为主，以山芋丝为辅；而我们几个小的，只会吃，不能挣钱，属“吃白食”的，打饭也识趣，饭碗里难得见上米粒。不过，用娘的话说，我们的肚子能有山芋丝填饱已属不易，言外之意，是要我们知道这山芋丝是怎么来的，要珍惜。

爹，我家不论是中午吃的干煮山芋丝饭，还是早上吃的水煮山芋丝，都有一个共同的特点：里面的沙子太多，很容易嚼着舌头。

自家的山芋丝都是秋日摊在竹匾上晒的，能有沙子？生产队用于喂猪的不同，是放在打谷场的泥地上晒的，周身是沙，洗不清，而这些食物不用说，都是您用裤裆装着从猪场“顺”回来的。

爹，您长期“顺”公物还无人发觉，原因是多方面的。首先是伪装术，这不仅仅体现在“顺物”方式上，更多的体现在您低调的为人处事，不会让人把您朝那个方面去想。比如，爹，您逢人便会低头哈腰热情招呼，这就影响了别人视线，只顾朝您脸看，不看裤裆。又比如，您借口猪得了病、母猪要产仔等等，晚间在家与猪场之间走动就没人怀疑。黑夜里动手，不会让人轻易察觉，即使遇上村邻，您和他们高声打过招呼之后，反而还会让人误认为您爱岗敬业。

爹，天冷时您用棉袄棉裤做掩护；天热，雨夜则是最方便“顺物”的时候。猪场边毒蛇甚多，为此，生产队专为您配备了长筒雨靴、手电。您格外珍惜这种日子，您的经验是利用雨靴，少拿、勤回家，用这种方法来保证一家人的肚皮都能吃上个八成饱。

我上学的头几年，每到了秋冬季节打不得猪草，只要放了学，您总要让我与三哥去猪场做作业。其实，做作业只是一种说法，真正的目的，是让我们过去和您一起与猪们“共进午餐”。三个人塞饱肚皮回家后就不再吃任何东西，这不仅大大地省了家中口粮，就连做饭的柴草还节约了许多，这可是一举多得的好事，是为家中做了贡献。我和三哥虽然跟着您吃的是猪食，毕竟没人发现，我们不仅一点也不会为此感到丢脸，还能在内心生出一种优越感——看看，我爹虽只是一个养猪的，但也不失为一位实权人物啊！

是的，我们确实是与猪一起同食共餐的。

霜降前后，生产队百十亩的山芋集中开挖，个头大的、不受伤的，除挑选出一部分入窖用于来年的育苗外，其余的都是作为口粮当天分给各家各户，而所有残、次山芋则全部送到猪场当饲料喂猪。

爹，这是收获的时节，也是我一年之中最快乐的时节，这个阶段我不仅在星期六、星期天泡在您那里，就是平时放学之后也喜欢往猪场钻。因为您总会算好时间，在我钻进猪舍的那个大灶间时，您马上会从灶膛里取出煨得喷香的山芋递到我手里。爹，您煨山芋非常讲究，竟然从没有煨焦的。山芋周身软和，撕掉一层薄薄的皮就可入口，吃在嘴里满口生香，让我百吃不厌。以至您在带我回家时，也常会让我露出圆鼓鼓的小肚皮给您“验收”一下。当您用手指如弹西瓜一般弹着我的肚子已“咚咚”作响时，您笑容可掬，脸上的皱褶里全是满足。

临走，您还不忘在我书包里再塞上两个，微笑着交代：“放在书包里别人不会注意，‘顺’两个给你妹吃。”

入了冬，伤残的山芋很快就会腐烂，因此，这段好时光也就只能延续个把月时间。煨山芋必须选个头大的，可过了这个时间段，还没有腐烂的山芋中便只有那些手指般粗的“山芋筋”、鸽子蛋般大小的“山芋卵子”，这就煨不成了，只能煮着吃。爹，这个时候，您总会在煮给猪吃的三口大锅里用大铁铲不断翻找，细心地找，找出那些尚未变质的，递给您的小儿。运气好的话，即使到了雪花飘扬的天气，我依然能吃到您递给我的“山芋卵子”。而到了这时候，一旦还能碰上鸡蛋般大小的可吃山芋，连我也把它当作宝贝，自己舍不得吃了，要带回家给妹妹分享。

爹，您吩咐我“顺”回一些食物时，您始终在回避着那个“偷”字，其实小儿心知肚明，世上有哪一个做父母的不指望自己的儿女成龙成凤？不想在儿女面前做一个正派的楷模让孩子学习？可您的父爱是由羞愧包裹着的。其实，爹啊，每当您在煮猪食的锅里翻找给小儿食物的时候，那种用心；每当您将食物递给小儿带回家的时候，脸上的无奈与歉疚之色，溢于言表，这些神情一如一颗种子早就种在我幼小的心田，扎根发芽了！在我而言，这份天大的父爱，它与天下那些有光彩职业的父亲一般重，小儿从来就没敢看轻啊！

或是老天对您这颗爱子之心的眷顾，爹，从队里专给肥猪催膘买回的粗盐，到买回给仔猪吃的豆腐渣，你没一样不曾“顺”一些回来。粗盐，“顺”回来后由娘用菜刀扁着敲碎，烧菜时一样可以用；而那些用挑大粪的桶装回的豆腐渣，您半斤、一斤用铝饭盒装好，您塞进外衣贴身竖放在腋下，由胳膊夹着“顺”回家中，这就让一家七口的餐桌上有了一碗菜，让外人一看我家还是一个吃饭有菜的家庭，长脸了，就是在家人面前，我见您的脸上为此也有了一份自豪感。而我们，作为您的儿女，吃着这用粪桶装运的豆腐渣，心里也从没有过忌讳，有的只是对您为家所做努力的感激。

爹，今年小儿我也已是花甲之年了，早在二十五年前我在苏北创业的时候，吃请时，野生河豚每人一份便是一斤多，一桌下来就没有低于万元标准的。但即使吃过无数次这些都说是人间最美菜肴，我始终认为，都没有您将生产队买给老母猪催奶用的带鱼下水“顺”回家烧的汤味美。哦，别看它只是罐头厂生产时砍下的带鱼头、尾，娘把它在饭锅上清炖了端上桌时，我划三口山芋丝饭下肚，也只要用筷头蘸一下这带鱼汤放在嘴里用舌头舔一下，已是极大的享受。当然，如果能端着一碗不掺一根山芋丝的米饭，能用汤勺打一点这带鱼汤拌一下再入口，我的欣喜就藏不住了，心也会激动得“咚咚”直跳！但在那个年月，这样的好日子一年能有几次？这些也通常只是梦里才有的好事哪！

是的，爹，直至今日写下这篇文章时，我依然怀念那一道带鱼汤，怀念那一阵苦日子里的甜蜜瞬间。

出事是在我十岁那年的一个春夜，是爹您太大意所致。

爹，说起来也难怪，虽还是春寒料峭，但白天热，您怕干活出汗，已脱了棉裤换了单裤，从腰身灌下的山芋丝直垂裤管，下边虽有草绳扎着，然而裤管已鼓得一如灯笼，终让一组夜巡的民兵发现了秘密。抓贼抓赃，家乡同时有个规矩：抓了贼，打在现场。

那晚，我生来第一次见识了什么叫“皮开肉绽”，也第一次知道了做贼人的悲惨下场。

当两个成年的兄长接到民兵营长的口信，要我们用门板去大队部把您抬回来的时候，家里就知道您必定是因偷窃出事了。两位成年的兄长要脸面，拒绝接您，是娘去把您背回家来的。为了给娘分担分量，我与三哥簇拥着您，一路托着您的屁股而行。当您在家里床上躺下，由娘为您解开衣裤时，我不仅见着了您的内衣已让出血粘着伤口无法揭下，更见着您的脸上满是羞愧。您用双手一边向儿女们作揖，一边口中不住谢罪："丢了你们的脸，害了你们了，我不配做你们的爹，余生必定做牛做马来还你们的情……"

爹呵，您为儿女背负着人间的苦难、世间的羞辱，置皮肉的疼痛而不顾，在这个时候依然为儿女着想，这种天大的恩德，让儿女如何是好啊！我见大哥、二哥虽侧过了身子不与您言语，可没有一个不是泪流满面。我相信，此刻的他们虽然知道这个世道对"贼人"的鄙夷，但他们更明白您的良苦用心，明白您是在用性命、用尊严作为代价，去换每一个儿女的肚皮能吃上八成饱啊！

事过之后，尽管乡亲们对您的举动非常理解，没有任何非议，但您仍然为此消沉很长时间。娘一直担心您会想不开，总叮嘱我在星期六、星期天，或是放学之后，依然要去猪场陪伴您，就是怕您再出意外。而此时，生产队将饲料已交给一个五保户统管，您再也捞不着给我大吃的机会了，但您还是会想着法子给您的小儿寻找着食物。那时，猪场煮饲料的柴火中既有豆秆，还有稻草，这两样柴火都有一个共同点：因脱粒脱得不干净，难免还会有黄豆、稻穗夹在其中，因此，您努力把握着这个机会，在灶窝烧火时，总是细心地从这些柴火中寻找这些宝贝，现找现烤，让蹲在您怀中的小儿不时地吃上爆米花、爆黄豆。当小儿我每每在嘴里咀嚼着这些食物的时候，我无数次抬头看过您的脸，那种慈祥，它总能让我在长夜的睡梦里依然感到温暖。

爹，您能熬过那个阶段是如此不易。原本爱说爱笑的您，至少有半年时间未见笑容，我常听娘劝导您："他爹，我们'顺'些公物也只是为保儿女的命，老天有眼，是不会怪我们的。苦也只是暂时的，今后，八成饱吃不着，我们即使吃六成饱也不至饿死。守着这四儿一女长大，我们就少不了好日子过啊。"而我，只要有空和您在一起，就为您敲背、抓痒、掏耳朵，为您按摩那条被打得部分皮肤组织坏死了的左腿，直至后来渐渐得以恢复。现在想来，正是因为亲人给您的关怀和理解，让您重拾对生活的勇气，让您憧憬着日后美好的生活。

那年年关前，一头刚刚分栏的仔猪突然发病，虽经兽医全力抢救，仍然死了。在向生产队长做了汇报后，您借口怕猪有传染病，上山埋了。可是，到了晚上，您又趁黑去把那头死猪挖了出来，"顺"回了家。在娘的配合下，您烫毛、开膛、开爿[②]，连所有内脏也没舍得扔掉，都一一弄得干干净净。娘私下兴奋地跟我们说："兽医告诉你们爹，说这头仔猪是吃了腐烂的山芋，属食物中毒而死，不影响食用。我们是因祸得福，过年也有整头的猪肉吃了啊！"

在子女面前说好再不去行窃的您，此时，脸上尚有愧色，一直低头不语，只顾一刀一刀分肉，直到将这条毛重有五十多斤的仔猪肉腌进了一个大瓮头，您才满脸尴尬地朝儿女们嚅动嘴唇："最后一次……不'顺'回来，可惜……"

爹呵，这是我们多少年来过年时吃的第一头年猪，也是您最后的一次"顺货"，儿女们虽然全都默不作声，但我们投向您的目光没有鄙夷，有的只是感激。从那时开始，小儿我心里就感觉到您矮小的个

② 开爿：方言词汇，指将肥猪从头至尾一劈两半。

子不失高大，您每一次的“顺货”并没失去人格的尊严，您与这世上千千万万的人父一样，让儿女敬重。爹啊，也正是在苦难的岁月里您为我们付出的太多，您的这一群与牲畜抢食的儿女，长大后都知道了生活的不易，个个努力。终究，孤儿的您枝繁叶茂，所有的儿孙都有出息：有的走上了领导岗位，有的是老师、法官、作家、艺术家，或是成功的企业家，都成了社会上光彩的人。我们从小经历的人生的风霜雨雪，让我们懂得了珍惜与感恩，在您走后的二十多年里，每年的春节，小儿都会带着您的孙儿孙女，带着重礼，去拜望您那些尚健在人世的、曾经在困苦时怜悯过我们的同村老兄弟、老姐妹。

爹，每当手捧白米饭碗时，我似乎从饭粒的光亮中总会看到您对小儿慈祥的微笑。愿您在天堂那端一切安好!

写完此文，为保留我们父子一丁点尊严存于这尘世，或许我该为此文定一下调：这是小说。

桃　子

我五岁的那年夏天。

那时，家中老屋的后院有三分地大。齐人高的院墙由山土夯实而成。院子里种的大都是蔬菜，偶然也种一些瓜果。

院墙西侧，是发小顺银家的院子。他家的一棵桃树紧贴西墙生长。这树种了多年，已高过了院墙好几尺。这棵阳桃正是盛果期，从三月桃花的迎风展枝、蜜蜂围绕着花朵飞舞起，便成了我眼中一道迷人的风景。我会看着这桃树开花，再看它收花后成果，又会看着那桃子由黄豆大的小颗粒，慢慢地长，一天天大。到了初夏，它就长成鸡蛋般大的青果。尔后，又看着青果开始周身发白，再见着那桃子的尖头处渐渐出现微红。又过一段时间，这果身就像姑娘的脸，渐渐红透了。

家穷呵，到了五岁，我还只知道这世上只有三种水果。一是枣。自家门前有一棵枣树，可这枣是秋风吹起的时候才有得吃的。二是梨，那是生产队里种的，这也要到秋后才能分到每家每户。唯有这桃子，是夏天可以吃的。然而，我知道那桃树是顺银家的，不要说他娘每年多少还送个两斤给我家兄弟们饱一下口福，就是不送，左邻右舍的关系，也不能去偷啊。

不能偷吃，咱就看看吧。

从桃子成熟开始，只要不刮风下雨，我几乎每天都会去看那棵桃树。为方便，我从后山搬来一块巴掌大的黄石，摆在院心的菜地上搁屁股。我把看桃子当作白天的头等大事。我不说话，只是看，看着这桃子自己长到放白发红，又看着这桃子让顺银的爹一个个摘下。当然，桃子熟时，我还常能听到来自院墙那边顺银嘴巴里大口咀嚼桃子的嘎吱声。每到这时，我耳朵里就好像听到了劳动号子似的，也空嘴咬上一阵牙齿，以示和他的号声。也别说，这一和，嘴里竟就会生出一些桃肉的酸甜味，很有解馋功效。

这年桃子发红前的一段时间，我已吃过树上掉下来的青果。那是这桃树几根叉在我家院里的枝头，大风吹过后的落果。它掉在我家院子里，让我拾起来吃了。这种落果皮上裹有一层灰白色的绒毛，先要用衣袖擦光了它才能下口，否则就有些刺嘴。青果肉质很紧，也薄，而核反而显嫩，当然，口感是极差的，味苦，还涩口，只是比汤药好咽些。我很珍惜风儿的赏赐，连核也吃，决不轻易剩下一点点桃渣子。我甚至还会在吃到最后一刻，要抿一下嘴唇，让已咀嚼得成了沫子的毛桃在嘴中多停留一刻，舍不得随心所欲地将它一下便咽下去。因为不论多难吃，总是桃子，咽进了喉管就再没有了。

这年，三哥九岁。为了照顾我，三哥还没进学堂。

一天下午，三哥要去门口的小河里摸螺蛳。这是三哥去为家中准备第二天的中饭菜。他生怕我跟他去河边会发生危险，便把我关在家中，叮嘱我看好家。

关就关吧。那棵桃树上的桃子红了，我就看桃子吧，万一又让风刮着就掉下一个呢？青果不就这样掉下来的嘛。

这次我干脆拿了个小板凳，坐在院墙边，就在那棵桃树下，期望着一阵大风忽地刮来，把长在院墙那一边的桃子吹过墙来。当然，最好能吹两个桃过来，三哥辛苦，分他一个大的，我吃一个小的。

夏日的阳光好毒。赤膊了，依然还觉得热。土墙边上有几根桃枝遮掩了一些光线，我便紧贴墙坐，这样多少好过一点。可这样一来，看桃子，变成了等桃子砸头了。

我就在这个等桃子的过程中，在桃枝间渗透的阳光下，糊里糊涂睡着了。

睡了，好梦便开始。梦里，我竟然会骑在顺银家的桃树上，放开肚皮吃着他家又大又鲜的桃。这桃子真甜，我一口咬下，嘴帮子上就满是汁水。我吃得痛快，三只大桃进了肚，桃肉撑着了喉咙，还想再咽下一个，以至三哥轻声唤醒我的时候，我下巴上挂满的唾液正向胸口滑落。

吃得多舒服啊。真舍不得醒来。

三哥摇着我的肩膀轻轻地问我：“小弟，是想吃桃吗？”

真会有桃子吃了？这，我必是要掀开眼皮。

我不假思索地点了点头。

三哥对着桃树看了看，又低头细想了一会，便把我扶到一边，让我看他的本事。

三哥从家中扛来三张长板凳，然后紧靠桃树下的土墙，一张接一张悄悄地叠加上去。

知道三哥是在偷桃给我吃了，我便帮三哥扶住凳子的一头。三哥轻手轻脚很快便爬上重叠的凳子，先是伏在墙上朝顺银家院子里探望了一下，轻声咕哝："这个点，顺银家里应该是没有人吧？"观察了一阵后，这才悄悄地爬上院墙。

三哥的双脚终于站上了土院墙，他用手扳住了一根桃枝，似乎又生怕惊动顺银的家人，便用手轻拧着枝头的桃子，这样发出的声音会小一些。

三哥刚从河里上来，身上只穿了一个裤头，拧下的桃子没地方放，只能拧一个，便往我家院子里的菜地上扔一个。

一个桃子丢在我家的菜地上了。那桃子又大又红，我瞄了一眼就流下了口水。见状，我便开始在地上拾桃子，把三哥丢下的桃子一一归拢。

忽然，只听得"轰"的一声，就见三哥从土墙上栽了下来。

三哥从地下爬起来时，我见他满脸鲜血，而这鲜血涌得就如杀年猪时放血般那么快。三哥双手紧捂着嘴巴，可根本止不住，鲜血从他的指隙源源不断流出。

家中没大人啊！我发疯般地号叫痛哭，又在痛哭声中拉住三哥的手，发疯般地拉着他往院门外走。我明白自己是没有办法让三哥的血止住，知道外面应该有大人，我要让大人来救三哥的命。

凄惨的高声尖哭，马上引来了东隔壁坤全的娘。她见着三哥的血已从头部淌遍周身，且还在不断地滴洒在地上，她也慌神了，便跟着我大声叫着："来人啊！救命啊！"

很快有人匆匆赶来我家。

第一个跑来的男人是荣川的爹，他正好被生产队安排在门口清理河道，见到三哥受伤如此严重，便抱起三哥往村外飞奔，将三哥送往合作医疗所救治。另有村人去通知我的父母。而坤全的娘则始终抱着我不放，哄着我，说三哥没事，去医院包一下就好。

临近天黑。爹把三哥背回来了。

三哥的头，缠满纱布。

娘一声不语，坐在床头，默默牵着躺在床上的三哥的手，任凭泪水直落。爹则坐在床前一张板凳的一头，抽着旱烟，不断叹着闷气。大哥、二哥也没有一个人说话，都围着三哥的床在轻轻抽泣。

后房的空气里弥漫着一片悲伤。我站在三哥床前，看着一家人的样，自知三哥是因我而遭的罪，吓得身子尽打哆嗦。可三哥看我时却不同，眼神充满怜爱、歉意。

在后来陪三哥疗伤的时候，我把那几个桃子洗干净，放在三哥的床头，不管三哥如何设法要让我吃，哪怕硬塞进我嘴里，我始终没有咬过一口。因为我知道，这桃子是三哥用命换来的，我万万动不得。

长大后，娘后来告诉我，在三哥拆除纱布后的那半个月里，我整天哭哭啼啼。我是见了三哥的伤口才伤心哭的——三哥从嘴角直至耳下，被桃树叉枝撕成了的“人”字状伤口，前后被缝了二十多针。一张本十分清秀的脸，从此多了一道令人恐怖的大疤痕。

心痛我的好三哥啊，此后，我每晚一定要搂着三哥才能入睡，而这一搂便是将近十年。

也是长大后我才知道，三哥当年出事，是那院墙上的夯土，因年代久了，日晒雨淋松了墙土，这才使三哥滑下来的。而滑下的时候，那桃树叉枝正好扎着了三哥的嘴巴。

那年之后，我就再也没有吃过桃子，只因见了桃子的红色，便会想起三哥流淌的血、三哥一生都留在脸上的伤疤。

半个多世纪过去了。直至今天,每当回故乡探视我的三哥,相见时,我还依然会与三哥热情拥抱。我拥抱有恩于我的兄长，同样，我也是拥抱岁月中刻骨的过往。

一把夜壶

那年月，家中男丁多，又穷，唯一的夜壶已没有把手。

这是几年前三哥在一个清早倒夜壶时，一不小心在坡上摔了一跤而连累夜壶受了“重伤”。家中劳力挣的工分除了口粮还要超支，新夜壶买不起，父亲便用铁丝捆住夜壶做出一个把手，勉强用着。可经过此难，三哥让大哥吃了两个“脑角子”后，因发育成人，要面子了，便再也不肯去倒夜壶，使得这个任务，自然而然地传给了我。

出事是在那年夏季的一个雨天早上，十二岁的我冒雨去屋后山坡上倒夜壶又慌手忙脚下坡时，三哥遭受过的厄运又落在我的身上——我刚刚转身向坡下迈步，便一个趔趄滑倒在地，那夜壶就脱手落在小道。因没了把子，又在坡上，夜壶获得了自由，欢快至极，像极了一个西瓜，一个劲地滚往坡下。

当我一屁股跌坐在半泥半石的小道时，眼见着夜壶一路向坡下快速奔跑，早已吓得魂不附体——这小道尽头的一段路面尽铺着块石，看夜壶勇往直前的样子，它能知道块石的厉害？不用几秒钟后便是粉身碎骨啊！而我呢？一旦出现这个局面，当初三哥吃大哥“脑角子”的场面我依然历历在目，但三哥也只是摔掉了它的一个把子，而我却让夜壶送了性命，那我自己还有命吗？

正在慌乱之际，还好，我先是见夜壶在前行的途中，偶有几块凸出土路面的小石块在帮我阻挡了一下，虽然无济于事，让它仍蹦蹦跳跳冲了过去，但毕竟减慢了速度，且影响了它前进的方向，最后让它走了歪路，竟在十多米远的一簇茅草中歇下了脚。

跑了这么远的路，还被石块磕头碰脑的，竟然能保住了全身，我一是因屁股摔得一阵剧痛，二是感动于夜壶的坚强，不由得坐在地上呜咽起来。如果不是雨大，我相信自己定会坐在那里几分钟以平复激动的心情。然而雨太大了，当我见夜壶稍歇了时，一下子站了起来，顾不得裤子上粘的一屁股泥巴，如箭一般地冲向我的夜壶。可当我欣喜若狂地把夜壶当作宝贝一般捧在手上细看时，吓得我几乎灵魂出窍——夜壶在一路奔跑中碰上的土路面的小凸石，虽未让它四分五裂，但让其中的一个尖块石在它的肩胛处顶出了一个小指般大小的洞口！

这……这夜壶还能用吗？

当我在门前的小河边清洗夜壶时，我满脸的潮湿已分不清是雨水还是泪水。家中的艰难我是看在眼里的，往往买盐也只是每次买个半斤八两，买一把新夜壶得多少钱？又可以买回几斤盐？在我将那把夜壶放在猪舍一角晾干，披着一块化肥包装袋去学校读书的路上，我依然泪如泉涌，我真不知道如何面对这个局面。

我已成了家中的罪人啊！

晚上放学后，我再无心思做家庭作业。天将黑，那夜壶就将派上用场，可它身上那个小洞分分秒秒闪现在我眼前，让我无法面对。我默不作声，不知道这个夜晚我如何能熬到天亮。我甚至想，如果我砍下一个小手指就能把它修好，该多美啊！我已十二岁，不但不能为家庭分忧，还要为家庭惹上麻烦，我是废物，少一个手指何妨？在我前面，父母已有三个儿子，还要我干什么呢？我要是没了多好，父母可省多少钱？我从吃的、穿的到学费，省下的，至少家里可以多养一头肥猪吧？对了，我没了家里便一切都好了。

天黑之际，我见三哥从猪舍里取回夜壶，那是准备半夜派用场了。我知道，我的坎到了。当房中熄灭了灯火，兄长们先后躺在床上入睡后，我始终没有闭眼。过了十点，兄长们开始如排队一般接二连三地使用夜壶了。我心里根据他们使用的时间长度，在默默计算着他们的小便总量以及尿液在夜壶中已涨达的位置。大约在凌晨一点，一道闪电过后，紧跟着一个炸雷，估计暴雨又要来了。按理是外面出不得了，然而我还是忍不住，我怕尿液就要冲出洞口，再等不得，便摸黑起床，穿着双木拖鞋，在天空闪电的余光里拎着夜壶钻出后门，冒着雨丝冲向茅坑。

可我刚刚跨出后门才十几步，只觉得右脚踩在一处软绵绵的东西上，随后便是被什么东西咬了一口。出于本能，我一声惊叫，这叫声凄厉，随着我尚未发育的喉咙呼出之后，便把全家人一下子惊醒了！

大哥打着手电第一个冲出后门。

“弟啊，怎么了？你怎么在外面？到底怎么回事？”大哥急切地询问。在他们知道我可能被蛇咬了之后，紧随大哥身后的父亲焦急地说：“快，快抱老四进屋看一下伤口，到底是被什么蛇咬的，如果是毒蛇咬的，那是要立刻送蛇医的！”当二哥欲抱我进屋，发现我手里还拎着一把夜壶时，带问带怪怨：“半夜里倒什么夜壶？你疯了？”

"别为我看了，爸、哥，让我去死吧！昨天早上……我把夜壶弄破了……我死了，也好省出钱来买把新夜壶……好多养一头猪……"

瞒不住了，我放声痛哭。

大哥抢过我手中的夜壶，一下子把它扔进一边的杂草丛中，只听"叭"的一声，夜壶应该是打碎了。"就是把你大哥的头割下来做夜壶，也不能没有我的小弟啊……"

三个哥哥在哭声中陪同父亲一起，把我抬进屋里查看伤情。当父亲发现我小腿处的伤口是圆的，且肿胀并不明显，确认应该是无毒蛇所咬时，三个哥哥依然不放心，坚持要把我送往蛇医家医治。

在一阵阵惊雷声中，狂风、暴雨终是来了！道道闪电落在四野。然而，兄长们无所畏惧，轮流背着我，如接力赛一般向十多里外的蛇医家飞奔而去。

近半个世纪过去了，直至今日，当我们四兄弟坐在一起说起那把夜壶时，依然会唏嘘不已。那把夜壶给留下的记忆，是我们历经苦难岁月的一个印记，也是我们兄弟间血脉相连生死与共的最好见证。

洗 头

不知是个性使然还是什么，做事毛糙大概是我最大的毛病。从田里插秧、锄田这些农活，到生活中洗头、洗澡，我从来讲究的便是速度。插秧时，胸口总会被水田里溅起的泥浆弄成个“燕窝”，让人笑话。而我洗头、洗澡的速度之快，更是绝对要以秒计算。

婚前，一母所生的兄弟四人差不离，老大没有资格去说老二，我是老四，这毛病属于“传染”。所以，除了娘，别人不会对我说三道四。然而，婚后没办法，妻农活干得既快又好，生活上更是讲究干净整洁，我洗过头“局部头发还没沾上水”的毛病被她发现后，便再也不肯放过我，动不动让我“返工”。然本性如此，即使被逼无奈，“返工”了，也只是让头发全泡湿而已，无法达到她的要求，因此，在她一声长叹之后，帮我洗头便成了她日常生活的一部分。不管有多忙碌，为我洗头，就像为一家子洗衣做饭一样，成了她的家务事。

那年，我辞职下海外出创业了。

长年累月不回家，一个做生意的，跑业务、登大堂，最讲究的便是门面。在家习惯了妻为我梳洗打扮，一朝离家，很不适应。我的头发油性重，不分四季，一夜过后，即使没有出汗，头上没有染上灰尘，那头发不是翻翘着，便是一绺绺粘着。别说出门时形象欠佳，就连自己也感觉不舒服，这就让我不得不恢复自己的“本职工作”。而每当此时，我便总会想起在家的千般好，会想起妻为我洗头时的柔情蜜意，会想起她为我洗头时的那种舒适，让我顿生出对她的深深念想。

自己努力，生意上手也快，出门不到一年，事业小有成功。

那个小城虽其他产业并不发达，但洗头业却分外红火，街头巷尾，三步一小店，五步一大店，不管白天黑夜，处处都有理发标志的灯箱在转动闪烁。而立在店门外招呼客人的年轻女孩们，当她们见到我手持大哥大，衣冠楚楚地钻出由自己开着的豪华型桑塔纳轿车时，几乎没有一个不是像见了大首长来了似的热情。要知道，那可是在 20 世纪 90 年代啊！有这种装备的男人，便是财神！洗头、掏耳、修面、头部按摩，一通业务仅个把小时，她们便一张百元大钞到了手。为了能笼住我这样的客人成为常客，每个店都可是施展了全套攻略。洗头女服务时手脚极其轻盈，头部按摩时往你的耳朵里灌满甜言蜜语，说那是温柔乡，绝对一点也不为过。

那时节，洗头女的奉承话是让我脚下打着飘了。

一年之中偶尔的几次回家，妻见我头发总是做着上了定型水的发式时，明显的，眼神中显着不安，满是失落的样。而我如要在家住上几天，虽然我心中不愿，但又实在没理由拒绝让她为我洗头时，就见她的脸上立刻喜形于色。妻把我愿意让她为我洗头当作荣誉，由此会整天乐呵呵，把这样的日子当成她的节日。

那时，家中还没有安装空调。夏日里，她为我洗头，会不顾埋头在桌子上做作业的儿子，把家中仅有的一台老式菊花牌台扇，正面对着我落座的位置打开。它拼命地摇着头，风儿基本以吹向我为主。而冬日里，她则会为我脚下先支上个结婚时陪嫁过来的铜脚炉，在里面加着炭火，让我的双脚暖乎乎的。在她想来，给我的这种服务应该是最上档次的了，其实她不知道，在洗头房里，空调一年四季都开着，风扇的效果哪里能和空调比？况且这风扇年代久了，每一次摇头时的叽里呱啦声都令我厌烦。而妻在家不仅独自一人料理着全家五亩多责任田，每天还要接送孩子上学，另又在经营着一间建陶门市部，田里、家里、店里，大小活儿，都在她的一双手中下来，这手虽仍那么灵巧，但已十分粗糙，又岂能和洗头房里终年不晒太阳的年轻女孩的纤指相比？又因为她是在赶着活、赶着时间，为我洗头的过程，是洗干净即止，让人的舒坦度，毫无疑问，与洗头房中职业女孩的服务有着天渊之别。

是的，我让她为我洗头，只是一种礼节，不过是顾着面子，不想扫她的兴，不想由此引发夫妻间的矛盾，其实内心是十分不悦的。每当她兴高采烈地为我洗头时，我心里便会惦念起热络的洗头房，以及那些女孩们纤细的嫩指在头上抚摸的感觉。

天有不测风云。正在我的事业当红之际，因用人不善，又疏于管理，承揽施工的一个项目出现了严重的质量问题，不得不返工再建。为此，我不仅把辛苦打拼多年的所获全赔了进去，连轿车、大哥大都用去抵了债务，还回家向亲朋借了钱才填满了那个窟窿。那次的事件对我打击很是沉重，它让我心灰意冷，使我再也没有信心在外创业。可以说，我是夹着尾巴灰溜溜地回家的。

令我做梦都没想到的是我妻因此而出现的态度。半夜里，在我仰躺在床上长叹时，她竟会侧身拥着我倍感欣慰地说："回来好啊，家中虽失了财，但没失人。夫妻俩每天晚上能躺在一个床上，这可比啥都强啊！”

此后，妻把一手打理顺了的门市部交给我经营，自己则满心喜欢地为我打着下手。而为我洗头，又成了她生活的一部分。为了让我满意，她还私下进城，到洗头房里体验头部按摩，回来为我洗头时马上用上。初始，她的行为让我充满感动，败军之将啊，她分毫不予责怪，还把我当神仙一样供着，让我羞愧得无地自容。

在这场风波之后，我们的事业又慢慢恢复景气，不仅还了债，买了车，买了房，还陆续又办起了几家企业。

生活一天比一天好起来了，烧饭用上了电饭煲，洗衣用上了全自动洗衣机，从住的行的到吃的，什么都在变，如要说在我家的生活中还有什么没有变化的，便就是妻为我洗头的事，依然是夏秋日每天必洗，冬春时三天洗两次。为我洗头，成了妻三十多年来日常生活中最为重要的一个功课，也成了维系我们夫妻感情的一根重要纽带。每当在她为我洗头之时，我们总会在这个时间或讨论事业发展，或商量家庭事务，或说些夫妻间的情话。洗头，俨然成了我们夫妻间独特的交流方式。

2017 年的夏天，孙子如天使一般来到人间，让我们全家为此欣喜若狂。妻随即丢开一些能丢开的家庭杂务，全力投身到侍候坐月子的媳妇与哺育孙儿的工作中，累并快乐着。由于媳妇奶水少，小孙子的喂养便以奶粉为主，妻不论白天还是半夜，孙子随醒随伴，帮助媳妇带着孙儿。

孙子双满月后，媳妇上班去了。喂养、照料孙儿的事务，便基本落在妻一个人身上。毕竟一大家子人，每日的家务也是个问题，我们全家几乎一致同意请一个保姆来帮助照料家务，然而，都被妻拒绝。“挣些钱不容易，都是苦出来的。以前爹娘养育我们一群儿女不也一样挺过来了？现在仅带一个孩子，有啥碍事？放心，你们尽管去做各自的工作，家中有我，一切不用你们操心。”

妻硬是把料理家务、哺育孙儿的事儿全都揽了下来。为了减轻她的负担，我主动先将洗头的活儿自己解决：“你太忙，我的头发由自己洗，再不用你操心。花甲的年纪，又不用好看，胡乱洗一把，能对付着就好，你就安心带着孙子。”我含笑交代着这番话时，见妻的眼里还闪过一丝歉意，似乎亏待了我，感觉很不好意思。

入秋之后，我因企业工作繁忙，加之手头正在写第一部长篇小说，家中婴儿的哭闹总让我休息不好，于是便长住在企业的宿舍，连洗换的衣服也是让下属为我在家与企业中带来带去。偶尔回趟家，心也是牵挂着孙儿，赶紧抱一下，享受一番天伦之乐后，还是返回企业过夜，从没有好好看一下妻，关心一下她的身体，更别说与妻的温存与交流。

入冬后第二个月的一天下午，历经五个月时间，起早带晚，我的长篇终于收笔，且又在这天得知我加入了省作协的喜讯。那天，我心中充满喜悦，提前下班，驱车回家。我要将这份喜悦与妻分享，让她知道，我的努力没有白费。

我家的院子较大，建有五间坐南向阳的二层楼房。正是下午四时许，阳光洒满院子。我见妻正抱着孙儿，端坐在廊下的一张板凳上，晒着太阳。妻见我进了院子，老远便咧开了嘴，笑脸迎着。院子那棵脸盆般粗的枣树，叶已落尽，枝头没来得及采摘的果儿，全已干瘪。西风吹动树枝，那些果儿如铃铛般地发出一阵阵咕噜声。满地的落叶，让人已见不到地面铺着的青砖。妻是勤快人，照理是每日必会将院子打扫干净的，怎么让落叶铺成了地毯？我忽然心中一动，必是妻太累，累得爱美爱净的她，再也没有精力来料理院子。

“当家的回来了，不知你回来，连院子还没打扫。”

妻已抱着孙子站了起来，话里有自责，有歉意。孙子在她的怀中睡着了，她怕惊醒孙子，说话的声音很低，而她的神态，更像极了一个做错事的孩子。我走近她时，微风吹过，见有一片落叶掉在她凌乱的发隙。我正想伸手为她取下，猛然发现，她染过的头发根处，已完全都呈白色，而顺着刘海再细看她的前额，竟然皱纹重叠。天啊，几乎就在一夜之间哪，我的妻，那个三十多年前跨进我家门的那个水灵灵的姑娘已俨然成了十足的老太！

“孙儿睡了……我把他放在床上，先为你洗个头，再烧几个菜给你下酒……也是忙，多时没为你洗头了……”

我心痛至极！

她的语气里尽显疲倦，却又满是温情。三十多年来，面前这个做人做事从来要强的女人，待我却是永远的恭顺。她可以遭受我生气时的白眼与训斥，可以为家做牛做马；不论什么时候，家中有一点好吃的，也总要省给我和孩子；再苦再累，她都含笑为我们撑着这个家。我有那么一点点小成绩也会让她心生自豪，而我遇上挫折，从她嘴里说出的总是宽心话……而我呢？我为她做过多少？她一个黄花闺女进我门的，才五十多岁，就已如此苍老，是我之过啊，是我从来没有关心过她，更别说呵护。

我的心一阵发酸。

廊下，太阳正好。妻拿来了一张背椅，还在上面放了一个海绵坐垫。她又端来一个板凳，在板凳上放了一盆温水，手拿着洗发露，微笑着示意我坐下。我先是背着她擦了一下眼睛，尔后回身，捋起双袖，不由分说，一把将她摁在背椅上。不顾房中睡着的孙子，朝她大声吼道：“一，儿孙自有儿孙福，养儿育女，是他们自己的事，自明天开始，你把孩子扔给他们！该配合的，我们不推卸责任，钱是身外之物，由我们出钱为他们请一个保姆。如不行，哪怕请两个也可以。二，你为我洗头洗了三十多年，夫妻一场，你也不是该死的，如老天有眼，能让我们再活三十多年，那就在剩下的时间里，由我为你洗头。世上没有后悔药，妻啊，千万成全我，别让我到真正老了的那天留下遗憾！”

妻的双肩一耸一耸，我明显感觉得到，她在抽泣。

记忆里的秦淮河

1978 年 10 月的中旬，我正在生产队农田里播种小麦，队长炳成在田头大着嗓子喊叫："11 月 2 日开始，南京秦淮河开挖，我们生产队需要上二十个劳动力，愿意去的，现在开始报名！"

炳成在宣布这个消息的同时，也告诉大家，我们队里参加这次开河的带队人，是生产队的副队长，我的二哥。

法律与世俗划分童年、少年、青年总是有所差异的。那年我虚岁十八，已在生产队劳动三年，但尚未发育，身高一米六都不到，体重才七十多斤，充其量只能算个少年吧。当听到队长说凡是参加开河的社员，在来往工地的路上及雨天休息都记工分、所有吃喝免费、大客车接与送，这一条条好消息让我动了心，我毫不犹豫，立即向队长报了名。

那年二哥二十三岁，身高一米八五。他是靠力气大当上副队长的。听到我在报名，当场制止。他瞪着眼直接教训："开啥玩笑？出门在外，便是拼进度争集体荣誉，必须是精兵强将。何况为了早日完工回来，可以为队里节省开支，凡是出征的社员定是全力以赴、披星戴月地干。上了工地，一个萝卜一个坑，你盯着我，我盯着你，任何人不会少干半点活，你不行！”

晚上，全家讨论让不让我去工地。我在好奇心驱使下，任凭反对声一片，坚持要去。二哥见我太过顶真，板着脸丢下一句：“可是你自己要去的，到那里干不动可不要怪人。”

二哥这么看不起人，更激得我像只好斗的公鸡，我咬牙说：“与你无关！”

兵马未动粮草先行。毕竟二哥是带队队长，我随第一批六个社员，搭乘满载着粮草、炊具及毛竹、草扇的拖拉机，先期到了工地，为后队人马建生活基地。

队里所说开挖的秦淮河，其实就是后来所称的秦淮新河。它是一条集泄洪抗旱、通航为一体的人工河，可以抵御百年一遇的特大洪涝灾害，对确保南京东南部地区汛期安全及旱季农田翻水灌溉有着关键的作用。秦淮新河从江宁东山镇的河定桥向西经铁心桥、西善桥两镇至双闸金胜村入江，河面宽 130 ~ 200 米，全长 18 公里。

年龄小，哥哥又是带队的队长，搭棚的活是正劳力的事，我只要帮递一下草扇、毛竹等辅材就可以得工分。关键是伙食，每一顿都是亮灿灿的粳米饭，大白菜里竟然还放有大块的猪肉，尤其是酸菜汤里还要加上豆腐。天呐，这菜快赶上我家过大年，且一分钱不收，全是白吃，每一顿都吃到肚皮胀鼓鼓后，我就寻思：二哥呀二哥，我来既挣了工分，又为家节约了口粮，你还不肯我来，真不知你是怎么算账的。

很快，我们大队驻扎的营棚从厨房、茅厕、宿舍、大通铺就全部搭建完成。初到那工地，茫茫荒野，没见着一户人家，这次会战来的队伍太多了，也就三天之后，便形成了一个一眼望不见头的茅草棚村庄。

这天夜里，由各县安排的大客车一辆接着一辆，源源不断地从各地运来开河大军。天还没亮，我睡在用毛竹搭架的通铺上，就听外面嘈杂声鼎沸。

在外不会养闲人。那个早上我们就到了半里路外的工地，接收划分的施工段。

人在工地我傻了眼——我们的施工段，正好是在一座丘陵上。也就是说，先要搬掉丘陵，再在丘陵的底部挖出一条河来。要命的是河面宽度达两百米，竟然只能在新河的一侧堆土。当然，这还是其中一个难度，而主要难度是它开挖的深度：我们是从丘陵上劈下去开挖的，在我们的施工段上，需要下挖三十五米才到河底，这就标志着在最后完工时的土方，须从三十五米深的河底挑上来，还要再爬上高达三十多米堆土区倒掉。每挑出河底的一担土，需爬高七十米、往返近一公里才能完成。

现场让所有人吃惊。队里年龄最大的队员杨金山，先后多次出征水利工程，这么个见过大世面的人，他也吓出了一身冷汗："开挖这河，难哪，真正难如登天啊！"

不论困难大小，既来了的就逃不脱。吃过中饭，什么话也不用说，开挖！

工地上红旗招展，人山人海。一排看不到头的电线杆上，高音喇叭里不是播放着革命歌曲，便是播放着各单位的完成进度情况，这工程真正体现了什么叫"人海战术"。

在任务与鼓励的双重作用下，我们在每天的天亮前必定吃完了早饭，以确保东方鱼肚白时就能开工。而回工棚休息的路上，绝对已是星光满天了。

开始这几天不用爬坡，倒土也近，虽然只有七十多斤的身躯，干惯了农活，每一担不少于一百五十斤的土，我照样顶得住。但随着河道开挖的不断加深，倒土区也越走越远，十多天后，我便有些撑不住了。不光是我，在这种高强度的劳作中，其他人也都开始吃不消。

第一个倒下的人，是我儿时的玩伴严得龙。他长我两岁。那时正是电影《红楼梦》大红大紫的时代，不论是哪个商店，到处都有一寸见方、二分钱一张的林妹妹的张贴照。得龙在家是独苗，没有计划生育的年代，独生家庭是稀罕事。优生优育，父母把得龙当作心肝宝贝护着。他也是因为好奇才到工地上来的。按理说二十岁的农村小伙子，完全顶得住这活儿的，但天晓得，正值青春期的他，梦中天天叫着林妹妹。用芦席搭做的墙上，被他贴满林黛玉的小照。我私下里知道，他本天天遗精，再加上繁重的劳动，不倒才怪。

虽然肚皮顿顿能吃饱，然而我毕竟尚未成人，每天工作近十五个小时，超强的体力劳动，让我本来就瘦弱的身体又瘦下好几斤。一天，我实在撑不住，在收工回来的路上，私下里，我轻轻地对二哥说："哥，我吃不住了。"

二哥并没有看我一眼，只顾闷头走自己的路，好一会才丢来一句入了我耳朵："你自己要来的。"

我再没吱声。是的，是我自己要来的。

有个知青也顶不住了，二哥让他在工地帮忙做饭，从原来做饭的社员里抽了一个上了工地。说好，两人轮换。谁知那个知青没这本事，第一天就烧了一大锅夹生饭。干活回来的社员都已累个半死，本没好心情，埋怨的话说多了些，知青嘴不饶人，被我的邻居严德刚上去结结实实地揍了一顿。知青被打断两根肋骨，进了医院，二哥还派了个人去侍候，而严德刚则去了拘留所。

小队共去工地二十个劳力，这样那样的情况去了四个，再扣除两个烧饭，挑土的就只剩下十四人。任务如此之重，大家都很辛苦，我若歇下来，必定还有人跟着歇，二哥带队，进度赶不上，那是拆二哥的台。知道其中的道理，我歇不得。为了二哥，为了生活，更为了尊严，我只能咬牙忍着。

时间一天天熬过去。担当、责任、尊严，支撑着我瘦小的躯体，将一担担百斤以上的泥土挑出河面。

毫无疑问，自认为二哥挖苦我的那句话我刻在心里。他给我的冷脸，不如讲是冷血，令我心冷。他只惦记着他的任务，进度，荣誉，而没有了手足之情。

你还是我亲哥？我身高不到一米六，体重已不足七十斤，而你呢？身高达一米八五，重过一百八十斤，干同样的活，有可比性？你该知道，每挑一担土，我随时会倒下，再也站不起来啊！

我忽然有种破罐子破摔的想法：二哥你不是希望用亲兄弟的性命来换你要的政绩？好，我给你，我就把它交给你！

我从此就再也没有和别人说过话，基本只是用眼神与人交流。

我因自卑，本就话少。我的同伴，都已发育好几年，该长的地方全长了，唯独我，只有“十三拳头高”，下面依然还是“青龙”。身体长成这样，成为别人取笑的对象，那时，我甚至怀疑自己是不是也算一个正常的人。

活着还有什么意义？这人间还有啥留恋？对了，二哥啊，你既是这样的“好哥哥”，反就成全了我，谢谢，多谢了！

因为我是硬撑着一天天过去，元气大伤。此后，每当我把一担担土挑上大堤后空返的时候，我肩上轻了，脚也轻。那个时节，雾天特别多，工地上是个混浊的天地，能见度仅有几米，我感觉自己就是在云朵里行走，总感到身子在飘，也不知要飘往哪儿。

这天，我们生产队的开河工地上，坚持在工地的已不到十个人。

吃饭时我就像个木头人一样，已没有任何感觉，只是例行公事般扒拉了两碗，然后仍是不声不响跟着二哥上了工地。

两点钟左右，当我把一担土倒在大堤上返程时，我感到胸闷，想吸一口气，但就是拼着命也吸不上来，眼前金光四闪，接着耳朵再听不到任何声音。

当我醒来的时候，我感觉是躺在宿舍的通铺。

我睁开眼的一刻，看到二哥在轻轻地抚摸着我的脸，胡子拉碴，头发凌乱，脸色惨白，紧抿着嘴唇，里边的牙齿咬得格格直响，泪水像断了线的珠子，滴滴答答，落在我的脸颊。粗糙的手抚摸过我的脸，又伸进我的衣衫抚摸起我凸出的两排肋骨。二哥感人的举动，让我仿佛见到了是娘站在跟前。二哥的眼神像极了我娘。依稀记得，有一年我生病在床，娘便是用这种眼神看我的。这些想法也就是眼睛一闪而过的事，令我无法想象的是，平时冷酷无情的二哥，现在咋就为我流泪？二哥咋就怜悯我几乎只剩下一副骨头的身子？

我怎么也想不到二哥会是如此的在乎我，终是血浓于水，我就是在这个瞬间，顿时对二哥平时待我的态度完全释然。不仅如此，二哥的所有表情，也让我马上站在他的角度去考虑问题了。我想，工地上的人越少，大家就越消极，我该为二哥去分担。

正当我挣扎着起来还要上工地时，被二哥按住。他告诉我，见我累倒在工地，见为我脱下衣服时露出的一副骨架，告病假的、烧饭的，全不好意思，都上工地去了。二哥让我安心看着家就好。

第二天，我没有见到再有请假的人，甚至连在医院养伤的那个知青，听说了我的事也赶了回来。再上工地，他们都十分照顾我，为我装担的时候故意只装半担。我们小队本来是一眼看不到完工的希望，就因这一次我的意外而大变模样。大家因我而感动，团结一心，最后成了全大队第一个完成任务的队伍。

将近年关，这个对于宜兴人来说是新中国成立后最艰苦的一个水利工程，终于结束。大客车在半夜里把我们送回宜兴。坐上客车离开工地的时候，我望着星光下被工程土方筑得高如山梁的堤岸，满心感叹：秦淮河啊秦淮河，我几乎把性命交给了你。你是我少年时代的一个噩梦，可你又是我今生的贵人。是你让我感受到了亲情的可贵与生活的不易，使我今后将会懂得珍惜所拥有的，并在遇到困难时有战胜一切的勇气。

爹与他的竹扁担

1

急促的惊呼声划破早春夜空。

“狼来了！叼猪仔了！打狼啊！”

晚上喝了照得见人影的薄粥。半夜，我正要起身放第三泡尿，还没等摸着床前那把大号夜壶，受这惊吓，大腿根处就像大雨里的屋檐，“哗”的一声，床上发起大水。

得了？这是爹在后门院叫的！

惊呼才过，外边马上又响起用棍棒急促敲打扁担的声响。

爹的“啪啪”敲扁担声才起，二十多户人家的小山村，犹如舞台乐队听了头鼓敲响，一时间，敲搪瓷脸盆、敲竹扁担的声音就紧随其后，大合奏瞬间轰鸣在小村上空。

爹还在呼叫，但声音渐远。

我家这才养了三天的猪仔，属借鸡生蛋，是爹从城里舅舅家借来的钱所买。全家七口人十四只眼睛都紧盯着它，巴它吃过就睡，天天长个，平时多拉，胜过一个小型化肥厂；年关一身膘，能卖个好价钱，这样就不仅可还猪仔钱，还好给全家过一个有面子的年。

事关家庭荣衰，十二岁的二哥、十六岁的大哥，早在爹的头声呼叫里便披衣下床，摸着锄头、门闩，循声追爹增援去了，就是十岁的三哥也为营救这猪仔助力。他开了大门，站在门前土场，将小手捂成个喇叭筒，用带有哭腔的声音或向村西或向村东不断叫喊："帮我爹哟，今儿不打这狼，明儿全村遭殃哪！"

山里人规矩，一家遭狼袭击，全村上下，只要裤兜里有个把，个儿能挥动扁担，即使你正在茅厕出恭才一半，也得夹了另半截立马操家伙参战。

娘一手抱着三岁的妹妹，一手牵着六岁的我，立在三哥身后。看着持械匆匆从我们面前冲向村西口去支援我爹的乡亲，娘嚅动嘴唇，喃喃道："救……这东西下口就咬猪仔的喉啊……"

小村在苏南山区。

山湾人自古知道狼通人性，报复性极强，故从不对其痛下杀手。狼也够聪明，知道人的厉害，无论多饥饿，即使僻远山角孤户人家的幼儿独睡门槛，它们碰着也不敢下口，就怕惹出人命招来杀身之祸。几百年来，彼此各不相犯，也算是一直和睦相处。然而，这几年因山林大面积毁林垦荒种庄稼，野猪、黄羊这些狼赖以为生的动物越来越少，它们便开始袭击家畜，仅我们小村每年就会被狼叼走十多只猪仔。

山里人追狼抢猪仔的时候，男人们大都是用扁担横扫狼的前腿。据说，狼的前腿是它致命的弱点。因狼的前肢格外瘦小，扁担扫过，非断即受重伤。通常情况下，狼挨了扁担，就会丢下食物，凭三条腿快速逃命。事实也是如此，这几年，从狼口救下的半数猪仔都是村邻用扁担救下的。

追狼的男人们的呼喊声在村西口渐渐远去。稍过一阵，村前就一片落寞。

别人家的女人孩子早钻回热被窝了，唯我们母子四人一动不动，守在门前，竖着耳朵，期望村西口出现我父兄带回全家的希望。

子夜时分。场边高大的刺槐树冠，光秃的枝梢在寒风中发出凄怆的呼啸，冷淡的月光从枝隙散射在霜花如雪的土场。娘紧牵我的手打着一阵阵寒战。此刻，我虽紧紧依偎在娘的身边，套着光壳棉袄的身子依然感到彻骨的寒冷。

不知过了多久，村西上空开始隐约听到一片嘈杂声。三哥耳尖，惊叫起来："笑声！娘啊，咱家的猪仔必定有救了哇……"

三哥的后半句是在呜咽中吐出的。

不错，追狼队伍获胜而回。大哥怀抱着受伤的白色猪仔走在前头，就像抱回了一个金元宝，紧贴猪鼻子的脸，喜得合不拢两片嘴唇，后边大队人马也嬉笑声一片，大家都在享受着这场人狼大战后的胜利喜悦。

本钻回被窝等着自家男人回来的村邻，闻声又全都起床出了家门，月色下的小村顿时一片欢腾。

回家安顿好猪仔，爹钻进被窝，仍兴致勃勃向娘细讲斗狼的事。

"娘的，山湾里十几个村，几乎每天听到叼猪仔的事。这鬼东西贼精，猪仔打个鼾它也知道有几斤几两。过大的叼不走，你说，咱家猪舍紧贴后山，刚买回的猪仔，老子会不防着它？"

爹的防狼术我是知道的。每当天见黑，爹会先将两块青砖竖放在猪栏前的两侧，再紧靠青砖放一截两尺长的毛竹筒。接着，则是在竖着的青砖上各竖放一只白酒瓶，最后是将他用的那支竹扁担轻轻横架在两只酒瓶上。我见爹试过多次，只要扁担落下，竖放地面的竹筒就会发出两个“咚”声。这机关高过地面约一尺，如真有狼来叼猪仔，确实过不了这关。而这次就是扁担机关救了我家猪仔的命。

爹咕哝：“这阶段老子做梦也是警觉的，听着后院扁担响，赶紧披衣下床。刚开后门，偏还就与这条害人精打了照面！这东西厉害，叼着三十多斤东西哪，窜过四尺高的土围墙，就像平地一样轻松！哦，全靠发觉早哪，敲过信号，老子便操起扁担发疯般追！知道不？这条是公狼！追出村西口两里，我终于赶上了，哪知刚扬起扁担，娘的，从斜刺里竟又会窜出一条鬼东西，龇牙咧嘴帮腔吓老子哩，好在身后喊叫声一片壮胆，还有就是这公狼嘴里叼着咱家的性命哪，老子顾不得母狼，一扁担挥向公狼前腿！还真是的，才吃了一扁担，猪仔便‘哇’一声叫，那公狼就提了条伤腿一拐一拐跟着母狼溜进了路边林子！”

娘轻问，“猪仔咋那时才叫唤？”

爹答：“这东西才鬼哩，下口就锁喉，猪仔哪还能发声？”

娘又问：“咋知后来钻出的是母狼？”

爹嬉笑道：“月光照着，呶，这东西一排吊在肚皮下，还不是刚下了崽子的母狼？”

娘叽咕：“唉，救了青蛙饿死蛇，这世间哪，人与畜生都不容易。”

爹娘咕叨了好一阵才住口，令人万没料到，我刚闭上眼，就被大哥的一声惊叫吓丢了魂。

大哥："爹呐，这东西又来了！"

这次机关是大哥放的。夜深人静，扁担落在竹筒上的声音太过清脆，连我也听着了。半夜三更，不是这东西决不会碰下扁担，只是我不敢肯定，所以没吱声。

爹比大哥还警觉，只是没说罢了。大哥叫唤的当口，爹早已披衣离床，直冲后门。

总是人多势众。见爹出战了，家里除了三岁小妹，一齐起了床，准备集体与狼开战。

待我与三哥赶至后门口，惊人的一幕出现在我们眼前：后院，白月光下，只见一条约有七十多斤重的狼，肚子下挂着一条长长的乳带，毫不惧怕地坐在猪舍门前。这狼将头面对着我爹、大哥、二哥手中扬着的铁锹、钉耙，张着大口打着重重呼吸，半吐舌头，身子却纹丝不动。

这是头母狼。猪仔偷不成，它竟敢与人杠！此时，反是它的气势把我们全家给镇住了。

大哥吼了起来："爹，这贼东西惦记着咱猪仔，是逼咱出手！一不做二不休，结果了它！"

哪知我爹看了一下这狼模样，反把手中的家什放了下来。爹回头招呼我娘："去鸡窝，摸一只老母鸡来。"

爹不想破规矩。如丢了卒能保得了车，以我想来也值得。但大哥明确反对："爹，你这次给它占了上风，今后若是这东西天天过来纠缠，咱有多少生蛋的老母鸡填得了它肚皮？"

爹没回大哥的话，只是与狼像朋友一样轻轻地说话："知道你有娃子要养，也难，咱今儿给你一只母鸡救下急，请今后再不来我家打扰啊。"

爹从娘手中接过母鸡，随手扔给母狼，母狼闪身腾空间就咬着了鸡脖，随后它又迅速窜上土围墙，并趁势纵身一跃，跳出了墙。

母狼这一通身手，精彩得犹如训练有素的家犬在表演杂技，惊得我们一家人目瞪口呆。

后来，我学到“为母则刚”这一词时，就会回想起这母狼当时的样子。

也真是怪事，自爹那天给了这头母狼一只母鸡，不仅我家猪舍后来几十年间没狼来找过麻烦，就是我们这小村子也始终安宁，再没遭过狼灾。

2

山里人，只要是劳力，人人一支竹扁担，且基本是量身定制。比如后来个儿长到一米九的二哥，他的扁担可以挑四百斤，要用梁那般粗的毛竹制成。娘的扁担就只能挑一百三十斤，是用毛竹中间段做的，扁担宽绰了，上肩舒服，但肉质薄，挑的重量稍一过头，就会撕成两半。

记忆里，爹打狼的那扁担表皮青中带黄，内侧为新鲜的一层乳白色。这是支新扁担。从它的厚度看，内行人瞟一眼就会知道，这是用四年龄的毛竹最下边的一截做成的。这样的扁担因肉质厚实，不仅耐挑、抗压，还抗摔，上山打柴时遇着野兽更可以作武器防身，它耐打。爹生我时已四十八岁，打狼时五十四岁了，是个瘦小老头，他的扁担就至多挑一百八十斤。但因是先请村里的大力士阿贵挑足了它可承受的重量，用了三天，扁担竹筋全都是拉长了的，这扁担就成了乡人说的“活扁担”。这样的扁担挑者使用最舒服：足量挑一百八十斤，虽成弯弓，可就不会断；挑个百斤，你一步一走，它一弯一翘，给你齐步借力。

爹把这扁担视为心肝宝贝，不论是在猪场挑饲料还是上山挑柴，只要用过，就会小心翼翼地把它竖放在柴房一角。不让人乱用是一方面，另一个是那儿阴湿，这是置放扁担的最好环境。

我八岁那年腊月，这支扁担给我留下了刻骨铭心的印象。

山区，家家户户烧的都是山上的柴火。生产队仅会在冬闲时放假三天，让所有人上山砍柴。这点时间，别人家正劳力多的，该差不离能打回一年用的柴火了，我家则不同，除十七岁的大哥刚在队里参加生产，其他人还在上学，而爹在队里猪场，歇不下来，这样，家里就只有矮小的娘与刚蹿个子的大哥可上山打柴。那三天，因先下手为强，全队劳力都是披星戴月在队里的近山哄抢柴火，待三天一过，近处的山场早就被剃了个光头，再想要打一捆柴火，就好比人家吃了馒头你去洗蒸笼一般。

七口之家，外加猪栏育着三头肥猪，人与畜生，大凡吃的都要下锅，这让我家灶房竖着的那根大烟囱，几乎不断在冒出滚滚浓烟，一年四季，还不知要烧去多少柴火。娘打一天的柴火，大致仅能撑个三天，这就迫使我爹另想办法，让家里的大灶有柴火可烧。好在队里在十五里外有块远山，你只要有气力，允许你在春天到来之前，每天晚上可以自由去打柴。

爹就是在这样的情况下，一个冬天，只要晚上天气晴好，都会趁着星光去远山打回一担柴火。

山远，一个来回三十里，路上就要花去三个小时，加上砍柴工夫，爹打一担柴火回来，至少得花五个钟头。

出事那晚，爹在天刚见黑拿着砍刀扛起扁担出门时，娘就打爹的退堂鼓。

“天变哩，今晚可能要下雪。当家人，你一旦上了山，没月光，咋个下刀？”

爹边大步跨向门外，边笑应娘：“柴仓早一天满，娃儿娘你才能宽下心来，况且正是可能会大雪封山，我得抓紧多打柴火回来呀。”

爹比娘大十七岁，与娘说话，总像对闺女般亲切，话软糯糯，脸上的褶皱卷成一朵花。

娘白天要在队里挣工分，每天晚上，洗涮好一家子人吃的锅碗，就要准备三头肥猪第二天的饲料；忙至我们兄妹都打起呼噜，她才会背靠床头贴着油盏灯为全家人缝补衣服，直等爹半夜打柴回来才能一起睡，故娘不会陪爹上山。爹娘也体谅刚长个的大哥，白天他在队里劳作已很辛苦，舍不得大哥再在夜晚陪爹上山受罪。

娘是叹着气眼看着爹昂首阔步出的门。

也不知什么时候，我听见娘在后房与大哥说话。

娘用央求的语气招呼我的哥哥们：“老大，老二，快……快呵……你爹……后半夜了啊……”

平时寡言少语的娘，难得这么慌乱，那种焦急中带有哭腔的声调，如一把尖刀捅着了大家的心，急得后房两张竹床上的三个哥哥，没等我起床，都如闪电样披衣下床冲离了家。

前房一张大床。平时我与爹娘、妹妹睡一起。两条被子，我与妹妹睡爹娘脚头。待我也从床上套了棉袄棉裤起了床走出房，见两扇大门洞开，寒风呼啸直涌进家来，吹得挂在堂屋隔墙上的米筛“哐哐”响地直打砌墙的土砖。黑乎乎的大门口，我娘正双手互插老棉袄的衣袖里，倚在门框，头却像鸡脖一样伸出门外，向村西方向张望。当娘感知到我已在她身边时，她并没看我一眼，只是一声不语，伸出双手，揽了下我的脖子，尔后将我紧搂在她的小肚处。

娘在抖，身子就如米筛筛糠一样摆动。我知道娘此刻的心情，冬天夜长，吃过晚饭六点不到天就发黑，换平时，爹花五个钟点总能挑回一担柴了，这个时段没回，必然有了麻烦，是摔了还是遇着了野兽，无人知道。爹这个时候还没回来，不是一个好兆头。

我的心随娘的颤抖揪了起来。也是在这时，我才发觉外边灰蒙蒙的天空在飘着雪花。该是已下了一阵，门前地面见白了，三个哥哥杂乱的脚印明显地落在上边。

娘的牙齿在咯吱作响，我的心口在怦怦直跳。娘儿俩相依相偎，都一声不吱地朝一个方向看着。视线只有十几丈了，我们期望从村西能早点传来一阵脚步声、爹的那支活扁担挑着柴火发出的吱嘎声，甚至……我甚至还想到能早点听到我爹“哎呀”的疼痛叫声。不是我没良心，至少，有这样的声音入耳，证明我爹还活着，只要有爹活着，这家还在啊。

雪下得越来越大，风也越来越大，我们母子俩早忘了寒冷，忘了脸上给雪花打着，然后化为水滴灌进脖子的感觉，忘了世界的存在，我们似乎只是在努力地用心作耳朵，急切地想听到来自另一个世界的声音。

约一个钟点过去了，天见微亮。我与娘几乎都冷得已失去了知觉，但依然纹丝不动守在大门口，在一秒秒地熬。

不知是天色不好还是哥哥他们快如疾风，令人无法想象的是，二哥背着爹的身子、三哥托着爹的屁股到了门前，我与娘才有了反应。

“娃他娘，我没事哪，让你和娃儿们受了惊吓，对不住呵。”

爹非但能说话，在堂房下了二哥的背，他竟然还能手扶着墙走路。见状，娘以为爹没什么大事，心这才稍放下了些。娘当时还只以为爹犯了眩晕症的老毛病，以至摔伤了犯的事，便搀扶爹进房，想让他先休息。

外边天已渐渐放亮。前房，脸盆大的一个窗户用尼龙膜封着，光线不好，油盏灯仍亮着昏黄的火花。爹坐在床沿，娘端来半脚盆温水，为爹烫脚。

开始，爹并没说受伤的事，二哥三哥回来后也只是说爹昏倒在山脚，让他们背回的。二哥三哥只以为爹该有什么毛病，都立在床边，看娘为爹洗脚，在观察。我也在跟着打量爹。当时，我发现爹的脸像纸一样白，没半点血色，这让我马上联想起发小阿兔爷爷那张犯痨病去世前的脸来。是的，当时我认为爹是发痨病了，还是急性。

爹那支竹扁担的吱嘎吱嘎声进了我耳朵。不用说，是大哥挑着爹砍的那担柴火回了家。

大哥是带着哭腔从后门进的屋。他冲进房，一下子跪在爹面前，先是打了自个儿两个耳光，尔后，他抓住爹捏成拳头样的右手，将爹的手指一一扳开，随后便失声痛哭道："娘，快给爹包扎……你们去后边看看柴火……看看爹的扁担……我该死，没跟爹上山……"

爹到这时才说了实话：天太黑了，柴火才砍到一半，砍刀削了左手中指约一寸长的一块肉。爹撕开棉袄抠出棉花止血，一是伤口过大，二来左手还要用来帮助砍柴，血始终止不住。好不容易砍满一担，挑柴火回来时，手指还在出血，爹只能把伤指死捏在扁担内侧，用压迫的方式减少出血，可终是失血过多，犯了晕，这才倒在山脚的。

爹说的时候语气很轻松，说完这些，他在宽娘的心。

“娃他娘哟，啧、啧，见奔头了吧？娃个个这么懂事，咱吃再多的苦，值哟。”

我头个到了柴仓。当我见着这担新砍回的柴火，根根杂树枝杆上都染有爹的血迹，见着爹的那支扁担内侧全是紫红色，心里马上一阵发酸，止不住泪流满面。

心疼爹啊，我心疼得要死。

3

爹的那次用性命换来的一担柴火，让我和哥哥们都深深感受到爹的不易，过日子的不易。来年春天，十四岁的二哥便坚持着没再上学，开始成为生产队的半劳力。我与三哥放学回来后，割草、忙自留地、做家务都比往日更加勤快。

爹的活是在生产队养猪。一个人，包一个猪场的全部活儿，得一个整劳力的全年工分。

爹这个年纪能得着这轻巧活，全是他有一手养猪的技术。这活虽不是强体力劳动，可是脏、杂、孤单。我体谅爹，几乎每天放学后会去为爹搭把手。为爹烧大锅猪饲料、打扫猪舍等等。

我们兄弟个个想尽量为爹娘分担生活的重压。哪知爹命途多舛，我十岁那年夏天生的一场毛病，也差点送了我爹的命。

那阶段，瘦弱的我，总感到浑身乏力、头痛，腰部的皮肤有一种烧灼感。初时我耐得住，怕爹娘担心，家人面前只字没提。然而也就过了一星期左右，小肚子下出现了成簇的大小不一的水疱。这水疱鼓得晶莹发亮，那个痛啊，有时是突然袭击，头部神经痛得让你跳脚。有时也会歇一下，只是发病的地方让你奇痒难受。这时，我吃不住了，因病灶长在男娃对人说不得的地方，我要面子，就自个儿去合作医疗室配了些碘酒、药棉，回来后自行涂抹。总以为这是在哪里染的毒气，用过药，自然会好，哪知几天后病症会大暴发，不仅胸口有了这东西，还上了脸。

瞒不住了。爹一眼就知道我这是得了“鬼缠身”，知道我得病后比死还难受，娘当天为我在床前念了半夜咒语，为我驱灾。不知是心理作用还是什么，这晚我听着娘的符咒入睡，竟会睡了个难得的好觉。哪知也就过了一天，这病竟然会把我的眼部也惹上了。浑身持续的神经痛，让我感觉多活一分钟也不会过。

爹送我去了医疗室。医生见惯不怪，边为我打针边不以为然地跟我爹说：“嗯，娃这是蛇缠腰。疱疹，死不了人。哦，病重了，得有段时间才会好，痒、痛，会要了他半条命。”

医生说得分毫不差，那几天，我不时疼痛得哭出声来，病情发作时就如上了鬼门关，白天的解痛方式，是抱着门口的苦楝树，用牙咬啃树皮。夜晚，躺在床上，疼痛会让我的身子哆嗦得如鼓槌，震得床板咚咚响，弄得全家人睡不安宁。

一天半夜，该是病情高峰，我头痛欲裂，牙齿咬得咯咯作响，双腿又不自然地鞭起床来。我自知这样会影响家人休息，便爬下床，躺在堂屋的泥地上。地上是黄土夯平的，疼痛时，用腿鞭打地面就没有声息。此时，我十分感谢满屋飞舞的蚊子，他们叮咬我，我不仅觉得解痛，更认为这是在为我放毒血，是特为我治病而来。

这晚，外边的雷雨不停。闪电不时从指宽的门缝中渗进白色的强光。我每看过一道闪电，就会有一次念想：老天，你是怜惜我这个苦娃吗？十岁，与同龄发小顺银相比，矮了一个头；皮包骨头，身子也只有三十多斤。您若真有眼，何必让我被人嘲笑？让我受现在这番比下油锅还难受的煎熬？快行行好，带我上路呵，早走一天，也可为我可怜的爹娘省一份心，为兄弟姐妹省一份口粮。

是的，早走，是我对这个家唯一能做的贡献，是一种光彩。

此刻，我为自己能生出这样的想法而泪流满面。这不仅是对我病躯的感伤，还有为自己的这份牺牲精神感动。当然，这些念想皆由剧痛催生。恍惚中，我感到死神与我是如此之近。我的十指在死抠地面，心里期待用最快的速度奔赴一个安宁的国度。

爹就在这个时候从我身边走过，去了后房。随后，娘手持着一只由墨水瓶做的油盏灯来到我面前。娘蹲下身子。

“四娃……娘……爹现在就送你去大浦……去求医……”

我仰面躺着，就像躺在野外。挤进门缝的风把娘的油盏灯火吹得忽明忽暗。那昏黄灯火上的黑烟妖形怪状地向上飘着，由我泪水模糊的眼看着，仿佛就是个催命鬼在拉我。

我的耳朵一时听不见声音，好在身子还有感觉。

娘的呜咽声满是怜悯，由她脸上落下的一串串泪水，让我怀疑自己在露天里受风吹雨打。我的身躯虽依然疼痛不已，但仍体谅面前这个十月怀胎带我到人世来的人。我拼命睁大浮肿的眼，面对着头上顶着一蓬乱发如枯草似的娘，咯咯响地咬着牙，一字一顿劝她：“娘……没关系，还有三个哥哥哩……”

娘撑不住我这话，哭声渐大。不错，是娘的哭声唤回我的听觉，也把我拉回了现实。

求生的本能让我顺从地让爹抱进稻箩。这箩可装八十斤稻谷，毕竟人瘦小，我将腿盘坐稻箩底，身子还没稻箩高。

稻箩是用绿豆大小宽的篾丝所编，以至娘先用化肥袋盖住稻箩口，又用米筛罩在头顶，我就像个小灯儿扣在灯笼里，篾丝的缝隙让我一点也没感到闷气。

“搬块黄石来，压另一只稻箩。”

爹自讲过这话，在后来的个把钟点，我就再没听到他的语声。入我耳的,先是打开大门的“吱嘎”声,而后是外面狂风扫过树梢梢的“嘘嘘”声、雨点落地的一片“啪嗒”声。让我听得最为清晰的，是爹每跨一步泥水地面,草鞋响起的“扑哧”声、爹肩头扁担发出的“叽吱”声。

我头次知道，竹扁担在被雨水浸润后是这种闷声响，它平时清脆胜如孩儿欢笑的吱嘎叫没了踪影。正在农历六月，我仅穿个裤衩。身在稻箩，随着爹的扁担一步一沉、一步一翘，我的身子也在起伏，背部贴着的篾丝，就让我有了一种抓痒的感觉。或许是箩外的各种声音交织，让我在想象外面的风雨有多大，感受爹那急促的脚步声中透露出对他四娃的心疼，我该是一时分了心，忘了身子的疼痛，又该是多夜少眠，我先是迷糊后是睡着了。

稻箩中的我，做了个好梦：我竟一下长成了一米八的大个小伙。这是三月初六，是凰川湾开集的日子。好一个艳阳天哪，春风中，我用爹为我准备的一支大号扁担，挑着对一头坐着我娘一头坐着我爹的稻箩去赶集。经过走路慢吞吞的驼背张六保叔身边时，叔一脸仰慕，抹着把半白的山羊胡，张开缺了颗门牙的嘴瓮声赞道：“看这四娃，村里后生中属头一孝哪！”我听了这夸心情大好,健步如飞,扁担两头，爹娘从心窝里飞出的笑声，让我感觉自己是挑了两口蜜缸，我把爹娘泡在这缸里了。

正在我浑身上下喜得酥痒之际，只听外边连续发出“啪”“啪”

的轰响，这时，我不仅梦醒，还感觉坐着的稻箩不动了，这让我马上惊觉。我手顶头上蒙着的化肥编织袋与米筛，露出一条缝，屈身探出了头，就见了一个让人心惊胆战的场面：漫天风雨中，头戴斗笠、身披一张白色的化肥编织袋、与我同样仅穿着个裤衩的爹，正在路上挥舞着竹扁担，不断击打满是雨水的路面。闪电频密，爹那一边跳跃一边挥动扁担的身影，让我以为仍在梦里。是的，我头次见到爹像发了神经病一样，在闪电雷鸣的倾盆大雨中如跳神般的表演，直到约两分钟之后，爹停止劈打，慢慢地用扁担一头挑起一条长约一扁担、看如草绳一样的东西时，我才知道，爹不过是打死了一条蛇。

夏天，身下这五尺宽的板车道长满杂草，雨夜，在这样的路上盘踞蛇类很是平常，你发现它，赶走了便是，爹拼命打死它，一耗时间二费体力，这让我有些不解。

爹还趁着闪电，细细观察了一回蛇的头部，这才将死蛇丢在路边，回头又挑起了稻箩。

在大浦镇一个村子的郎中家为我上了药，我很快就平复了炸脑似的疼痛。见爹从另一只放着块黄石的稻箩里，拿出个湿漉漉蓝花布包的一兜鸡蛋，用一副低声下气的样子答谢人家时，我清楚，这是爹对大半夜叫人家门表达的歉意与感谢，我为爹这样的举动心生愧疚，也为这可换全家半月油盐钱的十六个鸡蛋可惜。爹娘为我减少疼痛花了血本，让我有了成为家庭罪人一样的惶恐。

爹挑着我回到家里，天已大亮。雨丝一点儿没有变小，当娘掀开箩盖抱我出来的时候，只见像刚从河里爬起来的爹，正在门前对着光亮查看脚部。我发觉本瘦骨嶙峋的爹那小腿，不知怎么会忽然粗肿得发亮。或是自己的头还在隐隐作痛，一时没反应过来，是娘急切的声音惊动了我。

“娃他爹，摔了？”

“没。近周郎中家时，让火赤链蛇咬了一口。”

爹边检查蛇咬的伤口，边若无其事地回了娘一句。

娘听爹说是给蛇咬的，犯了急，直冲爹难得的高声：“咋就不去邱蛇医那儿上草药？咋就知火赤链送不了人命？”

爹看了看娘，扬了扬花白的眉毛，黄蜡的脸勉强挤出笑容，安慰道：“扁担立了功。蛇被我打死了，查了，这家伙圆头，不用看蛇医。不是嘛，要真有剧毒，眼前你男人还会开口说话？”

爹神情自如，在我看来犹如惊天霹雷。我一下惊呆：山里人虽都知道，三角形头的蛇才是剧毒，但火赤链蛇也有毒，受毒过重的，也会死人。那邱蛇医离周郎中才三里，还在我们路过的村子，爹咋就冒这天大的险？哦，知道了，看蛇医，也不能空手上门，爹是舍不得那兜鸡蛋啊！

我躺在床上，泪流满面。整一个早上，我在回忆着路上的那个梦。我想，我终有一天会长大。我暗暗发誓，终有一天，会将爹娘泡在我为他们亲手打造的蜜缸里！

4

穷家的孩子少营养，发育相对晚些，万没想到，二十岁那年，我还真的美梦成真，一分不差，长到一米八，轻松挑得动三百斤的担子。家里也为我订制了一根大号扁担，我自然挣起正劳力工分。

我二十五岁成家时，适逢改革开放的春天到来，身为团干部的我，带头搞经营。这年冬天，我在村里的规划区造起两间门面房，原在茶场上班的妻回来开起了小饭店。妻勤劳聪明，为人处事又好，店里的生意很红火，当年就赚了六万多，我们从此就过上了好日子。

七十三岁的爹终于享上儿女的福了。妻对我爹娘比自己闺女还好，不仅时不时给爹娘塞零花钱，还隔三岔五给老人捎去店里的熟菜，给爹下酒。爹是识趣的人，虽早从猪场歇了下来，可闲不住，我们的店面开张之初，他还不时上山为我们店里打柴。每当我们在店里低头忙时，只要听到爹的那支竹扁担吱吱嘎嘎响，就知道是爹为我们送柴火来了。待我们放手迎着，此刻的爹，脸上必显着心花怒放样，他为自己能给他小儿尽些力而自豪。

我与妻都清楚，爹是为我们小饭店节约开支着想，但我们挣钱的目的，不就是为家里的老小过上好日子？这把年纪，还上山砍柴，一旦摔伤了咋办？为此，我们借故拒绝："爹的好意我们领了，可大灶烧煤，比烧柴火干净还更省事哩，以后我们可再不会烧柴火了。"

自那之后，爹再没送过柴火，但总觉帮不上我们的忙有些失落感，便在自留地上下功夫，时不时会挑来些蔬菜，说是侍弄地头的活属于锻炼身体。明摆着，爹还是想为我增收节支，没办法，妻只能借着过节、生日多塞些钱给二老。爹每在这时，总会乐滋滋地笑着说："好，孝心收了，但这是为你们攒的，哪天你们要办大事，尽管拿去。"

1994 年的春天，我辞职下海出门创业。也许我就是干经营的料，当年就挣了上百万，手里用上了"大哥大"，还准备第二年资金宽些的时候买一辆豪华型桑塔纳轿车。这消息，让村子里的人听了，见了爹娘就会夸我："哟，看你家四娃这出息，了不得哪！"

不用说，这消息必定是我爹乐不住放出去的。

企业在苏北，我长年在外，妻在家带孩子。这年隆冬的一天晚上，我接了妻一个电话："爹三天前上山打柴，回来时，裂了扁担，还摔了一跤。"

我岳父早在十多年前就已去世，不用说，妻口中这个"爹"就是我爹。听过妻这话，我有些发急，怨道："八十二岁了，咋还准他上山砍柴？"

妻回我时口气有些惆怅："谁拦得住？爹说，刀不磨就锈，扁担不用就僵，人不动就生病，老两口的饭，一定得柴火烧。"

妻这句话一出口，联想起上句裂了扁担的事，我心里马上有了一丝担忧，赶紧问妻："不用说，你这电话打来，必定爹有了事。"

"爹倒没摔伤。带着裂扁担回来，他换了副娘的扁担去挑了柴火。娘说，爹放下担子就笑对娘讲，'娃儿的娘哪，这条扁担用得那么顺，我一直当了宝贝待的，过去挑一百六十斤都不会断，今儿个咋就不足百斤就撕裂？哦，也难怪，跟了我三十多年，该与人一样，年纪到了，不中用了。'也真是天晓得，爹昨天一整天就感觉喉咙咽不进东西……今儿我送他老人家去医院做了检查……"

妻没再说下去，在抽泣。

我连夜租了辆小车从苏北赶回家。

看过诊断书才知道，爹得的是食道癌，晚期。我拿着这诊断书联系了多家医院当医生的朋友，他们给我的建议都是一个样：到了这步，别折腾老人了，现在能做的就是临终关怀。

确诊后，起初，我们哄爹，他得的是咽喉炎，爹还笑吟吟地回我们："嗯，小毛病，你们去各忙自己的，回去养养就好。"

爹的病情发展很快，仅过两个多月就起不了床。医生都是我用车接来为他做些止痛医疗。

知道爹来日无多，我已丢了企业的一切工作，与兄妹轮流日夜陪伴老人。

这天中午，坐在爹的床头喂他喝过水，我仍在装模作样开导：“爹啊，看来这咽喉炎还蛮重的，得花时间养啊。放心，眼看就阳春三月，这好天气，利养生。待后山映山红开，咱就好出门溜达，看花去了。”

爹背靠床头，伸出皮包骨头的细小手臂，顺势抚摸了一下我的头。这时的爹，脸已瘦得不成人形，嘴唇已包不住两爿活动的假牙，但他的白花眉毛里仍透着对四儿我的一片慈爱。

爹有气无力地清了清嗓子，这才对我说起了真话。

“娃哪，你们都这么孝，爹是种了桃树，不仅见了花开，还吃了甜桃，值了。不瞒吧，爹还真不知自己毛病？查病前爹就知道，只是不想拖累你们工作哪。是爹那扁担裂了，它提了个醒，得让爹给你们尽孝时机，否则怕你们心里沉一辈子，这多不好。呵呵，四娃，过着你们给爹的这十几年好日子，就会想起你得‘鬼缠身’的雨夜。爹让赤炼蛇咬着，挑你回来时，那腿开始是火辣辣地痛，后来肿得没了知觉，每迈一步，沉得就像拖着一块石头走路。爹知道中了毒，也怕哪，不是怕爹丢命，而是怕四娃你哪，爹倒下了，你咋回家？那时，是扁担的‘叽吱’声在为爹鼓劲。爹每跨一步它一回应，爹就认作是四娃你叫了声爹。不错，那时爹满脑子里想的，就是‘叽吱’声不能断，断了，四娃你就叫不了爹，就接不上气。想想，当爹的，命就是为娃备的，只要爹还有一口气，哪敢放下扁担……”

爹后来还说了些什么我不知道了，我只知道自己当时如五雷轰顶，头脑顿时一片模糊。

我懵懂中到了爹娘的柴仓，寻着了爹那支开裂的扁担。

看了又看这扁担的着肩处暗红色的竹皮，我一如看见当年爹砍柴受伤回来时，这扁担上沾满鲜血的场面。在柴仓，泪如泉涌间，我竟会不由自主地将竹扁担背面朝天，然后向着爹的房间方向，跪了下去。

此时的我，在这无人的角落百感交集。我膝盖直抵竹扁担的双侧，身体的重压，让膝盖疼痛不已。家乡自古以来总有用“反跪扁担”以示对犯错人惩罚的习俗，我自认为我这样做并不是自我折磨，也不是自我惩罚，而是在用这样独特的方式向我最爱的人表达最崇高的敬意，我想这世上若真有神灵，此刻，他们定会看到一个为子者这颗虔诚的心，会因此在引我爹上路时多一些关照……

爹是农历三月十八走的。走时，很是安详。

乡俗，离世的人，盖的、穿的、平时用的，都要带走。要在送葬队伍必经的路上架火堆烧了。

爹的墓地是他自己早就看好的。他要我们将他埋在常去砍柴火的西山岗。

这天早上十点多，我们兄妹分工明确，由大哥他们送爹上山，我在家处理爹的物品。当大哥他们随一阵阵令人心酸的唢呐声出了村西，我随后就将爹生前所穿戴的新旧衣帽，还有他的那支心爱的竹扁担及起火用的柴火，装上板车，拉到了村西口。

我在架火堆焚烧这些物品时，无限感慨，心想，爹该是决不会想到自己砍的最后一次柴火会是给他自己准备的。

我把几捆干柴火打底，上边置放好衣物，最后，将爹的那支开裂了的竹扁担如旗杆一样插在中间。

引火后，我真没想到，从打底干柴到化纤布料，竟会一时就燃烧得那么炽烈，尤其是那根竹扁担，或是干了数十年的缘故，又或是爹在夏天用它时往往赤膊，有爹的油脂渗着，几乎是一遇上火苗便熊熊燃烧。火焰将扁担通身裹住。我抬起头，在泪水盈盈中看着这燃烧中的竹扁担，仿佛看到是爹在用身躯给他小儿传送最后的温暖。那火焰上方，浓烟不断翻腾着，直冲天际，我发了花的眼看了，一如是见爹在头顶向他的四儿挥手作别。我口咽泪水，心中默念：爹呵，走好哇，四儿我会在每年清明的星夜，等您下凡……

趣角儿

春　叔

1

春叔的爹是个裁缝，手艺好得没法说。春叔得了真传，也以此为业。人民公社化后，按理，生产队里除了老弱病残，干裁缝这行当的该歇手去参加生产，四十岁都不到的春叔，正是干农活的好劳力，偏他没有。叔是戏精，时不时两腿走路一拐一拐的"关节痛"，一月几次抱着胸口在田间地头打滚的"心绞痛"，看看，这些病症让谁不为他的身体捏把汗？

春叔能今天东明天西，去挣一天抵别人干三天的工分钱，关键在于会做人。他平时为大队干部做衣服，收费打对折。凡小队里请他上门做衣服的，天见亮就为你开工，另外，晚上加班两小时不收费。当然，叔最拿捏人心的是做媒，前后也不知成就了多少对有情人。

好人缘让春叔走哪儿哪儿香。

裁缝这活儿属吃百家饭。方圆十里，自有雇主不时大清早上门来为春叔挑缝纫机。叔干活利索，也是玲珑心，简单几句看似关心的话，就会把雇主家里的情况套得了如指掌。自然，他关心的是你家生有几娃，凡过了十五岁的，就上了他心里的一本谱，几年之后，说不定他就成了你家的座上宾。

春叔是被我爹当菩萨看的人。穷家，连生四个男娃，爹急。好在我几个哥哥也有本事，都是在二十岁出头就“勾引”到一个中意姑娘。不用说，这“现成媒人”万万要春叔担当。有叔这利嘴，女方那边，天大的事儿都不是事。

2

我发育晚，十九岁才蹿了个子。山里娃说亲早，其时，身边伙伴大多已定亲。

二十岁这年年关前的一天晚上，春叔让他还在读小学的三儿顺荣摸到我家，咬了下我耳朵。

知道春叔把我“放在了议事日程”，我正犯青春期冲动，这及时雨巴不得。

羞答答到了春叔家，他马上把我“请进”内房，关门说话。

春叔干脆：“穷不怕，小伙儿一俊二勤三聪明，这是真本钱。叔在那头就这样介绍你的。女方情况我也不掖不藏，离这八里，薛家村的。女大三，抱金山，小子哎，今年该你犯桃花运！”

年纪大我三岁没什么。“俊”“勤”这样介绍我也只是客套话，主要问题，是我们这样的人家，并非自由恋爱，对方会主动出击？

这很反常。

不用我启口，煤油灯下，半秃的春叔，右手抓了两下头上的“红太阳”，粗黑的浓眉翻翘几个来回，马上看出我的担忧。叔“哧哧”地笑，腮帮子鼓到耳根，说道：“四娃，你拾了个天大便宜啊！薛小英六年前订的亲，本安排大前年收了麦子过门，哪想男方犯偷盗，判了十年。薛家等得起？分手仗打的是持久战。这不，刚胜利，昨晚她爹娘就一起来托叔。叔是看着你四娃长大的呀，肥水能流外人田？”

听清了。不论我犯多重的春情，一个“处理品”概念，就打击了我的积极性。

春叔善察言观色，一眼看清我肠子角落。他嘴皮子才掀，连珠炮又放了过来：“四娃，想想咱这家底，几个大的分开过，剩下的那两间瓦房还是房？大梁都打着撑哩，说垮就垮。值钱的，除了一把夜壶就是口铁锅，像发了大水冲过。女娃嘛，三年前叔见过，人耐看。虽是定过亲，可毕竟没生过娃，人家还不‘约等于’大姑娘？”

我就是被这“约等于”气跑的。

3

不服，三个哥哥都会自由恋爱找着了人，我短啥？说条件，只要一个“勤”字刻在心，谁说跟我的女娃今后没好日子过？

总以为热脸贴了冷屁股，春叔受我一番气，该记恨，不承想人家春叔大人不计小人过，宰相肚里能撑船。三个月后，门前桃树满枝见红时，顺荣踏着月光又把我拉去了他家。

坐在房里的一张小竹椅上，春叔站在我面前眉飞色舞。

“四娃是程咬金，天大福将！大圩子张家旺的三姑娘，昨天她亲来我家挑的‘洋机’。都清楚了，这次是正宗的黄花闺女。她比你小一岁，两个姐姐嫁出了门。新盖的三间大瓦屋，好个筑巢引凤！你爹早先与叔说过，只要人家好，四个男娃，一半可以招亲。既有这打算，娃哪，这好事不为你争还是你叔？女娃与她爹娘吃不得叔把你夸成一枝花，认！三天内咱相亲去！”

太激动，刚收嘴，春叔把右脚用力往地上一蹬，铺在地上的一块尺大青砖，“啪”一声，跳出地面两三寸。叔见了，踢了一脚，赶砖又进了窝。

虽说这社会讲男女平等,但男娶女嫁也是传统。在乡场,大凡招亲，小伙不是有生理问题，就是家境不好人无能耐的老光棍。我家弟兄四个，前仨都光彩娶的人，让我灰溜溜拎只马桶去别人家？一个大男人出门见人软三分，这不行！

虽日思夜想能搂个女娃度春宵，可一辈子就这么背个“倒插门”这块“金字招牌”过日子，我就喘了粗气。

屁股下的小竹椅“叽里呱啦”响个不歇，话一声不吱，我这反应全在春叔意料之中。叔开始降低热度，先是温柔地拍了拍我的肩胛，而后在离我两尺的老木床沿坐下，面对面开始做“耐心细致的思想工作”。

“你那两间巴掌大的破屋，一间前是堂屋后是灶房，另一间，中间一道人高的土墙，后房住爹娘，前头咋做新房？要在这房成亲，春播秋收，你就是想下个种，这床一阵嘎吱响，小夫妻的恩爱全落老人耳朵，是你好意思，还是人家女娃好意思？呵呵，这说来难听，不说这些吧，咱先说做男人的福气。那女娃，身条可是三姐妹中最好的，太吸引人！况且叔是见惯了，这女娃的身子，能生，你今后必是儿孙满堂！孩儿们虽姓张，可尽是四娃你姓王的下的种，还不都会养你的老？”

前边说的我还提些精神，后这一句，就像一闷棍打我头上，我的人立马就蔫。

“空带个吊儿过去，三间大屋做新房，爆竹一响成新郎。欢天喜地上新床，红烛光下赏新娘……洞天福地，鲜肉儿美味，四娃，珍惜哪……”

春叔后来还说了啥我都忘了。

躺在床上，看着从瓦缝里透进的星光，一个时辰后我才清醒。不能怪叔，婚姻讲究门当户对，条件摆着，我该配哪类人，旁人心中有尺，自然一清二楚。不论咋样，春叔是看得起我才为我说的亲，为难人家两次，估计不可能会有今后，但总是欠人家天大的恩，有机会还该报答叔。

4

穷则思变。认识到这点，我早就有了追求，并以此为动力，把对写作的兴趣，看成是打开属于自己的幸福生活大门的钥匙。虽只有初中文化，但我埋头苦学，坚持写作，就在春叔为我做媒的这年，已成了县里的文艺创作骨干。

小我两岁的俏枝，小小年纪，这年不仅担任了我们大队的“铁姑娘队”队长，还兼了宣传队长。她人长得俊，工作泼辣，是属于“有嘴有手”的那种女娃。年关前，俏枝组织人马排练节目，不仅有“力保冲出公社，争取上县舞台”的雄心，也做了扎实的工作。了解到公社下发的节目单上不少节目是由我所写，连续多次上门请我当“导演”“主演”。一声声亲切的“老师”“阿哥”，哄得我乖如小绵羊，从此跟她团团转。

在县会演结束，俏枝打回优胜大旗的那个晚上，俏枝让闺密约我在她们小队村东的老桥头“研究工作”。那晚，万没料到，一阵东拉西扯后我转身回家时，满天星斗中，俏枝拉住了我的衣角。

男大当婚，女大当嫁，百里挑一的好姑娘做媒的自然踏破门槛。在我俩的三年“地下工作”里,俏枝几乎天天承受着一批批做媒的“狂轰滥炸”。这年秋天的一个夜晚，她坐在我房里的一张跛脚板凳上，一改平常的大方，双腮红润得像小姑娘见了陌生人，要我“迎难而上，主动出击”。

“阿哥哪，得让社会上早些明白咱们的关系，这样心安呀。”

俏枝早表明心迹，非我不嫁。可家里情况摆着，这穷家，哪个女娃进门都是受罪。我识趣，不想害人，因此，三年交往中从没碰一下她的手指，为的是人家遇上家庭压力能有退路。

人家女娃都开了口，我推车撞壁，总得表态。

坐床沿，离她三尺，抬头看了看空荡荡的屋顶，我叹了口气，像是自言自语:“看看，这瓦缝中渗进的月光。听听，这直灌屋里的风声，这个家……”

俏枝听了我这退堂鼓声，一下变了脸色，好像是故意说给睡在后房我爹娘听的一样，脆生生蹦出一串话来：“我是嫁人，不是嫁房子！找春叔！有他去，天大的事儿不是事。耽误不得了，走，眼下就上门请媒！”

我承认在这事上自己有点怂，不是俏枝半拉半推，我绝对进不了春叔家门。

乡场，媒人也不是白费口舌，新人定亲、结婚、头胎孩子百日，吃喝除外，得奉三次大礼。春叔虽不重财物，重情，但春婶是女人家，把叔的这一手当成副业。

推开春叔家的大门。他家新拉了电线，堂屋里，灯光如雪一样白。

见我脸红耳赤与俏枝双双进屋，立在八仙桌边裁衣的春叔、坐在一侧正给新衣钉扣子的春婶，两双眼睛先是一怔，夫妇俩还相互看了看，究竟生意人，也就转眼间，喜笑颜开热情接待。

乡下人说亲，成了自然好，如不成，被拒绝的一方总感觉不光彩，为保人脸面，媒人通常是“半秘密工作”。春叔是手艺人家，说不定随时有人上门，有正事得去房里谈。

房里变了样，不仅装了电灯，新换的大床对面还添了一张小方桌、三张方椅。这房好像成了做媒的专用室。

婶是叔的好帮手。倒过茶水，婶一对鱼泡儿眼盈满喜气，朝我抿唇一笑，便扭着个小巧身子，甩了下乌黑的半长发，轻脚出房，轻手反扣了房门。

自知门不当户不对，更担心话从我嘴里说出去可信度不高，我三言两语开了个头，大致说了请媒的意思，便“抛砖引玉”，眼睛盯着俏枝，巴望她“做主要发言”，将我们成熟的恋爱关系和盘托出，这样也好壮春叔的胆，让他敢接这硬茬。

俏枝大方，简单说了些我们相处过程后就直冲主题。她后脑壳的羊角辫一翘一翘的，说的话每一个字如铜钱落地叮当响：“叔，咱晓得，这事您有难度，但在叔面前我可以明确表态，我俩山盟海誓了的，除小顺阿哥，别人就是介绍一个中央委员，也休想我答应！请转告我爹娘兄嫂，请媒，不过是礼节，我俩铁了心在一起，哪个也拆不散！”

我的战术对路，也是俏枝的硬气，让春叔有了底气。

“一大队，家底都在叔的心里，两个娃进门时，叔就犯蒙……烫手山芋啊，闺女，你爹六斤那头还好，嗯，分量是你的几个哥，铁定是刺头。嗯，硬仗。不过咋样？两个娃的人品就是天造的一双，叔又亲眼见了这么情投意合，冲这点，叔就敢搭桥。得，明儿上虎山！”

那天晚上，从春叔又把地面青砖蹬蹦出窝的决心来看，我觉得这事有六成把握。

5

春叔有勇有谋。

次日晚上，他先支派春婶上了俏枝家的门，用香软口气，轻轻吹了我未来丈母娘的耳朵，说：“明朝儿天见黑，当家人为闺女送一门天大的好亲过来，还请备一杯茶水哟。”

我的未来老丈夏六斤，是三队会计。五男娃成一队开路在先，后生了一个闺女成了面彩旗。

俏枝是她爹娘含在口里长大的。

家风好就出人。俏枝大哥当兵次年就入了党，五年后回大队当了大队林场场长。二哥是公社砖厂的机修工。三哥更了得，在农村入党，是大队的总会计。老四还在部队，当排长。老五是大队的拖拉机手。俏枝向兄长们学习，很上进，因此十七岁就成了大队的培养对象。

儿女优秀，让我的未来老丈出门可挺胸走路。自然，俏枝自十八岁后，做媒的络绎不绝，只是都给他用一个“年纪还小”推个精光。

此时，俏枝的兄长有四个成了亲，其中老三、老五是春叔做了红娘，谢媒的大礼还是俏枝与她娘亲自送上门的。春叔本是夏家的功臣，这次听春婶说，叔又将为闺女送来一门“天大的好亲”，我那未来的丈母娘喜不自胜，春婶前脚刚走，她后脚就急匆匆奔向几个儿子家里，通知他们在来日晚上齐聚老五家中，共迎喜讯。

春叔早就掂着了这事的分量。那晚，他是备足胆量才踏上了俏枝家的门槛。

为表示感谢，也是人多，我的未来丈母娘预先拿出了备着过年待客的两碗南瓜籽，下锅炒了，候着春叔来的。

将一通茶水当酒喝过，春叔在连瞄了几眼坐堂房一角的俏枝的坚定目光，终“嗯、嗯”清了下喉咙，又抚摸了几下在灯光的照耀下闪闪发亮的光头，用有些心虚的口气，对俏枝家围坐在饭桌四周的一张张笑脸，笑眯眯说了来意。

春叔防着俏枝的几个哥哥。他怕，担心自己一报出我的大名，桌子边的几个狠角色一时情绪控制不住，不排除会有过激行为。为保太平，打开话匣时，叔不仅语气温和，还把我们求他做媒的事做了挡箭牌，先顶了出来。

“这个，今儿嘛，专为俏枝与小顺上门请我的事来。这个嘛，王小顺，家里虽不咋的，这个嘛，看两个娃情深似海，咱还得成全有情人……”

其实，或是我与俏枝恋爱的保密工作没做好，同一大队，她家里的人已多少听到了一些传言，但还仅是猜疑，不想现在得到了证实。刚刚还是喜气一堂的屋子，就一秒钟的事，立马翻天。

不待春叔的话收口，俏枝大哥那军人的血性来了。他闻声而起，随即一记铁拳砸向面前松木做的饭桌，桌子上的大半茶碗，几乎立马都翻了个身，继而满桌子的茶水，从桌子上手指宽的缝隙里“哗哗”落地。

俏枝大哥年长她十六岁，与春叔年纪上下不大，平时虽也尊重春叔，但事关宝贝小妹终身，他抖动着嘴角，两眼红得如充血，口中喷出的全是怒气。

“啥叫‘天大的好亲’？还以为说的是哪位公社书记家公子哩，原来是动员我妹子跳火坑！咱问你，是我这当大哥的挖了你家祖坟，还是我哪位弟弟借了你巨款没还？你咋就这样来作践我的小妹？”

上门都是客，何况还欠春叔成就两儿亲事的情，我那未来老丈与春叔都在上座，屁股共搁一条板凳，听了叔的通报，也气得瘦削的脸由蜡黄变成一片猪肝色，半白半黑的一把山羊胡，抖得口水直落。出于礼节，他口气显软，但声音中明显带了哭腔：“那娃子穷得露屁股，咱闺女过去不就下了大海？”

桌子四周基本一片愤慨之情，唯俏枝三哥除外。到底是大队干部，识礼数。当会计的，更会算账。他坐在春叔对面，先是轻“哼”一声，预示着他要发言。为示郑重，他还对怒向春叔的老大轻挥一下手，让他坐下。

整了整身上那件蓝色“青年装”的风纪扣，俏枝三哥这才皮笑肉不笑地朝春叔开了口。

“咱直奔主题吧。春兄，晓得你是手艺人，分分钟是钱。算吧，从你家到我家，约一里，中年人，每步按七十公分计算，约七百步，跨一步一分钱咋样？约七块。另外，发言要精神，你今儿个开场白，唾沫子射在我脸上不下百星，其他人该也没少挨，就以千星点计算如何？一个唾沫星也做一分结算？要认可，眼下你就带走十七块。人活一张脸，只要你在外不再坏我小妹的名节，这事，咱今儿就当风吹过。”

俏枝三哥的话一字一顿，听似友好，实是羞辱中带有一股杀气。

春叔头次在这种场合落了下风，一时鼻红耳赤。俏枝估摸春叔此刻说不定要犯“逃跑主义”，关键时分挺身而出：“叔，凡我说过的，便是铁板钉钉！”

俏枝这话铿然有声。

有主角撑腰，春叔本受够了怨气，现在也来了火气。

叔要使“撒手锏”了。

为再次证实俏枝的决心，春叔朝她像动员又像启发，先是丢了个眼色，继而丢给俏枝一句话：“闺女，既这样，叔马上要说的话，你可都全得认账哪。”

俏枝后脑门的羊角辫上下一翘，一个“嗯”字干脆利落。

吃了颗定心丸，春叔演起戏来。他一边拔腿就匆匆走向大门，一边仰头朝向屋顶大梁，声如洪钟吼叫：“生米早成了熟饭！图钱？眼见添外孙，闺女还没定亲，这新闻，够味吧？本是为你们好，来斩这团乱麻，咋晓得是来受这罪？不说，恭喜过了，咱回！”

春叔使的是“核武器”，这一门战将转眼都失了魂。

6

那天，春叔回来后直奔我家。

女方认为火烧眉毛的事，拖不得。订婚日子定了：农历的九月初六。条件是春叔满口答应的：隔夜先送十八斤大白兔奶糖、两条大前门香烟、六百元礼金过去。好日子这一天，女方来两桌人。喝过酒，就算订了婚。

我先是喜，后是惊，差点急出心脏病。离好日子仅有五天，家里请客买菜的钱还能凑合，给女方的总开支，少说上千，这钱能从天上掉下来？

这时，春叔还没向我提及在俏枝家受的罪，只是当着我与爹娘的面，说了上门去说亲的结果，便急着要我们表态。

意想不到，得此消息，我爹娘差点笑歪嘴。爹边为春叔敬茶，边给我安心："四娃哪，咱是高攀呀，一分钱一分货，俏枝家提这条件，也只有你春叔谈得下来！嗯，好！娃能勾引得俏枝这样的好闺女进门，好！放心，三位哥哥知你与俏枝相好，早在爹娘这儿说了大话：日子定了，就是各家砸锅卖铁，也不会耽误这门好亲！"

有了我爹这一句话，春叔这才缓过气，来了精神。

据说秃顶多多按摩就会长出新发，这让叔稍有空隙就习惯用手自摸半秃的头。

叔的左手按上头部，这才说起他在俏枝家的"英雄壮举"。

才开了个头，春叔脸上便神采飞扬，右手飞舞："乖乖，与这夏家通亲，论四娃你这条件，除叔之外，还有哪个有这胆量？满家是高手，个个铁嘴巴！文戏武戏，说来就来！四娃，不是叔吹，这次真可谓是去捋了老虎须，再拔老虎牙！要不是你叔足智多谋成竹在胸一腔正气，会将这伙人当场镇住？能不仅应下亲事，还带着好日子回来，更把对方所提条件打了对折？开啥玩笑！"

叔将一顿功劳在爹娘前摆过，我心中有数，所谓论功行赏，待我谢媒时，得用重礼。

其实，叔不讲这些，我也知道这次的媒人不好当，亲事即使不成，我也得记叔的恩，会表心意。现在春叔马到成功，成就了我与俏枝的姻缘，今后再怎么谢叔都不过分。

送叔到家，他又拉我进了房。

"四娃，答应叔，将来俏枝进了门，得宝贝她。"

这啥意思？

叔这话一出口，让我吃了一惊。我郑重点过头，用疑虑的眼神打量着他。

春叔用难得一见的严肃对我说道："嗯，长了见识。叔做媒无数，头次见识了这样的女娃。大方，正派，俏枝是干大事的料。"

叔紧接着低头小声对我说："四娃，你让这闺女看中，叔也高看你三分哪！叔阅人无数，不会看走眼，你们这对人儿将来定有出息，叔得为咱村培育这好苗。叔今儿与你约个定，这次保媒，除了喝喜酒吃喜糖，叔其他一样不收。答应不？"

我以为叔是开玩笑，笑道："喝水不忘挖井人，规矩哪能坏？"哪知春叔听了立马变色："不答应？走，你另请高人！"

见叔来了真的，我知道了他的心意。一种温暖油然而生，差点让我落泪。

叔该是见着了我的感动，又喜形于色，声音更小："带两条大前门香烟回去，多少还能抵些开支。女方要面子，开口两条高级烟，叔之所以一口答应，是叔家里有哩。都是人送的礼，你婶让我去代销店打折卖。反正还有人送，瞒着她。天知地知。"

我与叔非亲非故，只是一村所居，人家为我办成了登天之难事，不收我谢礼已是天大的恩，反收他的重礼，这样可不地道。

我诚恳地说："叔，你要看得起人。"

春叔一脸正式道："瓦片也有翻身日。叔不是白给，是赌。叔赌你俩不用几年就有好日子。人呀，见着好的人也罢，物也罢，哪个不懂爱惜？今儿叔成全你们，能见着你们以后人有出息，日子亮堂光彩，这好比栽花人育青苗，先掉了些汗水，终会见着鲜花开。四娃，你说，到了观花时节，还有啥比这令人开心的事？"

听罢，我再没言语，只觉眼前一片模糊。

7

订婚后的第三天下午，我骑着自行车，带俏枝去参加公社的一个共青团活动。三点多结束。时间尚早机会难得，顺路，我把俏枝带回了家。

这个时间，爹在生产队猪场忙，娘在田头参加生产，家里难得的两人世界。

虽订过婚，这几天我们并未见面。关着房门，两个传统的人，开始还中规中矩，分坐在木板床一头聊天。我对俏枝说起了春叔送烟的事，这让俏枝唏嘘不已。俏枝也说起了那天春叔在她家受的罪，说了叔舌战她一家人的经过，我们都为今生遇上春叔这样的贵人庆幸。

已订了婚，再在一起人就放松。看着面前花儿般的美人，聊着聊着，我憋了三年的热血涌动起来，胸口急剧起伏。

“叔说了，让我好好待你。我得听他的话，努力每一天，争取将来做一个给家人、乡邻长脸的人。”

我这话与身子的状况一结合，让俏枝也喘着粗气。她娇羞满面迎着我，莺声燕语：“那天，春叔当众人面说咱俩生米已做了熟饭时，我一愣，心想，我这个胆小鬼阿哥啥时敢犯过粗了？”

我是傻瓜？这不是进攻的冲锋号嘛！

我口中先是喃喃“我可能要犯错误了”，忽然间就如下山猛虎，一下子拥俏枝在怀，倒在床上。

伏　龙

1

“假鬼子来了。”

发现目标，我们一群看热闹的孩子瞬间闭嘴，猪舍里刚刚还在“嗷嗷”直叫的群猪，好像也有第六感觉，克星来临，少了声息。

严伏龙住后村。

我们小队坐落在一道小山岗的两侧，房屋大多在南边向阳而造，只有两户人家在背阴处，这使小村有了前后村之说。两村之间相距半里，在山咀有一条小路相连。中间位置的十几间矮房，原是座大庙的厢房，公社化后，队里把它改成了猪场。

早上八点多，一头好阳光。银盘、金盘肩上各扛一条扎实的大板凳，走在前头，后边紧跟着的伏龙，嘴角叼根烟卷，右腰下掖着一捆用黑油布围裙包扎着的杀猪家什，迈着两条八字腿走路悠然自得。父子三人都穿着雨靴。小哥俩在长个，雨靴买得大了些，踏着山道上的石块，每走一步都发出“哔哔”声。

十五岁的金盘个子有他老子高了，近一米七。小他两岁的银盘矮哥一个头。四条腿长短不一，但走路速度基本一致。路小，他们得大小步套着走。伏龙套着孩子们的脚步走，脚步声齐整，倒有显摆的意思。乡场杀猪，肠、肝、肚、心、肺这些下水，杀猪人自个拿回去卖钱，这是规矩。杀头肥猪，半天工夫要赚别人正劳力十天的工分钱，没人不眼红。伏龙就不仅要显他的“一刀准”的手段，更要摆足全家上战场的谱，让自己在乡人面前拿着猪下水回家时，问心无愧。

离猪场还有十几丈，伏龙尖细中不乏权威的话先丢了过来：“王歪嘴，把猪赶得咋样了？”

我爹早就低头哈腰在猪舍门口迎着人。

“老规矩，一切停当。”

“歪嘴”是我爹的绰号。年幼时得过“牙骨疯”，没钱治，爹落了个嘴巴微歪的后遗症。

养猪行当虽脏，可活儿比下田轻松许多。我爹长年病恹恹，又是队里独姓，能在严家大族把持大权的队里得着这活，属烧了高香。况且伏龙的堂弟伏金新当队长，他万不敢得罪伏龙。

猪舍门前还站着派来协助杀猪的严景松。见伏龙的凶神恶煞样，他为我爹抱不平，叉腰戏骂：“去你的假洋鬼子，隔壁队郭小刚也杀猪，即便三百斤的，也就配个人拉下猪尾巴，从捉猪至下刀、褪毛、翻肠，直至开爿、剔骨、分肉，才三袋烟工夫。哪像你伏龙，杀头猪比杀个人还难，咋咋呼呼，恨不得全队人侍候！”

拳头硬的是阿哥。队里也只有景松可以开伏龙的玩笑。他人称“坦克”，不满三十岁，个子比伏龙高出一头，双旋儿头发粗眉毛，腰板宽厚得可以将伏龙做馅。景松从来看不惯伏龙的做派，更眼红伏龙杀猪的好处，所以敢不买他的账。

“小景松，这话敢再说一遍？”

伏龙刚喝完酒过来，脸如关公，后脑勺焦黄稀疏的头发打着粘，光光的额头暴着青筋，鼓着的眼珠子满是血丝，还真像要杀人的样。他本就是要面子的人，景松当着一众孩子的面说这踩人脚下的话，伏龙哪咽得下这口气，随手抽出腰间刀鞘中那把寒光闪闪的尺长单刃尖刀，直指景松的胸口，公鸡样长的脖子上那个核桃般大的喉结，上下急剧动了几下，又丢下恶狠狠的话：“拿老子跟郭小刚比？老子四十八岁，年纪比他大两轮，他就不老？你这个小兔崽子，一个祖祠，毕竟老子还比你长一辈哩，伏龙这名字也是你叫的？快滚，不要让老子下刀时捅错了对象！”

同乡知根底，料伏龙是假威风，景松一脸不屑，鼻子“哼”的一声，右脚蹬地“咚”一声响，嘴中的话与沫子一齐飞出：“我才是你老子哩。好，自己赶人的，恕老子不侍候你！”说罢，两手猛拍了几下屁股，转身就没了影。

闹僵了，我爹担心起来：“年猪过两担哩，严兄，凭咱两人……”

我爹尴尬，他五十二岁了，人老个小体质差，更清楚伏龙已得着肺痨，身体再不是当年，两人几乎同属“半劳力”，景松一走，他没了辙。

没料景松会认真，伏龙先还怔了一下，马上脸红脖子粗：“怕个球！咱还四个人哩，搞不定一条两担的猪？动手！”

伏龙带着金盘、银盘随我爹进了庙里。稍过了一小会，我们就听到里边的一只肥猪往死里叫了起来。

庙门外的土场一角，金盘兄弟俩扛来的两张板凳拼在了一起。边上挤满我和伙伴们的小脑袋。一年一度杀年猪，我们等着看伏龙“一刀准”的功夫。

也是伏龙的决策正确，提前一天交代了爹，待杀的年猪，不仅已饿了一天，当天早上还让爹在猪栏用扫帚抽赶着跑个不歇，一饿一累，使之体力不支，早瘫软在猪栏。

肥猪嚎叫声中，前有我爹与伏龙各自揪着一只猪耳朵，连牵带拖，后有金盘兄弟一个揪尾巴一个推屁股，四人合力，肥猪终从庙门里被“请”了出来。

“着绳！”

伏龙一声高喝，金盘、银盘似训练了千百次的士兵终于上了战场，从放开抓着猪尾巴的手，到拿走板凳边早就备着的两根细麻绳，直至扣住肥猪的前后蹄，好比变戏法似的，也就眨眼的工夫。

肥猪倒在了大板凳前。

我爹已空了手。看着地上喷着粗气吐着满口白沫的肥猪，爹朝伏龙哈腰恭维：“啧啧，看两个娃这出息，一刀准，后继有人。”

伏龙没回我爹话，在“嗯、嗯”清了两下嗓子后，双眼半朝天，尖翘着嘴巴，犹如千军万马中的指挥员下着命令：“老大与我抬前半截，老二托腰，王歪嘴你揪着尾巴死命提！随我口令，准备起猪！”

伏龙的威严充分体现在他的语气中，我感觉他们四人才弯腰摸着肥猪，就听伏龙猛喝一个“起”字，随这声号令，四人齐着“嗨”的一声和，这头两担多重的肥猪，就马上四平八稳躺上了两条大板凳拼成的“刑场”。

决战时刻。

伏龙血红的眼睛如灯笼一样凸着，继续发号施令。

"我按头，王歪嘴压前腿，金盘死揪住后蹄不放，银盘吊住猪尾巴！各就各位，预备……"

伏龙没有像我们学校跑步比赛的裁判那样，先叫"预备"后开发令枪，这"各就各位"是他给其他三人下令，而"预备"是为他自己叫的，"预备"才出口，伏龙左手死压住肥猪头部，右手所持的尖刀就捅进了肥猪脖子下方。

肥猪"嗷"的一声长叫,我们一群看热闹的孩子立马都闭上了眼睛。大人们在家再三交代，下刀杀猪的场面万万看不得，否则，半夜里做的噩梦会吓死人。

耳里又传来伏龙的歇斯底里："顶住！顶住！再坚持一会，让猪血出得爽快一些！"

大约过了两分钟，听伏龙"放！"的一声，知道大功告成，我们这才睁开了眼。

肥猪已被丢下板凳，身子软了。此时的伏龙正将尖刀反捏，刀尖朝天，刀把朝下，在装着猪血的木盆中不断搅动。盆里原就装着些清水，里面还放着盐花，伏龙正在把猪血与水搅匀。猪血凝固后，把它放入大锅经水一煮，就会变成褐色的豆腐状，家乡人把它叫作"旺"。它既可做汤，也可炒菜，是年关每户必备的一个菜肴，更是乡人取好兆头用的必备菜。

伏龙喘几口粗气后又指手画脚："王歪嘴端走血盆，老大你打开气眼！"

"得令！"

我爹笑容满面应了一声，马上将装着猪血的木盆端进庙门。里间有烧猪食的锅台。待猪血充分凝固，煮猪血烧火就是我的头等大事。

金盘听得吩咐，立马接过“天王老子”递给他的尖刀，单膝跪地，用刀尖在一条猪腿的脚踝处，将猪皮割开了一个手指大小的十字口子。

伏龙红眼珠子扫向一边的银盘：“捅条！”

银盘不敢耽误，像是护士服务主刀医生一样，马上在他爹从家里带来的用帆布裹着的家什中，抽出了一根约四尺长、小指般粗的铁条递给金盘。金盘把尖刀递给银盘收着，接过铁条，就用有一个小圆球的一头，朝向他刚才在肥猪脚踝上开的那个口子，然后直捣进猪的皮层。

“嗯，这个，直插到头！嗯，这个，翻身多插！嗯，这个，要捅得均匀。”

杀猪人将这过程叫“捅身”。肥猪下锅烫毛，得用嘴对着气眼向肥猪皮层里吹气，需把肥猪吹得像气球般鼓起身子，刮毛就既净又快。

伏龙双手叉腰交代金盘干活，绝对像战场上的将军在训斥士兵。我看得很清楚，伏龙的每一个指令，都会让金盘紧张地打一次战。

“饭这么容易吃？老子现在是面对面教授，两个小贼，看哪个学得好老子便传位给他！学不得真功夫，就只配翘个屁股种田！”

金盘一声不吭，只顾干自己的活。他用捅条把这头肥猪上下左右、前前后后的皮层捅了个遍，这才抬头，用毫无表情的脸看了下他爹。

伏龙并没搭理金盘，转身招呼起庙里的我爹：“王歪嘴，水咋样了？”

我爹闻声从庙门钻了出来，满脸堆笑：“早烧好了，水温还烧高了些。锅台边有一担冷水放着，好让严兄调试水温。”

伏龙向我爹轻挥下手，语气缓和起来：“搭把手，把它请进澡堂子。”

庙门对面八丈远处的两间低矮瓦房，是队里的男女澡堂。屋里各修着一只可装三担水的浴锅。

还是这四人，各自揪住一条猪腿，连抬带拖，将肥猪“请”进男社员洗澡的澡堂子。

澡堂子里位置小，凶神恶煞的伏龙是不会让我们进去看褪猪毛的。热闹看过，小伙伴们一哄而散。

我没走。爹在往大锅中下血料，我得坐灶窝为他烧锅。

个把钟点过去，待我与爹烧好猪血，外边伏龙父子仨也已把年猪从烫毛、开膛、开爿，到翻肠、清猪头毛等活一一料理停当。

走出庙门，我见澡堂门前，由金盘兄弟扛来的两条大板凳，已分两头搁着男澡堂卸下的宽阔门板，在男澡堂前弄成了个肉案，肥猪已大卸八块摆在案上。人该累了，金盘、银盘各搬了块黄石搁屁股，靠澡房墙坐着，两人一声不吱，满是心事似的，如哑巴一样大眼望着小眼。

他们在等队长通知各家各户前来分猪肉。

伏龙也在歇息。他将半个屁股搁在门板一角，嘴角歪叼着半根烟卷，鼻子不时冲出两条小白龙。跷着的二郎腿上，黑色长筒雨靴上沾满白色猪毛与暗红血渍。

见我与爹走向猪肉案，伏龙从上衣口袋中摸出包“跃进”烟，抽出一支，递给我爹。

爹有些惶恐，连赶两步双手接过。

“王歪嘴，咱今儿白吃了景松的亏。”

“不是嘛，否则你两个娃要受这罪？看，坐那没精神头样，还不是你做爹的为娃们讨的苦。”

“怪老子生来这脾气。唉，像爷没好种，看见不？那两只小猴子，见鬼了，饭桌没一天断荤腥，脸上却好像老子欠他们十八辈子债，也不知咱前世做了啥孽。”

大人的话我插不上嘴，银盘大我三岁，我贴着他紧靠墙坐在地上晒太阳。

爹低人三分，我也识趣，用巴结的口气与银盘搭讪：“银盘阿哥，乖乖，看你拉猪尾巴的样，了不得，今后要胜你爹哩。”

银盘一副不情愿与我说话的样，也用他爹居高临下的口气回我：“小哈巴狗，老子咋学杀猪？”

我结巴起来：“好行当……当嘛。”

“你懂个屁，老子要学杀人哩！”

银盘面朝他爹，这恶狠的话出自心底，吓得我再不敢多言。

2

上灯时分，爹回了家。

晚饭时，咽不下银盘叫我“小哈巴狗”这口气，我端着白粥碗，当着全家人的面怨起爹来：“人家背地里说你哩，伏龙面前，你就是条老哈巴狗！”

爹正一边喝粥，一边与娘交换着兴奋的眼神。我这话说过，爹并没给我白脸，只是朝我轻轻一笑，反倒是娘对我动了粗，她用筷头在我的脑瓜子上敲了一下：“四娃，人在屋檐下，哪敢不低头？”

上座的我爹一改白天的样，额头皱起的老皮一时紧一时松，他慢条斯理地笑着对娘说：“童口无忌，不怪娃。”然后又朝我与几个哥哥都扫了一眼，露出一口让旱烟熏得焦黄的牙齿，为伏龙说话：“别看人家凶神恶煞的样，无非就是搭个臭架子，是多少年来乡邻奉承后养成了这腔。不过，伏龙年轻时也真有本事，方圆十里，同行中没不服的。

现在是上了年纪，加上病痨，干这活就力不从心。嘴臭的人嘛，心地不坏。”

说罢，爹又笑眯眯地喝起粥来。

大哥年长我十岁，身子早蹿起来了，见我爹遭人小看还显得意，牙齿咬得咯咯直响：“开口闭口都直叫爹绰号，娘的，总有一天要落在老子手里，耳刮子抽他个舒服！”

大哥有种，我巴不得这一天快些到来。

事后才知道爹为啥帮伏龙说话。常言“拿人手短”，爹这次在背地里得了伏龙私送的三斤多“猪旺”、一斤多猪油。为防人发觉，爹是趁天黑后才将这些东西偷偷带回家的。

3

来年隆冬，伏龙出了一次天大风头。

离年关约半月。凌晨五点，我还沉在梦乡，忽然，一个女人歇斯底里的声音灌进耳来：“遭贼啦！杀人啦……”

叫声过惨，一下把我惊醒。

住前房的爹头一个反应过来：“是黑荣老婆！了不得，起床抓贼！”

爹那一声高喝，全家人从床上一跃而起。

严黑荣是队里的现金保管员，眼见今儿早上分红，照规矩，会计隔夜就从信用社取回分红款备着，若是让贼得了手，全队二十多户，今后咋过？

事关全村人性命，惨叫声才从夜空划过，就听到我家大门前响起“咚咚”的脚步声。

小村一片嘈杂。

怕还有没起床的，先出大门的人，边向村西狂奔，嘴里还跟着大叫：“捉贼啊！抢钱啦！”“捉贼啊！杀人啦！”

黑荣住村西倒数第二家，与最后一家的福庆相隔着一个半亩大的竹园。向东，住的是严福才，说是邻居，两户间也隔着几分菜地。出门前三丈是小河，门后五尺是杂树丛生的小山梁。山梁向后延伸半里就连着大山。队里的人心里都清楚，做贼的人要是偷了钱上了山，那就是蛟龙入水没了影，全队一年的辛苦就打了水漂。

天本阴沉，冬夜又长，这个时辰外边仍是一片漆黑，待我跟着人群挤到黑荣家的门前，就见手电光在空中乱舞，周边人声沸腾。

人太挤，见不着黑荣家的人，但听到他老婆林巧妹在大声哭诉：“黑荣摸黑起床解手发觉的，呜……见个黑影夹个面粉袋从房里翻窗出去，就拉他脚踝，呜……我起身搭了把手，总以为夫妻一心能抢得下钱袋，哪知秀芳听到抓贼，从后房赶来帮忙，天晓得，大闺女帮了倒忙哇，贼是拉回了，呜……人家个大，弄不住，反让贼用尖刀抵了秀芬的腰，逼着，让秀芳抱着袋子出后门上了山……闺女才十六岁，一枝鲜花没开苞……腿都软了……上山去了，黑荣跟上去了，呜……”

“还说啥，万不能人财两空，追贼！”

伏金一声令下，大伙哄涌着向后山的小道上追赶过去。先过小山梁，后上了大山山道。

到这里，该说后村的人了。

下边这一段，是事后银盘私下很威风地告诉我的。

后村人也得了抓贼的通知，不过，晚了一步。伏龙、伏勇兄弟两家除了女人守家，其余一群带把子的，不分大小，全都手拿家什冲出了门。

为赶时间，他们抄了近路，翻岗而过。

也就才走百十米，落在后边的银盘忽然大叫：“爹，有鬼！”

伏龙本打着手电在头里匆匆赶路，听银盘一叫，并没停步，大骂一声：“挨巴掌的东西，你才是鬼哩，要生怕，快滚回家！”

银盘又叫了起来：“不对，是人！”

倒是伏勇先停下。“哥，娃儿耳好，不是做贼的往咱这儿过吧？”

伏龙这才歇下脚，细尖嗓子像问又像骂：“老二，你叫啥魂哩？”

银盘飞也似地跑到了他爹身边，咬耳朵道：“爹，百分百，咱四季笋园有人！有说有哭，声虽小，咱耳竖着哩，铁定，还不止一人！”

小竹园才离他们十多丈。银盘这是肯定的话，伏龙再不生疑，低声与伏勇说道：“天还黑着，人躲竹林子，还哭，干啥？都打起精神，把手里家伙备好，围起来，弄明白了再说！”

一是有准备，二是自家门口地形熟悉，三是吃准了对方心亏，势单力薄，伏龙兄弟俩带着六个男娃，除银盘偏小，其他都已起了个儿，正所谓打虎亲兄弟，上阵父子兵，况且人人手里有尖刀棍棒壮胆，伏龙一声令下，一伙人转眼就打了回马枪。

四季笋园在山道左侧，两边是他们两家的自留地。这翻山小道是从村西过来的，出了后村一里也连着国道。倒是竹园东面接着岗子上的杂树林。

四季笋园的竹子高不过丈，园子也就三分地大小，两户人家的八口人，伏龙安排：一半人在山道上守着，他带着三个打着手电直接冲往竹林与杂树林的界线，截住了这些人的退路。

伏龙用手电对竹园里粗照一下，也是手电电力不足，并没见人。

紧跟身后的银盘眼尖，连叫：“趴着哩，趴着几个人哩，快，围住他们！”

银盘一把抢过他爹手里的手电，将光柱直照像个黑土堆样的东西。林子里那些人全低头蹲在一起，黑乎乎一堆，不用心还真看不出来。

银盘又大叫：“娘的，是了，截住了做贼的！快看，他还用刀架着秀芳的脖子哩！”

知道藏不住，园子里的几个人立起了身。

伏龙这才看清楚，眯眼低头迎着手电光的头一个，正是黑荣。伏龙赶紧安慰：“兄弟别怕，这杀人的狗贼今儿走不脱！”

伏龙随后又向竹园里吼道：“娘的，强龙还斗不过地头蛇哩，老子还不信，你个贼种还真有对翅膀！”

给人发现了，按理说，该做贼的害怕，天晓得，反倒是黑荣吓破了胆，他边从小竹林里往外走，边带着哭腔叫道：“兄弟哪，虽出……出五服，总一笔写不出两个严……严，我与这蒙脸大侠商量好了，他只图……图财。由我护送他出了村，上了大道，他便刀下留……留人。”

里边的人出了竹林，两伙人仅距三丈。外边的人看了他们还真都吓出一身冷汗：黑荣双手抱着个白色面粉袋颤巍巍走在前，中间夹着个同样直打战的秀芳，后边那个贼人，人高马大，脸上罩着块仅抠了双眼洞系在脖子上的黑布，左手揪着秀芳的后脖单衣领子，右手挺一把亮光光的尺长杀猪刀，直抵秀芳腰。

贼人慢吞吞从林子钻出，那镇定样子连见惯世面的伏龙也倒吸一口凉气。

“千万别乱……乱来啊！袋子里本是……是全队人今儿个早上要分红的……的 10375 块 4 角 3 分现……现金，还说啥哩，闺女买命……命……”

也是天冷，父女俩从被子里急赶起的床，都穿着单衣，更有一把尖刀随时要人命，手电光下，黑荣父女全像筛糠般打抖。

伏龙咬了伏勇耳朵：“这当口还沉得住气，这贼厉害角色哪。要人财俱保，就只有哄。咱就演戏吧，你唱红脸，我用蜂蜜抹他的嘴。”

伏勇本就心急，一听伏龙这主意，轻轻“嗯”过，立马手扬三尺长铁锹，大步前跨一丈，高喝道：“做贼的，你吓谁哩？有种下刀呀！下了刀，死个女娃有啥？严会计今儿个回去就下种，说十月怀胎实九个月生，明年个的今朝，新生娃儿就满百日！你呢？做贼的，今儿个打死，就如死条狗！”

贼汉的刀尖明显抖了一下。

伏勇二十岁的大娃玉盘也听到了大伯伏龙的交代，见状，火上浇油：“现在还叫你声好汉，自家有娃不？要有，从此‘贼种’罩着他们的头一辈子，见人低三分，万世难抬头！你爹娘呢？还在不？如在，知儿是做贼给人打死的，还有脸活在这世？不上吊便投河！死了又咋样？阴曹地府还要做饿鬼哩！”

平时三拳打不出个冷屁的金盘也阴森森开了金口：“不是嘛，阎王有眼，你爹娘教子无方，寻短见，若再投胎，必是肥猪，早晚吃我的杀猪刀。这叫天意，他们得为你这不肖子孙赎罪哩。”

做贼的再也没忍住，跺着脚瓮声瓮气吼道：“不要逼我！老子现在是生不如死，今儿个走不脱，就自抹脖子！能带个如花似玉的垫背，值！”

伏龙是看好火候上的场。贼人的话才说完，他马上接了口：“都给老子住嘴！看这兄弟气势，是真心杀人吗？像惯偷吗？还不是急难中生了杂念，逼出来的？只要有活路，哪个人不惜命？不就是帮这好汉过眼前日子里遇着的坎吗？都别说了，咱们的人全退一边，十丈外站着，由我与这好汉当面协商！”

果真，伏勇他们往后稍退了几步。不过，他们生怕伏龙吃亏，只退了近五丈远。

此时的伏龙早已悄悄地将手里的尖刀插进刀梢，别在棉袄里的裤腰带上，看似两手空空迎着贼若无其事走了过去。边走边还安慰：“好汉，放一万个心，都是聪明人，若硬斗，我们人多势众，个个手里有硬家伙，你是对手？但狗急还跳墙哩，这道理从娘肚生出来就晓得，即使我们保了钱，也势必丢娃的命，你我都不值。来来来，山不转水转，你看，眼前这阵势，严会计能做主？也只有兄弟我可以当和事佬。来来来，咱细细商量，要让你有出路，我有退路，钱有去路，娃有活路。”

伏龙为显平心静气，他与做贼的协商时说话声音很小，一如与姘头说悄悄话。起初，做贼的说话还杀气腾腾，慢慢地也变了，轻声慢语中还带些哭腔。

十多分钟后，东方泛起了鱼肚白，银盘见黑荣手牵着秀芳急匆匆向他们走来，反由他爹拎着个面粉袋，让做贼的用尖刀抵着后背踏上山道，慢慢向村口走去。

银盘向伏勇大叫：“叔，绑我爹了，咱还不上？”

是伏龙先接了口，他乐呵呵地叫道：“前村人上山抓不着人，必返路追过来。况且出了这天大的事，一个电话，铁定全县设卡抓人。百十万人哩，茅厕也可逐个翻遍，这得了？天快亮了，咱得快送这位好汉出村，让大事化小，小事化了。”

脱了身的严黑荣也连忙关照：“大伙儿快别大声叫唤，伏龙兄弟交代的，不得跟上去。二娃放心，想你爹胆大心细，那做贼的听你爹轻轻说了一阵利害关系，交换我们时，反有了求你爹的样。人不会有事。唉，只……只是那口袋里的钱，我估摸该是肉包子打狗……呜……”

说着了钱，刚还似拾了魂回来的黑荣又一屁股落地，呜咽起来。

4

终究，半个钟点后，伏龙手拎钱袋回来了！

村口迎接他的全队男女老少，一改往日对他看轻样，都鼓着双眼，想从他口里听到或从他面部看出些这场惊心动魄恶斗的信息。很遗憾，伏龙的眉宇里一如大清早上了趟茅厕，只是出了个痛快的恭，舒服，自然，好像一事没发生。

“走，伏金，黑荣，咱验钱去。”

伏龙手拎装钱的面粉袋若无其事地招呼这二人验钱的态度，让所有人满肚疑团。

是的，大家最关心的，是他怎么个虎口拔牙，皮没破一寸，钱没少一分回了家。

后来，关于伏龙安然脱身、分文不失的壮举行为，其过程有很多说法。

我先是亲耳所听。

正值“学英雄见行动”运动，正月初十，开学头天，由学校在公社大会堂组织的英雄报告会上，伏龙一身新蓝布衣衫，昂首挺胸站在报告台，不用稿子讲这“智斗巨盗”的过程。他口若悬河，时而扬起公鸡长的脖子，声如洪钟，时而锁眉低头，细声慢语，激动处，巴掌拍得报告桌“咚”声如擂战鼓；平静时，我感觉他的报告像极女老师上课，声音悦耳。

“作为一个去年生产队的劳动模范，眼见女娃随时遇害，集体的财产要遭受重大损失，谁不想挽救？可明晃晃的尖刀前，哪个人不怕死？我很庆幸哪，这个这个，关键时分，眼前闪过了黄继光奋勇堵枪眼，又闪过了董存瑞舍身炸碉堡的英雄场面！这个这个，有英雄人物在心里做了压舱石，我的心就定了。这个这个，哪怕丢了这老命，我得保祖国的花朵！保集体的财产！得把犯罪分子摁在审判台上！”

伏龙右臂用力向空中挥了下，继续做报告：“上了国道，本被强贼尖刀抵后背走在前头的我，非常自然地回过头，面对这蒙面贼人，面对尖刀，真的，这个这个，我没打半个战。我说：‘小子哎，你还嫩了点哩，想想，老子敢换女娃做人质，没有三分三敢上尖刀山？告诉你，见了你这刀与你的持刀样，老子就知你是个杀猪的！这个这个，可你让人一说做贼手就发抖，我就晓得，你干这行还差火候！这个这个，得了，小子，现在跟我去自首，还来得及，否则，与人民为敌必死路一条！’

“那贼开始还嘴硬，恶狠狠回我：‘嘴里的肥肉，让我吐出来，看你是活够了！’我一听就哈哈大笑，说：‘小子哎，大凡与人民为敌还有出路？你真以为我身后没人？这个这个，告诉你，全队人就在后边紧跟着哩，你已陷入了人民群众的汪洋大海！况且今儿我就是死，也是为人民利益而死，重如泰山！而你呢？’这个这个，或许是我太过激动，吼声过头，动了肺痨病灶，就一口鲜血上涌，热乎乎，如子弹直飞这贼面！就这当口，这贼吓得灵魂出窍，丢下尖刀撒腿就跑！遗憾呀遗憾，我只恨自己这病身子再也迈不出快步，抓不得贼归案，只能强撑着，把一袋人民群众的血汗钱一分不缺交还人民。这个这个，不过，我相信，天网恢恢……”

这天听了报告我大感惊讶，伏龙这不是真英雄？回家说给家里人听时，爹、娘、大哥他们都呵呵地笑。我很不解，是娘冲我讲了第二个版本。

娘是听黑荣的老婆林巧妹私下说的，大意是，当伏龙送贼出了村口，贼人想取钱走人，不备伏龙从胸口的棉袄内也拔出了尖刀，对贼人冷笑道："一看你也是个杀猪的，劝声同行，做事别太做绝，自己想想，这是全队人一年的辛苦钱，也有我的份，今儿个让你卷个精光，我一家明年咋过？实在话，你要逼我，我不可能不下刀；你要一分不得，家里的坎定过不去。好汉，协商吧，有天大难处，给你二百块钱总够了，算我'一刀准'送给你的。兄弟，这抵我一家人半年的分红了。咱也不问你名姓，从此一拍两散，只当没这事。但回去后，如会过眼前的坎，人要讲良心，得记着我的好。"

娘说，这是伏龙当黑荣与伏金面验钱时私下说的。他答应了人家保密，就得守口如瓶，不能让人进牢。林巧妹是顺风儿从隔房听了这些，见全村人瞎猜，私下与几个女人泄了个大概。

那晚，我睡在床上翻来覆去半夜，想娘这话说的才是，伏龙在会上这是假话套话，定是哪根笔杆子写了让他背的，是演戏。不过，伏龙这仗干得漂亮，很不容易。

可做梦也没想到，伏龙这壮举还有第三个说法。

听了报告会后的一星期左右，一场暴风雪猛袭苏南。两天两夜，地上没膝的积雪，让社员都趴了窝，学校放了临时假。

第三天早上爹去猪舍喂猪，我体谅爹在猪舍冷清，陪他去了。

到了猪舍，我坐进灶窝，给爹烧起灶台上的三口大锅，煮饲料。

见我这么懂事，爹喜盈盈夸了句“嗯，四娃是爹的心头宝”后，就去清理栏里的食槽。也就这时，我见伏龙钻进了猪舍的门。

“王歪嘴，人呢？”

大灶就在大门间，里间才是大小二十多间猪栏。伏龙进了门，边捶胸顿足拍了拍灰棉袄上的雪花，边招呼爹的样，那种对爹的轻蔑口气，我听了就又来气，心想，这大雪天你还来糟蹋人，难怪，这痨病不盯别人就缠你不放哩！

可就这天，我头次见识了伏龙的真面。

爹紧要出来迎着伏龙。他将我烧火坐着的树墩让给了伏龙搁屁股，自己坐对面半埋地里的大水缸的边沿，笑容可掬地与伏龙拉起家常。

东拉西扯一番后，是伏龙挑起这事。

“娘的，杀人不用刀啊！王歪嘴，你为我想想，都是大队长带去的公社干部，他们上门，咱当他们天王老子哪。叫咱去做报告，就凭一张嘴，说个半包烟工夫的话，有面子有里子，会不去？不说还是他们咋写，银盘咋读给我听，我就咋个背下来，咋就会想起要提防小人？这好，大庭广众，我说了，贼人是给我吓跑的，夺回的钱分文不少，队里人几个知内情？娘的，队委会开了，说给做贼的两百是我自个编的，不当我损失了！娘的，这不是自个儿放火烧自个儿人？”

伏龙越说越气，天冷，鼻子里的粗气一进一出，就像有两条小白龙在他脸上跳舞，唾沫直喷我爹的脸。虽是他这话与这激烈的口气，让我从中看出些事实真相，替他冤，可他得的肺痨，属传染病，我真替爹担心，能不能抵抗得住这恶毛病。

从不断递烟卷给我爹抽的情形来看，伏龙是将爹作为倾诉对象，有求爹的成分。爹事实上也安慰得很好，并为伏龙开出治心病的良方。

爹轻声细语："乖乖，风头是出了，但大会上说的，属高度机密，你要讲出真相，与领导翻脸，后果想都不敢想哟。兄弟，这就比女人在茅草丛里撒尿，给蛇咬着了要害，啥都说不出口。认吧，反正也是你说的，队里给你多记了一个月工分，公社里得着的脸盆、热水瓶、粮票等实惠也过了百元，虽是还短了些，可你为大伙儿做了功德，睡觉都香，何况还上了千人讲台，这天大场面，不是人人有的。"

爹恭维中也有羡慕，更是真心话，语气又甜糯糯，一席长谈，终于打开了伏龙的心锁。

回家时，伏龙一脸郑重其事样，他走到水缸边拍了拍爹的肩头，先是长叹了一口气，尔后说道："王歪嘴，老子没白过来送'飞马'给你抽，你还真算得上半个郎中。好了，老子这辈子遇了个知心的，走也值了。也真是的，有的话咋说出口？刀子相抵时，哪个不惜命？咱是装大胆哪，其实，王歪嘴哪，那贼一走，老子才发觉裤裆里全湿淋淋了呀！"

伏龙待爹的这一声声"王歪嘴"，像锥子直刺我幼小的心，我对他又没了好感。他前脚出门我就嘟囔："半截子进了土，开口闭口还这般损人，也只有爹你受得了。"

爹站在门前，看着渐渐消失在风雪里的伏龙，像说给我听，头也不回说道："嘴臭些，可世上还有待咱不薄的人，让他嘴上痛快些又咋了？"

5

凡事总讲平衡。这年端午，队里杀猪分公肉过节，刚得了天大面子的伏龙，上演了一场让全县人笑掉大牙的闹剧。

一因杀年猪时景松给伏龙骂了个狗血喷头，再没人愿去受伏龙的气；二是伏龙自认两个儿子已能搭手，又有我爹帮衬，料想这次杀猪也会像杀年猪般顺利，他既没开口叫伏金派人协助，伏金也懒得安排人去受挨骂的罪，伏龙自个儿带俩儿子去了队里的猪场。

一切照旧，爹先是将那待宰的肥猪饿了一天，第二天早上仍是让它在栏里来回折腾，跑得瘫在栏里。几个人将肥猪弄到外面，捆猪、上板凳等步骤全顺风顺水，天晓得，就在伏龙下刀当口，这肥猪好像积蓄了一辈子的力量，奋力一挣扎，伏龙的刀就下歪了。肥猪疼痛不已，硬是挣脱了几双按着它的手，又挣断了捆着它蹄子的草绳，竟连带着脖子上方的刀子窜上了后山。

起初，慌乱中的伏龙，在指挥我爹与两个儿子追猪时，还千交代万交代，此事决不能声张。伏龙以为这猪虽没刺中要害，可从它一路丢下的血来看，至多跑个十分钟必定倒下，四人把它抬回，烫毛、开膛，一丝消息不泄，不会坏了他一世英名。不承想这猪有多坚强，它见后边的人追得凶，竟越跑越快，窜过村后的岗子，一下又钻进连接岗子的大山杂树林。

伏龙这下急了，怕有意外，他边与我爹循血迹跟踪追击，边让银盘赶紧下山向伏金求取救兵。

这头肥猪真是与伏龙积了千年冤，即使全队人上山，还是在天黑前才由景松发现，这位逃亡“勇士”，它倒在一个石宕的角落里。

找着这头肥猪时，因死了多时，它的身子发硬了。

白费了几十人半天工夫不说，过节，竟然分得的是死猪肉，许多人早忘了伏龙年前用性命为队里立下的大功，怨声四起，连同族人也骂声一片。自然，严景松是骂得最刁的一个。他杀人不用刀，阴阳怪气的话句句要伏龙的命。

“伏龙，还伏虎哩。听说上次斗贼，临走，贼还向你磕了头，可见杀人犯见了你都怕，你可称神哪！咱想不通，这么个英雄汉，咋就一条肥猪也不服你？今儿显这怂样，可不是你平时的风格哪。”

那天上学，银盘是请了假回来帮他爹忙的。晚上，当全家人把这一天发生的事反复说起，我见几个哥哥比看了场“南征北战”的电影还开心，都在“哧哧”地笑。

爹没吱声。

这我理解，伏龙今后杀不得猪，我家就失了份好处。

伏龙就是这年秋天走的。他埋在了西山坳。

大梁一倒，家就不像家。

伏龙头婚的女人没生，二婚老婆吴美华比他小整十五岁，本长得俊，又是给男人常年宠着，日子好过，人看起来很年轻。这女人开始还口口声声说是守节什么的，可隔壁村开小吃部的老光棍张狗大天天傍晚过来哄，她吃不住，一来二去就丢了魂。两个儿子拦不住，吴美华当年就上了张狗大家的户口本。

银盘辍学了。好在叔是队长，先安排他放牛，后来当了生产队拖拉机手。他人灵活，二十二岁成了家。招亲的。对象是农机厂厂长的老三闺女。金盘不同，这个闷葫芦，虽有叔罩着，二十二岁就当了队会计，可高低不就，大好青春被耽误，一晃就到了三十八岁。

那时，我已出门在外地创业。

一天，我回家探望爹娘。爹见着，笑逐颜开道：“四娃，天大奇闻！半月前，外地有辆卡车装着红马桶、大白米、绿缎新被子、金黄色衣柜等过日子的家什，来了金盘家。一位城南大汉，把一个如花似玉的闺女送来给金盘做老婆了！”

我不以为然：“总是事先沟通好的。现在婚姻自由，没人会强迫。”

爹堆满皱褶的脸上全是喜气：“那是，必是心甘情愿。金盘这娃厚道，守着个小百货店，村里人都乐于做他的生意，小女子跟他有好日子过。但年纪相差这么多，这好事能成，会没缘故？”

见我一脸迷惑，爹贴我耳朵神秘兮兮说道：“伏勇私下跟我透风，看这汉子的身板，像极了当年的那个贼。”

我很诧异：“有这事？”

爹点过头，风烛晚年的人，大虾样弓着的身子，抬头看了看屋顶长嘘了一口气，像自言自语，低声咕叨：“哦，臭嘴，这下你在那头该安心了。”

爹这样子，一如自己放下了天大的心事。

演 戏

冬天夜长。腊月十五的晚上八点，为省灯油，我已钻进被窝子躺了两个多小时。

二十岁，一年长了大半个头高的我正在发育当口。消化太快，天黑前喝下的三大碗稀饭米少水多，我憋不住了，翻身下床，摸黑拿起床沿下的大号夜壶。

突然，一阵清脆的自行车钢铃声在门前响起。

伴随铃声，有人在叫门："金老师，金老师在家吗？"

爹住前房听得明白，他连忙下床去开门。

"姑娘，你找错人家了吧？咱家文盲倒是有几个，哪来的老师？呵呵，你定是搞错了。"

爹这么快就能和门外人接话，想必一年四季习惯穿着裤头睡觉的他，仅套了件棉袄就下的床。

后房正在撒尿的我听得仔细，爹对女孩说的话很亲切，定是和颜悦色待人家的。不过，充满热情的话声里，牙齿在"咯咯"作响。天冷，开了门寒风便会往屋里钻，我爹该是开了条门缝，半个头探门外说的话，交代完这些他就要赶紧关门回头好钻热被窝。

“伯伯，没找错哪！我是五队的俏枝，是郑六斤的丫头，现在负责大队文艺宣传队。我是来请小顺老师的，想请他去为我们导演由他编写的戏。”

门外女孩的说话声又软又甜。此时，我已回了被窝，灌进耳朵的那声“金老师”令我好不欢喜。

家里的两间房子，中间一排木柱，堂屋、灶间、前后房都只隔着一道一人多高的土墙，上边互通。黑暗中，女孩与我爹的对话，让与我同睡一张竹床共钻一个被窝的三哥也听得一清二楚，他在被窝的另一头蹬我屁股一脚，“嘿嘿嘿”地坏笑起来：“我家里咋会冒出个‘金老师’？看来明早太阳要从西边出来了。嗯，好事，老四，快起来，赶快帮人家导演去，最好能把这丫头导进家来给你暖被窝，省得天天闻三哥的臭脚。哈哈哈……”

三哥对我的调侃，让前后房被窝子里的全家人跟着大笑起来。

大队里排演我写的节目，这可是我的荣誉。请我协助他们排练，没有不去之理。雪夜，人家在外面等着。我赶紧钻出被窝穿起衣服，在全家人的哄笑声中羞答答地出了门。

连下了两天雪，才停不久。原野上素裹银装。白雪反着月光，宁静的夜空十分明亮。

从俏枝骑车过来的路面看，雪收冻了，她一个人骑车走应该不碍事。我十分害羞地跟她说：“我这就过去。只是家里的自行车链条断了，明天才会去修。这样，你在前边骑着自行车先走，我跟在你后边跑。离大队部才四里地，我跑个几分钟就到。”

听过我支支吾吾的几句话，俏枝嬉笑着跟我说道："金老师，我可是请你去做导演的，哪能让你跑腿？坐我的车。为你服务一下，也显出学生的一片真心。"俏枝真诚中不乏幽默，这让刚刚长大成人从不与女孩亲近的我，脸上不禁一阵火烧。我不懂如何拒绝，只得很顺从地坐上了她自行车的后座。

大队会堂的舞台上，一群人正眼巴巴地等着俏枝去请的"老师"到来。我刚与大家打了照面，本来叽叽喳喳一片的舞台，顿时鸦雀无声。从上了年纪的乐队成员，到年纪比我还小许多的青年演员，几乎清一色地在用打量猴子的眼光打量我。本就胆怯，见了这场面我马上觉得浑身不自在。

舞台上的这群人来自各生产队，有我认识的，也有不认识的。在俏枝把我向大家介绍过后，靠墙坐着个手持二胡的乐队成员张了两次嘴，估计想发言。这是个约莫四十来岁的小个儿，清瘦脸颊尖下巴，蓬松着半枯头发，他的一双三角眼死盯着我大概有半分钟，实在憋不住，皱着眉头不屑地开了口："郑队长，你请的老师就是这颗'干瘪枣儿'？"

这人说过，舞台上顿时哄堂大笑。这羞辱让我恨不得立马钻入地洞。

万分尴尬的时候，站我一边的俏枝清脆有力的话响了起来："周敖齐，你看不起人？别以为你高中毕业的儿子在公社当文书就高高在上，要论才气，他还到不了金老师的肚皮眼哩！你儿子周涛，靠的是你当局长的小舅子的关系才去公社的，人家金小顺呢？和我一样的初中生，自学成才！见着戏单了吗？今年县文化馆发的二十个排演节目里，就有六个是他写的！咋的，看不起人？告诉大家，来排节目大队是为你们记工分的，不是白干！初二去公社参加会演，咱是代表大队去争奖的，这工作能含糊？现在有写节目的人帮咱导演，这条件可是别的大队没有的，各位该晓得珍惜！看还有哪个敢看低金老师，不服气？有能耐的站出来做导演呀，既没本事又把眼睛长在额角头顶，对不起，这里的工分你就别想挣！”

俏枝是放着脸扬着手扯开嗓子对大家说的。我万万没料到，才十七岁的女孩，一席话就镇得场面太太平平。俏枝还没放过他们，清了清嗓子，继续为我争脸：“心诚才能成事，刚才大家让金老师下不来台，这是诚心吗？来，凡想咱宣传队初二参加会演得奖的，随我一起喊声金老师好。预备，开始！”

舞台上齐整整地喊了起来：“金老师好！”

俏枝这才回头笑眯眯地对我说：“金老师，别不好意思啊。既来之，则安之。除了乐队的，大家差不多年纪，千万别有顾虑。看看，先为我们排哪一个节目？”

人家是给了我天大面子，不蒸馒头也要争口气。有俏枝为我保驾护航，我豁出去了，竟然有模有样为他们“导演”起节目来。

那晚排练散场时已近十二点。俏枝家离大队部才百十米，家近，大伙散场后她还得打扫好舞台、收了汽灯再走。我不同，得跑四里地才能回家。俏枝招呼大家回去，我正拔腿想走，被俏枝当众叫住：“麻烦金老师稍留一下，咱要商量一下后边的排练工作。”

舞台上就剩我俩。汽灯发着一阵阵“嗞嗞”声响。那灯光雪白，它也像个小太阳一样散发热量。按理说灯光下是暖和的，可我坐在乐队成员坐的背椅上，身子却打起战来。自到了大会堂的舞台，我还没敢与俏枝打过正眼。此刻，是两人单独在一起“商量”事情，人家比我小这么多，一年前已是大队“铁姑娘”队长，现在又负责宣传队，有本事，有权，咱晚上能在人家手里挣工分，得看人家脸色，得听人家说话。

我睨了她一眼，见她正站在我面前解着系在脖子上的一条长长的红绒线围巾。

“半夜了，外边太冷，可不能把我请来的老师冻着。你先围着，等下咱商量完事我送你回去时也好避些风寒。”

俏枝边温柔地说着，边走上前来欲为我系围巾。我万分紧张，立马站起摇着头，结结巴巴地说道：“不不不……跑……一跑就一身汗……”

我再没有听她说一句话，没听她如何与我“商量”，马上冲下了舞台，冲出大会堂，在雪野里，犹如一支离弦之箭，向家的方向射去。

回家路上我想了很多。

金小顺，人家俏枝看得起你，你是老师了啊！看她在舞台上为你说的话，能让人失望？全公社各宣传队演的节目大致相同，会演时间是有限制的，最多不超过三个小时。公社舞台上表演的所有节目不得重复，别说得奖，就是年前几天彩排时，请公社负责组织会演的领导来挑选参演节目，他们能否从我们排练的戏里看中一个也要打问号。俏枝要和我商量的会不会是这事？

我得重写，得为宣传队的演员量身定制两个本子。我要确保大队里有节目去参加会演，我要为大队争光，要为俏枝长脸！

凌晨四点才入睡。那觉睡得好，它让我做了甜美的梦。梦里，三年前大哥迎娶大嫂时的喜庆场面又映在了眼前。

那天，是个隆冬早上的十点左右，大哥大嫂的“革命化”婚礼正在进行时。大嫂是本大队五小队的，两家才离四里地。按大队指示，革命青年都有双铁脚板，万万不能娇气，这点路程，迎亲队伍连自行车也不能骑，一律双腿行走。好在嫁妆简单，生活用品也就是一只马桶，两条被子，还有就是生产用的一根扁担。家里在去迎亲前早商量好的，大哥这新郎官只要带两人去拿嫁妆就行：三哥拎马桶，二哥一根扁担挑两床棉被。为响应政府勤俭节约不铺张浪费的号召，家里只办两席酒。一席招待女方来客；一席是男方长辈。我家这席，别说我，连二哥三哥也没资格坐，位置由我爹陪着外公、外婆、舅舅和舅妈坐。

没位置坐是一回事，家里为办好大哥的这场婚礼，另外还有决定：开席时无关人员不得在家。谁是无关人员？我，金小顺。

二哥、三哥仪表堂堂，接亲回来后可以当服务员，端盘子、倒茶水。我不同，十七岁了，个子连一米五都不到，属“干瘪枣儿”，不秀气，如出现在婚礼现场，丢人，得回避。

其实，家人的想法是多余的，我人长得不行，脑瓜子还没用？“干瘪枣儿”也有自尊，这场合我愿让人指指戳戳？我自己也有心躲。

躲归躲，大哥的婚礼我还是要看的。邻居家门前有个挺大的稻草垛，早在两天前就被我在中间抠了两捆草，在里边做了个窝。那天九点出头，我就钻了进去。洞口用乱草封了，只留下铜钱那么大一个洞。我眼好，有这个洞做观察，新嫂子从面前走过时，一点也不影响我将她看个仔细。

当迎亲队伍出现的时候，全村人都挤在我家门口看热闹。我先是看见三哥拎着马桶行走在队伍前，他被村邻说笑时的一副尴尬样，让我也觉得好笑。当新嫂子出现在我的视线里时，我忽然被她边上的一位伴娘牵住了目光。这是个脸庞十分清秀的女孩，年纪小，也就刚成人，后脑瓜上扎着两根羊角辫，水红色的棉袄藏青色的裤，裁剪十分得体。她手牵着我新嫂子的手，走起路来落落大方。那衣着，那种自信神情，引得一众看热闹的乡亲啧声一片，该把我新嫂子的风头都比下去了。哎哟，天地良心，钻在草垛中的我，真将她惊为天仙。

后来听嫂子说了，那女孩是她邻居家的，叫俏枝，才十四岁。她家兄妹四人，她老幺。三个哥哥，都是党员。老大当兵复员后在大队林场当场长；老二现任大队会计；老三还在部队，是副排长。她是嫂子请来撑场面的。

看着这小女孩的高傲样，想想自己，十七岁了，竟还像条小狗一样钻在草垛里偷看自己大哥迎亲，真让我犹如一根钢针直插心底，疼痛万分。我为自己的人生际遇悲哀。

新嫂子的一句话说在点子上：这一家兄妹四个都了不得，做事个个努力，三个哥哥有出息，俏枝也不差，年纪虽小却拿得起事。心眼儿也好，村上的一个五保老人，她已照顾了四年……

我就是在钻了草窝子后不久发了誓的。我这个“干瘪枣儿”要想与人一样堂堂正正地活，就得自己努力，就得让自己强大！

咋个强大？考虑再三，我想到了我的长处：在读书期间，我的语文特别好，写的作文很多次都被老师当作范文让班长抄写在黑板上展示过，我为啥就不能学写文章，争取将来当个作家？或许这努力不一定会有结果，但在这个贫寒之家，我除了这条路，还有啥办法能让我过上自己想要的生活？

我得向俏枝学习！

命运永远不辜负努力的人，也就过了一年多，我写的通讯报道就接连在县报刊发。公社文化站站长发现出了一棵文学苗子，非常重视，连续两年送我去县里文化馆办的文艺创作班学习。在那里，我不仅学会了写文艺节目，小戏、故事、表演唱、快板等，许多作品还登上了文化馆的油印小报，还能在那里天天吃着红烧肉，使我的身体像发面一样长高起来，这日子美得我真是不知说啥好！

我是在梦里笑醒的。醒了，我抓了抓自己的脑壳，心里想：俏枝，你现在叫我老师，其实你才是我真正的老师啊！

冬天，生产队翻冬闲田，收工就近天黑。喝过稀饭，洗脚换上鞋，拿着写好的稿子匆匆赶到大会堂，才六点。舞台上才见俏枝一个人。她正爬在竹梯上挂着汽灯。见状，我便怯生生地上去为她扶住梯子。俏枝见了我喜出望外,下了梯,马上热情洋溢地跟我说:“金老师,早呀,我正有事要和你商量哩。”

不好意思迎着人家女孩面说话，我偏着脸对俏枝轻声说道：“凭咱手里现在排练的节目，全公社雷同，初一下午在自己大队表演热闹一下可以，要想参加初二下午公社的会演很难，就更别说去争奖。昨晚回去我赶写了两个，是专给咱宣传队用的。排演好了，不说得奖，参加会演应该没问题。”

我的声音小得如蜜蜂嗡嗡叫，可俏枝竟听清了。我才说完，她马上就抓着我的手，惊喜地摇着叫了起来：“金老师，你咋就这么有本事哩，一晚写两个，了不得，这可是大作家水平哪！咦，金老师能相面？昨晚我本就想与你商量这事，你咋就晓得人家心思哩？”

眼见排练的人员马上要过来，我的手被人家抓着，心慌啊！我赶紧将手从俏枝手里挣脱开，小心翼翼地从棉袄口袋里拿出稿子，低头塞在她手中后，马上跑出了大会堂。

室外温度在零度以下。下身才穿一条单裤，冷呵！我在门外的雪地上不断跺着脚，哆哆嗦嗦假装等人。在见着几个乐手过来了，才敢和他们一起再进入大会堂。

新写的两个节目，在俏枝喜眉笑眼地向大家报告着这个大好消息后，有几人马上粗略看了一眼，他们对《四老汉齐夸形势好》的表演唱还勉强认可，对另一个哑剧却都摇了手。一个有好几年演出经验的女演员朝俏枝摊着双手说："先讲这四老汉的，咱队有合适的人演吗？都是二十岁以下的小男孩，又是新演员居多，这老汉的舞台动作谁懂？这个哑剧就更别说，'小偷与呆子书生'，两个角色，全场没一句台词，有谁演得了？依我看，这两个戏写了也是白写。"

俏枝听过也疑惑，她贴近我，轻声问道："金老师，昨晚你费心血了，可咱宣传队演不了，你看……"

我用手半遮着羞红的脸，鼓起勇气对俏枝说："四老汉这个，我挑选三个搭伙，我导，也演。哑剧，让青云做我的配角演呆子书生就好。主角是小偷，由我演。"

青云与我一个生产队，小我一岁，这人平时虽有些油腔滑调，但肢体动作很有幽默感，这难得，可以说我在编剧时，这"呆子先生"角色就是为他量身定制的。

"真好，老师真是才子。"

大凡写作的人，与人交流时，绝对能敏捷地捕捉到对方语言中透露的真实信息，俏枝对我说这句话时没一丝一毫嘲笑的意思，满满当当都是敬重，这让我心中不禁为之一震。如果说俏枝初叫我那句"老师"是给了我自信，现在的一声"才子"更是对我能力的肯定，使我深受鼓舞。

好似为了再次证实这句话的真实性，我第一次用正眼打量了一下俏枝。果然，正紧盯着我的俏枝，是在用一个看英雄般的眼神看我。此时的俏枝绯红的脸上那一对水汪汪的眼睛如此透亮，我相信，她这眼光是有神力的，如向窗外的夜空看去，一定会破窗而出。

我能辜负这样的眼光?

我先排了《四老汉齐夸形势好》。四人，弯腰，一手反搭背，一手做持一杆烟枪状；分两队，在轻快的音乐声中从舞台两侧踏着拍子摇着身子幽默登场。新年，我要的就是这轻松的效果。

自编自导自演就是好，这个八分钟的节目，虽有唱有表演，另三位小青年也就跟我排了一个多小时，演起来就有模有样了。

哑剧的表演因过于幽默，由我主演的小偷这角色一定得演活才有良好效果，在众人面前排练我总有些不自然，我跟青云咬了耳朵：得在大伙散场后再排。

俏枝回避不了，她是要把汽灯收回去的。从我与青云开始排练，她就坐在舞台一侧一眼不眨地看着。青云本就聪明，加上哑剧没台词，角色又因是个“呆子先生”，只需木头木脑坐在那儿，用几个简单动作配合我就行，一点没难度。在我交代两遍后，青云就完全领会了我的意图。

这个十五分钟的节目，我一人就占了九成以上戏份。它强调的是临场发挥，得大胆表演，得极尽夸张。这幕剧我在写剧本时就知道了怎么演，在俏枝面前排练第一遍时，只因我过于投入，排练时就成了一场精彩表演。

从我演的这个小偷角色亮相开始，俏枝这个唯一的观众银铃般的笑声就没停下。这笑声鼓励着我与青云更十分卖力地表演。戏毕，俏枝喜笑颜开地朝我们高声说道：“太成功了，这么个喜庆节目初二一定能得奖！今儿加班排练的，我为你俩加记工分！金老师，你再在这里辅导一下青云，我去去就来。”

大约过了十几分钟，俏枝竟端来一盘煎饼。金黄的色泽，还透着鸡蛋的清香味。

“半夜了，排演这么下功夫，怕金老师饿坏了。我这个队长演不了戏，只能搞好后勤服务。趁热吃，吃饱了回去睡觉也好香一些。”

俏枝这话明显有特为我做饼的意思，这让我受宠若惊。可我怕她的话让青云听了不舒服，赶紧说是青云配合得好，让俏枝、青云一起吃。这客套话青云十分受用，也是肚子确实饿坏了，加上难得见着这样的美食，青云吃饼时已毫不顾人，伸手就抓走了大半锅煎饼，在一边张开嘴巴死命地吃了起来。青云这举动惊得俏枝瞠目结舌。她随后看我时有些尴尬，担心剩下的饼也被青云吃了，便把盘子端至我面前，用嗔怨的口吻对我轻声说道：“金老师，快趁热吃呀！”

在我羞涩地抓了块煎饼送向嘴边时，我并没太在意这蛋饼的香味，而是深深感受到了来自俏枝对我发自内心的尊重。

决战的时候到了。公社来挑选节目的日子是腊月廿五。

下午两点，大队的大会堂前排位置，文化站杨站长、党委宣传委员刘委员，由大队张书记陪同，坐在俏枝从一个新婚闺密那里借来的钢架折叠沙发上，看我们彩排。

我从来到舞台一侧化妆开始，心就怦怦直跳。要对得起俏枝那盘鸡蛋煎饼，更要对得起从她嘴里一声声唤出的、让我甜得心都要化掉的“金老师”，我必须要让公社领导对所演节目留下良好印象，一定要让他们从中确定一个能去参加初二的会演。

大雪冰冻天气，社员都窝在家里，大会堂里锣鼓喧天，早把人们吸引过来了。大会堂里人挤着人，连窗口处的人头也像一串串葫芦似的挂着。我在后台从幕布缝隙看着这热闹场面，都是乡亲啊！想着马上要演的丑角是多么难看，想着今天的自毁形象很可能会给今后找对象带来的不利因素，我心里就直打鼓。可是……可是……罢了，士为知己者死，为了人家不知叫了多少遍温柔的“金老师”，咱拼了！

轻快的音乐声中，《四老汉齐夸形势好》首先亮相。一式的驼背，一式的老棉袄，一式的狗皮帽，更有人手一杆两尺长、上面各挂一个烟丝袋的竹烟枪做道具，还有每人脸上用毛笔黑墨勾画的山羊胡、皱纹，整齐划一的动作，我们一出场就博得了满堂彩。

我只顾演出不敢朝台下看，连台下一阵阵的掌声都顾不上，只想演好每一个动作。这节目演完进了后台，俏枝不顾众多演员在场，兴奋地摇着我的肩膀直叫：“金老师，演得太好了！公社领导拍板一个了哇！”这才让我稍安心了些。

两节目之间穿插一个群口快书，属“热场”性质，才五分钟，过后我就得演哑剧。我要抢时间化妆。

为了演出效果，我真是把不该丢的脸全丢尽了！

在着装上，我脚上拖一双破单布鞋，身上把娘的一件花棉袄穿了。娘一米六，个子虽在女人中不算矮，毕竟我将近一米八，这棉袄穿在身上勉强齐我肚脐眼。单裤是我两年前穿过的。那时还没发育，本就是条补丁叠补丁的干活衣服，加上短得脚跟往上露出了五寸，使我这个才九十多斤重的人一双“鹭鸶”腿尽显人前，说多难看有多难看。化妆也按我的要求，突出个“丑”字，脸两边打白粉，红印泥擦鼻，用黑墨勾的皱纹，后脑瓜上，还让俏枝为我把中短发扎了两根小小的羊角辫。

再次登台，我这奇装异服以及丑态百出的化妆，加上表演时十分夸张幽默的小偷动作，让满堂观众都笑得前仰后合。演出期间充耳不断的掌声、笑声，充分说明了该节目的编排与演出的成功，这让我越演越来劲。节目演完我刚到后台，文化站杨站长就迫不及待地追了进来，他一边咧着嘴向我大笑，一边高声叫着："咋就这么出彩呢，金小顺啊，这节目让刘委员与张书记都对你刮目相看了哪！赶紧把稿子交我，你这哑剧我是必定要报县里的。呵呵呵……它定能为咱公社争光了呀！"

彩排结束，俏枝为我卸妆时依然还处在激动之中。她一边用泡了温水的毛巾为我轻轻擦拭着脸，一边温情脉脉朝我说："金老师，大领导们对咱的两个节目赞不绝口，还说你是咱全公社的骄傲，属明星编导。金老师，你是真正的大才子呀。"

俏枝口中不仅又是"金老师"，"才子"前还加个"大"字，这对我不知是多大鼓励。我心里想：值了，我下午所有的丢丑都太值得了！

1980 年的正月初二下午。

我队离公社十六里，一点钟开始会演，虽然我大队的两个节目是压轴戏，要三点半过后才登台，俏枝还是让大队的两台手扶拖拉机在一点前就把大家送到了公社大会堂。用她的话说，队伍到了领导才能放心。

一下来了十八支宣传队，那天公社的大院子里真是红旗招展，人山人海，锣鼓喧天。

文化站杨站长对我特别关照，也给了我们宣传队天大的面子，临时还把会堂一侧的图书室给我做了化妆室。

"金小顺，不仅我看好你，刘委员也高看你哪！今儿你主演的这个戏做压轴，就是他安排的。好好表演，扛一面优胜大红旗回去！嘻嘻，看吧，你们张书记露口风，说不定就重用你哩。”

杨站长搁下这句满是关爱的话看节目去了，俏枝比我还激动，连声向杨站长道谢。杨站长不以为然地跟她说：“谢啥，金小顺是文化站的创作骨干，将来还得靠他为咱公社的文化事业撑大梁呢。”

听了杨站长的话，俏枝后脑壳上翘着对羊角辫，扬着手跟周敖齐说：“见着了吗？还看低人吗？咱金老师可是全公社的宝贝疙瘩哩！”我偷偷朝周敖齐睨了一眼，就见他的脸红成了猪肝色。

三点半，轮着我们去后台做准备了。

后台也人挤人，演完的要赶紧撤退，为后来者挪地方，乱哄哄一片忙碌。我们刚进后台，就见胜利大队正在匆匆往外撤道具。有个小伙子搬着张学生用的课桌，经我们身边往外走时，不想怎么就跌了一跤，引得大家一片笑声。我们笑他的不仅是他的一身新衣弄满了泥巴，还有那张简易课桌被他一下摔散了架。我们正往里走，我忽然觉得脚上踩着什么东西，随后便是一阵剧烈疼痛！我低头一看，自己也吓得魂飞魄散——就见我的左脚，踩着了刚刚散了架的课桌的一块木板。这木板上竟露着一根约有一寸多长的铁钉，恰好让我的脚板踩着！这铁钉不仅扎穿了我的这双白色“回力”球鞋鞋底，还扎穿了我的脚板，连鞋面也刺破了！

我痛得低沉地“哎”了一声，把俏枝吓着了。她开始也不知我为什么叫唤，当发现我的左脚板被铁钉扎穿了时，一声惊叫比我还响。此时，明亮的电灯光下，我白色的“回力”牌球鞋已是一片鲜红，这情况不仅是俏枝，把身边的周敖齐、小明一行人也吓傻了！

“救人要紧！周敖齐，你马上用咱村的拖拉机将金老师送去医院拔钉子！咱大队是没节目可以登台了，事发突然，这里由我负责去向杨站长解释，得让他把演出节目重新调整！”

此刻，俏枝脸上根本见不着一个才虚岁十八女孩的稚气，有的是可以指挥千军万马般的沉着冷静。

一切发生得这么快，快得我还无从思考后果。也是听了俏枝的话后我才想起，我是两个节目的主演，我要是去了医院，不仅仅是宣传队所有陪同着我的参演人员，多少个寒夜排演就全白辛苦了，还有大队付出的这么多人的工分，集体的荣誉，领导的期望，还有什么？对，还有俏枝对我动不动就是一声声的“金老师”……

我心里亏不起啊！

就在一个瞬间里，我忽地弯腰，连着木板猛地拔出了那根钉子！并随即脱下那只已满是血迹的球鞋，人靠墙，伸右手用拇指按着脚背的钉眼，中指按着脚底钉眼，对着俏枝，咬着牙，第一次正面对她毅然决然地说道：“为了咱宣传队的荣誉，我坚决上！”

也就是这么一句话，已飞快地从口袋中掏出手帕为我包扎伤口的俏枝，竟又突然变回了一个小姑娘，泣不成声地对我说：“金老师，叫咱如何对得起你……金老师……”

在医生为我清洗伤口、包扎、打破伤风针时，俏枝手里拿着我的那只早已让鲜血湿透的“回力”球鞋，在抽泣中怪怨我：“金老师你咋能这样不要命呢……看看，演出结束，杨站长为咱发奖时，知道了你的情况都感动得不行，在怪我……刘委员说咱宣传队顶呱呱……咱要顶呱呱个啥，你金老师命都差点没了……”

是的，我要顶呱呱个啥呢？耳里有俏枝的一声声“金老师”，这比啥都强啊！

大队的拖拉机在把我送到我家住的小山包下时，俏枝让拖拉机手先开车回去了。从村道到我家，离建在小山包上的房子还有八十多米，这是条板车路。天早黑了。初二，没月亮，好在雪地反光，看得清路。我轻声怪怨俏枝："回去四里路哩，你该跟着拖拉机走。"

"司机三队的，与我家两方向，人家送我不方便。我送你到家后往回跑，十分钟就进门。"

她在我面前弯下了背。我知道她的意思，山坡路陡，没拐杖，我一人上不去，医生又交代俏枝的，说我的一条腿暂时不能着力，否则还要出血。

"上呀，金老师。"

俏枝的口气，就如我隔壁才十二岁的张亚妹妹叫我"小顺哥哥"一样好听，温柔得不行。我朝四周看了看，没见人影，这才羞羞答答趴在她背上。

"搂紧我脖子。"

胸口下的人指示着。我心慌，慌得快把心跳出口了。夜，静悄悄的，全村百十号人，别看他们为省灯油都钻被窝了，这时间，哪个人不竖着耳朵听外面动静?

俏枝边走边说："不重。背金老师爬坡不吃力。"

"嗯。"我轻轻应了声。防人耳朵呵，一旦有人见我趴在个小女孩身上，明天生产队还不闹翻天?

"金老师别生气啊，我说不重没小看你。我妈说的，个子长得晚些的，寿命长。"

"嗯。"

"金老师个子刚蹿上来，一年后就是个大汉了。"

“嗯。”

我此刻的心情绝对像个正在行窃的小偷般紧张。这段路上俏枝还跟我说了啥我都忘了，睡在床上，我只记得她最后自言自语的一句话：“今后就是有人把公社书记介绍给我，我都不要！”

我在被窝子里翻来覆去地想她说的最后一句话，想猜出她要说的意思。后来想明白了，还是人家有志气！这么能干的好女孩，公社书记咋配得上？至少要县委干部才能考虑哪！

1985年腊月，全大队最好的女孩俏枝嫁人了。从此，她又成了婆家村上最好的女人。好人有好报，她自己生了个儿子，还收养了一个贫困家庭的女孩，儿女双全。婚后，她先是在村口开起了一家小吃店，只因人缘好，手巧，生意做得风生水起。过了几年，她扩大经营，办了一个上规模的饭店。再过了几年，手里有了积蓄，她又鼓励自己男人开办了一家工厂，由她管理生产，做幕后英雄，让男人顶在人前风光无限。

2016年6月的一天，夫人笑着对我说：“当家人，少年时你曾有过当作家的梦想，是因生活所迫才放下的。咱现在企业由孩子接了班，你生活积累也够多的了，要时间有时间，咋就不去圆这个梦呢？去写吧！去写出我们这一代人的酸甜苦辣，写出与我们一样千辛万苦创业的苏南农民！”

夫人这话让我大为感动。是的，一路走来的坎坎坷坷，让我有太多的话想要对人说，而且把这些写出来留给后人，也是我们这代人的责任。我嚅动嘴唇，问她：“放下笔三十多年了，我还真能写吗？”

“你能，你行！想当年你可是咱全公社有名的才子，十年的童子功放在那里，还愁写不出好东西来？当家人，你一定能行啊！”

2019年10月，苏北某市宣传部邀请一批省内知名作家，对本市一位企业作家的一部新作进行研讨，作为中作协会员、省企业作家协会副主席，我受邀后携夫人一起驾车前往该市。在酒店接待处，我们被先予到达的省作协主席沈小燕看到了，沈大姐张开双臂过来拥抱着我夫人，她乐呵呵地说道："哎呀，半年不见，好想你哟，我的俏枝妹妹！"

刘百万

1

凰川湾北边的大山展伸出一道叫石塔的山岗。

石塔山咀，像用斧头劈过，呈五丈多高的悬崖。悬崖下，一条曲曲折折的小河贴山而行，通向东边不远处的一个小村。悬崖上，一条二尺多宽的小路,连接山里山外。岗顶,有一块约十丈见方的黄石平面，成了邻岗小村人的天然晒场。

石塔岗下的这个小村，因为吴王夫差的娘住过，人唤国母村。

凰川湾山地居多，一年两熟，冬季小麦，夏季山芋。这山芋收了，基本是刨成山芋丝，晒干后，贮存着做半年口粮。家中宽裕一点的，会请人用毛竹做些竹席，用席子摊晒山芋丝。穷苦人家，便只能在门前的泥地面上晾晒。在泥地上晒的山芋丝难免会沾上泥沙，烧着吃时，很容易嚼到沙子，所以，石塔上的那块石晒场，便成了穷人家争抢着摊晒山芋丝的宝地。因这晒场傍着山道，不时有人经过，为防人顺手牵羊，大凡占了这晒场的，总会留一个人在那边守着，以防小人。

这天，那块晒场让小寡妇金兰英占着了。鸡叫头遍，兰英就将刨好的山芋丝一担担挑上岗来。

铺晒的山芋丝，要等到太阳落山方能收回家。上山时，兰英带了两个碗大的生山芋。

晒场一侧有一棵老松树，一团浓荫，犹如把巨大的遮阳伞。

中午时分，秋阳正毒，小路上不见行人。兰英咀嚼了两个生山芋填了肚子，便在老松树下的茅草上安心仰躺下来。因连续几天抢收抢种，刨山芋丝又一夜没合眼皮，加之岗顶山风习习，十分凉爽，她刚刚躺下，便入了梦乡。

石塔往西三里有个山谷，叫黄公村，村里有个叫刘百万的男人。

百万父母早亡，一间破屋，单身独居。他冬春帮地主张三大打短工，夏秋两季，以钓黄鳝为业。十里之内的河边、小沟、田埂，都有他的足迹。

这天，百万踏上这山路。他要去岗东的小河边钓黄鳝。

百万途经晒场时，早已让太阳烤得气喘吁吁汗水直落，抬头见了老松树的一团浓荫，便想借此地乘个凉，歇一下再赶路。

百万才到了树边就吓了个半死——松树下草地上竟一动不动仰躺着一个妇人。他见着那女人肚子均匀地高低起伏，才放下了心。

女人大叉四肢呼呼大睡。百万便随意地打量起她来。也是天太热，这女人的上衣襟多解了两颗纽扣，又是睡得过沉，顾不了睡姿，半个胸已露在外面。

女人下身穿着一条大叉裤，一看就是用旧长裤剪去半截后修改而成，裤裆宽松，露着两条白乎乎的大腿。百万年将三十，肚皮从未吃饱过，活到今天，别说成家，连女人的手都没碰过，眼前此景，让他先是心里火烧火燎般难受，尔后身子打起战来。

百万再三端详，这才发现这女人是国母村的金兰英。多年来，他常来国母村的小河边钓黄鳝，曾当着兰英的面，在她家小河埠的石缝中钓出了一条八两重的老黄鳝。

百万咽了几下口水后，在女人边上悄悄坐了下来。

兰英呼噜直响，百万心里怦怦直跳。

坐着坐着，便按捺不住好奇，低头看这女人小巧嘴唇。哪知妇人一个翻身，两人差点脸贴着脸，把百万吓出一身冷汗。他赶紧装模作样重新坐好。

过了一会儿，百万见女人依然沉睡。便壮胆又仔仔细细端详起那个女人。

兰英年约三十挂零，腿根处的皮肤，细嫩得如雪花可以化水。一头长发，又黑又粗盘在头顶。让百万倒吸一口凉气的，是兰英的头发中间居然插着一朵用白洋布折成的布花，花朵上还有用洋红点过的红点子。

这是凰川湾里寡妇的招牌，路人皆知。

百万一拍大腿：金兰英啥时成了寡妇？

该是侧睡不舒服，兰英又仰躺了起来。

百万喜上心来：机不可失，老子该有家了！

刘百万轻轻地弯下腰来，一下子压在了妇人身上！

凰川湾的风俗，寡妇让哪个单身男人碰过，从此就是他的女人。

金兰英实在太累，本在沉睡之中，忽然觉得身子上重，不觉惊醒。她双眼一睁，见一个陌生男人压在身上，男人正笑吟吟地望着她，这才大惊失色。金兰英不禁放声痛哭，她不知道这个男人有无家室，即使无家室，家中情况也不清楚，如他无家室，自己尚有一条活路，如他有家室，那自己便也只有死路一条。

2

兰英住在国母村的老桥头。

这老桥用了几百年，因村边新修了宁杭公路，拆了老桥的材料去造新桥，这老桥便废了。

当地风俗：桥头乃万人践踏之处，无论谁都不能做他用，否则必有凶险，所以一直荒着。兰英一家八年前从苏北逃荒过来，在此落脚时，正好碰上这一块无主的地，便东拼西凑，在桥头搭起三间草屋。谁知住进去没有几年，男人便生了一场恶病，上了黄泉路。男人一死，丢下三个闺女，大的九岁，小的还没断奶。一个寡妇，拖着三个孩子，全靠夫妻俩过来时开出的两亩山地生活。那苦，也只有天知道。

天才蒙蒙亮，几个爆竹在老桥头炸响。

国母村上的人很稀奇，一夜之间，寡妇家里冒出个男人，还挺齐正。这男的人高马大的，长得还不错。很快有人指出，这是黄公村的“钓黄鳝佬”。

次年，兰英的肚皮又鼓了起来。

人口多了，要填饱肚皮，只有开荒。好在百万有力气，一个冬天过去，起早贪黑，他在北山为这个穷家又开出三亩地。他将开荒挖出的树根、杂草晒干，然后在地边一层柴火一层山土，层层叠叠码好后放了一把火。这叫“闷土灰”。有家了，要过日子，当家人得把来年种山芋的肥料都准备好。

兰英同百万成了家才知道，其实百万人挺不错，不光白天开荒种地用力，半夜里把她的那块小田也耕得好。即使怀了孕，他也照耕不误。男人很体贴她，该轻的时候轻，该重的时候重，这日子让兰英有了盼头。过年时，虽穷家小户，兰英也会过日子，杀一只鸡，炒几个蛋，让百万和孩子们过了一个有荤菜的大年三十。

初一，百万一早便回到黄公村的老家，拿出一副锣鼓家什，还有一个中间用稻草扎着、外面红绿纸头包着的凤凰头，带着一班原来的好兄弟，敲着锣，打着鼓，来到了国母村头。

兰英大喜——自家的新男人，竟然会"唱凤凰"哪！

"唱凤凰"是一种曲艺，是凰川湾人过年时的热闹节目。它通常由五人组队，第一个举着个凤凰头，后三个分别敲打着锣、鼓、钹，最后面还跟着一个，挑着一副箩筐。每到一户人家门口，那举凤凰头的领唱，后三个合唱。

"唱凤凰"有专门的调子。领唱的人，必须聪明伶俐，能见着什么便唱什么。比方说，你大门口放着一把扫帚，他便要唱出扫帚的好处。

国母村人发觉，百万还是个"唱凤凰"的高手。

百万是从村西开始逐户拜唱的。那第一家听到锣鼓响，便知"唱凤凰"的来了。家主严得财早就备好了一把瓜子、六颗糖，还有两块年糕，在等候着。

山乡规矩，新年，兆头最要紧，人家为你唱"好话"，礼物不到位，唱的可能不中听，你还不能说人家，这就晦气，所以家家户户，在初一接待"唱凤凰"的时候，气量都很大。

锣鼓声中，百万一亮嗓子，随队看热闹的人便是一阵喝彩。

"格呛呛，格呛呛，凤凰来到人丁旺，满门满室是吉祥，必定要出状元郎！"

严得财听了赶紧把装在盘中的礼物托在手里，算是个亮相，引他们多唱两句“好话”。那时穷,严得财出这一份大礼,让百万眼睛都红了，嗓子如洪钟又一声起：“格啾啾，格啾啾，严家门中有金手，手里托的是聚宝盆，脚下铺的玉砖头！”

百万唱完，后三人在锣鼓声中有力地复唱。第一家，一定要响个头彩。谁知严得财听了只是眉开眼笑，礼物还是不给。

百万又开了腔：“格清清，格清清，家主实在好精明，今年要赚个银如山，明年要来个聚金瓶！”

严得财不仅还只是笑，又添了一把花生在盘子里面，但就是不给。

“格吵吵，格吵吵，严家门口喜鹊叫，你行善行义人太好，年年都会有福报！”百万嗓子清亮，后队复唱响亮，严得财欢欢喜喜，终于将那一盘礼物，一股脑儿倒进随队的箩筐担里。

“格点点，格点点，家居福地万万年，顺年顺月顺天天，吉人吉物吉连连！”百万一边用唱作谢，一边又摇着凤凰赶往第二家。

天黑，百万带着分得的东西回家了。他把那个背回的大包放在桌子上解开，里面有瓜子，有花生，有糖果，还有年糕等等食物。孩子们享受了继父的温暖，兰英也感到无比喜悦。

百万轻轻地拍着兰英凸出的肚皮，自豪地说：“明天还去，一直唱到元宵！”

金兰英从生下来算起，就数那天最开心。

3

初夏，兰英要为百万产仔了。

兰英已生过三个孩子，都是顺产。这次不同，碰到了“硬货”，子宫里几乎没有羊水，阵痛一天还没有生出来。百万看着兰英叫得喉咙发哑，吓得魂不附体。还好，在隔壁的张阿婶帮衬下，第二天三更时分，帮百万生下了一个儿子。

兰英渡过生死关，又生了个儿子，夫妻两个好不开心。因孩子是在三更落地的,夫妻俩直截了当,帮儿子取名刘三更。可开心没过几天，金兰英细看儿子，越看越不对头：儿子的左眼明亮，可右眼的眼珠竟然泛白。

百万吓死，赶紧请来一个郎中。郎中过来把三更的右眼皮翻了一看，药都不开，丢下一句话："看个屁哟，独眼龙，先天的。"屁股一拍，走了。

郎中定了性，儿子除了独眼，其他都好。百万宽兰英的心："一个眼睛一样过日子，怕啥？再说，这是头炮，虽不太响亮，后边咱一炮炮开火，你还担心没健全儿女出世？"

第三年春天，百万的第二炮响了。兰英顺产，生下的是个闺女，大人小孩都平安。

百万儿女齐全了，开心劲自不多说。哪知没过多久，夫妻两个气得又都哭了。

闺女的右眼睛也不见光!

一双儿女，都是独眼，百万哑炮连连，后来便再也不敢生孩子。

虽然新生的一对儿女让兰英感到有所遗憾，但她也知足，因为百万能过日子。自己男人天天起早贪黑在地上忙，一家大小七张嘴，半饥半饱，竟然一个也没饿死。当门前的宁杭公路上解放大军攻向南方时，刘百万的好日子来到了。

共产党打天下，为的就是穷人 。土改时，越是穷的人家，越是沾光。这年，百万不仅分到三亩好田，两间瓦房，做梦都没想到竟然还分到了地主家的两口上好棺材。这是村上的地主许牛大夫妇为自己准备的寿材。他们没料到，现在变了天，穷人翻身，好日子要换着过了。

棺材放在阁楼。半夜，百万想着头顶的两口棺材一连几夜睡不着，激动。人跑不了一个死啊，百万想想自己父母，死了之后，穷得连一口薄皮棺材都没有，全是用芦席包裹一下，让人像扛根木头，弄到西山坳里便埋了，多惨啊。现在自己四十不满，分到三亩好田不说，竟还分到了两口上好棺材，这是何等的福气！

此后大凡参加大会小会，百万夫妻两个口号喊得最响，拳头举得最高。

新社会了，百万家里不仅能吃饱肚皮，还开始有了精神食粮。村里办了扫盲班，每夜教穷人识字。兰英没念过一天书，有这机会很珍惜，她一课不落。兰英记忆力惊人，除了会读书，革命口号竟然还会背出一百多条，连续两年成了学习积极分子。兰英因此不光自个儿常弄些毛巾、肥皂等奖品回家，百万也因她沾了光，当上了大队的贫农代表。

百万一家从此走上金光大道。

1949 年到 1960 年之间，是百万人生最红火的时候。尤其在后几年，他把三个“油瓶”闺女先后风风光光嫁了出去。三个闺女，不仅每人陪嫁了马桶、脚盆、面盆，甚至还每人陪了一个铜脚炉。作为继父，这在当时很不容易。当然，更不容易的是他眼光独特，好像有预见性，他把三个闺女儿全部嫁到了凰川湾谷底的大山里。

谷底居住的是从南方迁移过来的几千人，他们族人间交流至今仍是一口闽南语，虽与国母村仅相距八里，却形同两国。

4

20 世纪 60 年代初，日子越来越困难，兰英那时才真正感激百万。

百万有远见啊！水田多的平原村，公粮交得多，口粮自然就紧，这凰川湾山谷里的那一批人，却完全是两回事，他们不光人心齐得要命，是绝对的一家有难众人相帮。况且语言与当地的土话也截然不同，这也帮了大忙。他们几个大队领导在报产量时，叽里咕噜，全是讲的"外国话"，先相互配套好，再一致对付公社。总装着山里人没有水田，很可怜，上交点麦子也只是应付而已。这样，便极大地保护了山里族人。山里人以山地为主，这山里面东垦一块，西开一块，公社里也根本弄不清他们到底有多少土地。那时候，山芋、南瓜，都能塞饱肚皮，百万的三个女儿，就好像掉进了蜜缸，非但家家户户不断粮，还能共同伸出援手，帮助娘家。三个女婿，几乎每隔几个月，便会用独轮车推着山芋、小麦、南瓜以及柴火送到丈母娘家，让百万少受了不少罪。

女儿女婿能搭把手，算蛮有良心了。可闺女的婆家都有三亲六戚，都要面子，做人不能出格，过了头，让公婆生了厌，闺女们便在婆家吃不开。百万识趣，他夏秋两季，下田时，屁股上从不忘记背个"黄鳝箩头"，工余时间，起早带晚，每天也能钓个两斤黄鳝。凑个几天，便让三更拿着分头送去山里的姐夫家，弄得个个亲家都满心喜欢两家的亲事。

兰英看着男人处处帮闺女着想，把"油瓶"当亲生，总是对百万好话连连。

凰川湾中，山梁一道连着一道。那山梁，有的土层有一丈多厚，而有的地方乱石成堆。这一带山区虽无豺狼虎豹，野猪、狗獾、黄羊可多得不得了，故山里人家户户有铁铳，人人能开枪，冬天农闲时，几乎都爱出猎。

一个初冬早上，百万在大墩岗砍柴。那山脚下土层特别厚。百万忽见一棵松树下面有一个水桶般粗的洞口，正有新鲜的土粒往外喷射。

百万稀奇，是什么东西在打洞？

他不砍柴了，悄悄躲在边上的一块巨石后面，瞪大眼睛，紧盯洞口。半个小时过去，那土始终断断续续地飞往洞外。

百万蹲得太久，腰有点酸，再说也看不出个名堂，想站起来伸个懒腰继续砍柴。谁知刚露出半个身子，就见这洞里突然窜出一个毛茸茸的家伙来。那物耳端为白色，背部毛为灰色，下腹部为黑色，脸部有黑白相间的条纹，狗头模样，蹲在洞口贼头贼脑地四处张望，见没啥动静后，又钻进洞中，露着条尾巴继续向外刨土。

百万看清了，这是狗獾哪！

那时候，家人能塞饱肚皮已经不易，就别说荤腥了。百万寻思，看来，今天是自己撞了大运。

百万拿着砍刀悄悄地从侧面绕了过去，准备偷袭。谁知还离洞口几步，这狗獾大概听到了他的脚步，或是闻到了他的气味，突然间就闪进洞里，再没声息。

百万不服输，心想，这狗獾只要在洞中，你还能不出来寻食？老子持刀守着洞口，还会吃不着你的肉？

百万优哉游哉地蹲在洞口，忽然想起黄鳝的习性，他寻思：黄鳝会有后洞，这狗獾会不会也有后洞呢？

想到这里，他便开始围绕洞口，在这方圆几十米的地方细细寻找，果不其然，还真让他又找着两个洞口。

百万一看位置乐了：这两个新发现的洞口，都在山梁的上部，与新洞高低落差将近两丈！他来了劲，很快，他先把上部的其中一个洞用石头堵了，然后拾来干柴，塞进了下端的新洞，然后划了根火柴放起了火。

百万这头才点着火，便见上洞口冒了黑烟。百万大喜，赶紧拿着砍刀去守上洞。百万才到上洞口，便听见洞里一片“吱吱”声起，就知洞中绝不止一只狗獾。

下洞口的火越来越旺，上洞口冒出的浓烟如乌龙直冲天际，洞里的狗獾再也坚持不住，只能不顾一切地钻出洞来。待第一只狗獾刚刚探出一个头，百万便手起刀落，那东西被当场结果。

好在洞口小，狗獾须按顺序依次而出，这给百万逮着了全歼的机会，他砍了一条拉出一条，仅半袋烟工夫，前后六条狗獾全被百万放倒。

听着洞里再无声息，百万得意地用担绳三条一捆，挑着这一百多斤老天赐给的宝物哼着山歌回家了。

5

百万挑回一担狗獾，惊动全村。村人眼里都是羡慕神色。百万心里有数，乡邻个个饿得肚皮贴在背皮，自己难得交上这么个好运，狗獾必须户户有份。

狗獾皮也能让大家填一下肚皮，百万舍不得剥，他让兰英烧水，用一个大缸，将狗獾一只只烫起毛来。

忙至午后，百万终把一只只狗獾开了膛剖了肚弄了个干干净净，然后操刀分割。小村共二十三户人家，挨家一份，分掉了两条狗獾。剩下的，他与兰英商量：自家留下一条，一家四口，大致也可以吃个十天半月。难得有点送得出手的东西，山里的三个亲家，总沾着他们的光，这个情要还。

太阳西斜时分，百万与兰英结伴，轮番挑着三条狗獾去了山里。

转眼到了这年年底。那年，三更十七岁，虽发育晚，个子仅齐百万肩高，可已经在生产队挣工分了。

腊月廿五那天，三更跟着老子上了山。趁着冬闲队里放工，他们得为一家人来年春天准备柴火。

父子两人到了村西的第四道山梁。那边有半个山岗，上面的柴草也是属于自己生产队的。这岗子离家远了些，平时队里人来得少，所以柴火好。尤其这岗子的山腰处，有个废石宕，也不知荒废了多少年，乱石堆里，长着的都是齐手腕粗的青冈、橡子等杂树，是一等一的好柴火。

百万干活干净利落，三刀、两刀，便放倒一地杂树。

三更将老子砍倒的柴火收拾打捆，这样方便挑回家中。

正忙其间，一阵风吹来，父子俩几乎同时歇了手。两人屏气凝神相互看了看。

三更先开了口："尿屎味！"

百万点了下头后，顺上风，他开始在废宕口的杂树间打探起来。终于，在宕口一角处两块巨石的石缝隙，他发现了问题：不仅这浓烈的尿屎味就是从这里面飘出来的，洞口的沙地也让动物踩出一片光滑。

百万细看后朝三更叽咕："十有八九，可能也是狗獾窝。"

三更一听来了劲："我先看下究竟！"

三更不顾三七二十一，一下子在巨石缝隙爬进了半个身子。待他借着光线朝里一看，见几尺远处有一排乌黑的眼珠正齐整整盯着自己，不由吓得魂不附体，马上缩了出来。

“爹呐，狗獾，不下十条啊！”

听三更一汇报，百万想起上一次端了一窝狗獾的好事，不由心花怒放。他亲自上了。

石缝隙偏小，三更探洞进退自如。百万不同，他个儿大，待他砍刀举在前趴着身子拼命钻进洞口，下半身就卡在石缝中，弄得他进退两难。

不过，钻进洞里也有好处，百万对里边的情况一清二楚了：这狗獾洞还叫“洞”吗？外边是石缝为门，洞内却竟有个高约三尺，大有五六平方米的“大厅”。

这狗獾所居属于“豪宅”哪！

百万又仔仔细细数了数眼前一排发着绿光的眼睛，他估摸着这群狗獾该在二十条以上。

百万心想：得了？这次收获过大，该先剥它们的皮再吃它们的肉！二十多条狗獾皮哪，皮货商收购，这收入还不抵队里正劳力半年工分？

百万正想着这飞来横财的千般好处，寻思该如何才能将眼前的一群宝物一网打尽，万没料到，对面这排原本集体沉默者也非善辈，见入侵者没有退兵的意思，挤在一起的二十多个灰白的脑袋在经过一阵狂吠后，便先发制人，它们率先发起攻击。

狗獾的食谱杂，一口好牙，青草啃得，山果、野兔、野鸡也嚼得，虽从没听它吃过人，但这些群居动物，就是独狼见了也畏惧三分，况且见着来者堵着家门明显要灭它们满门，事关洞内一个家族存亡，你死我活地一战，不斗也得斗。

在头獾一声怪叫首当其冲后，群獾一如听了冲锋号，纷纷咧着黄牙咆哮着向百万扑来。

百万卡在洞口，初时为点验收获还没太在意出洞的事，现在要退却没了门，好在砍刀挺在前面，虽被石头卡着，使着不那么灵便，但一刀过去，就将头獾的一条前腿削得掉在面前。

受伤的头獾在惨叫声中撤退，其他狗獾也受了惊吓，狗獾们又退回原地，“吱吱”乱叫。不过，头个回合，百万也吃了亏：在他对付头獾时，头部让一拥而上的其他狗獾咬了好几口，只觉得脸上热乎乎一片。

三更见老子在石缝中被獾子攻击，知道坏了事，便死命将他老子的双脚往外拖，可卡得实在太紧，拨弄了半天也没弄出来。洞口的百万清楚，凭父子两个已无法逃生了，想到此处离小女婿家不算太远，连忙叫三更去叫三姐夫，并叫他把铁铳带来。

三更一听撒开双腿，赶紧飞奔下山。

三更走了，百万是度日如年。那狗獾也知死期到了，明知百万有刀，还是轮番攻击了几次。那些东西咬他的头，几乎便是狗啃骨头一般厉害，如没有这把砍刀乱舞，他早就送了命。

将近个把小时的搏斗，洞里的獾子大半受了刀伤，百万也到了生死存亡关头，感觉自己的头肿得如笆斗，眼睛也快睁不开了。好在危急之际，他耳里隐隐听到一声枪响，给了他力量。

百万知道，救兵到了。

那枪确是百万的三女婿所放。

接到三更报警，小女婿赶紧叫了同村的几个伙伴抄起铁铳急急赶来。才到山脚，便先放了一枪，算是给老丈人先吃颗定心丸。

三更带着一行人气喘吁吁爬到半山腰的石宕，小伙子们同心协力，连抬带拖，总算把百万拔萝卜般弄了出来。

此时的百万满头鲜血，两只耳朵几乎给獾子啃没了。见状，小女婿赶紧脱了件外衣先把老丈人的头部包好，然后才和伙伴们一起，端起带来的铁铳，齐向洞中开火。

风风雨雨，百万夫妻同甘共苦，家境越来越好。分田到户后，两人开始安度晚年。

1982年秋天，已是公社副书记的二女婿上门来了。他分管文教、卫生、民政，今天同老丈人、老丈母话家常。二女婿说："殡葬改革，全是火化了，谁也不会再去用棺材。那两口东西，木料好，我与姐夫、妹夫几个都商量了，准备帮三更翻建新房，过两天我安排人来拆了它，将这上好木料锯成板材也好派些用场。"

过去的几年，百万也见着，确实谁也躲不过火化，也想开了。不要说女婿待自己比儿子还好，算是支持女婿的工作，也是应该的，便应允了。只是夫妻两个向女婿提了个要求——他俩死后，得把他们葬在石塔的松树下，因为那个地方，总常常会进入他们梦中。

1990年前后，百万和兰英如了心愿，果真被孩子葬在了石塔之上，老松树下。

黄鳑鲏

黄鳑鲏与红眼鳑鲏、瓜子鳑鲏不同，不是鱼，是人。他的真名我们不知道，只是听大人们叫他黄鳑鲏。

那场山洪过后，五十多年过去，我们就再也没有见过那一对永远没有神采的眼球，永远没有血色的蜡黄脸颊；再也没有见着那条来往于村前小河上的破旧鳑鲏船；再也没有听到来自小河中，按时传上岸来的一阵阵梆子声响；再也没有见到黄鳑鲏一手持赶网，一手持赶针，盘坐在船头落在水中的倒影；再也没有见到在船艄划船的小女孩，始终没有表情的脸上那双乌黑深邃的眼睛；再也没有见到，从中舱卷曲的芦席两头，涌出的淡淡炊烟；再也没有听到从里面的女人口中传出舱外的无力呻吟。那呻吟，似地狱中鬼魂的呼唤，曾一度惊吓了我们，它常常会令曾尾随着鳑鲏船看热闹的我和伙伴们听过之后，也会毛骨悚然。

“啷、啷、啷……”

真不知是从何时开始见到黄鳑鲏的。在我的记忆中，大概是在我入学前的那年初秋。那时，每当一阵脚踏的梆子声从村西口传来，平时冷清的小村，便开始闹腾。我与小伙伴早已把一些土游戏玩腻，会把看黄鳑鲏赶鱼像看样板戏一样对待，感到新鲜，刺激。会一窝蜂似的循声追到村西口，顺着沿河的小道，把脚步放得很轻很轻，连悄悄话都不说，尾随鳑鲏船。看黄鳑鲏弯腰落网，看黄鳑鲏挺身起网。当然，如果看到黄鳑鲏连续三网空着，我们很可能也会像在一个鼻孔出气一样，为黄鳑鲏轻轻地“唉”上一声。而一旦网里出现了几条半斤左右重的鲫鱼，这就顾不了许多，“哎哟”一下，齐声欢呼。

自从这条鳑鲏船出现在村前的小河，待在家中的女人们也爱凑热闹，当见着鳑鲏船行经自家的小河埠，就都会纷纷放下手中洗衣、淘米的活，伸长个脖子看黄鳑鲏不断起网，一如我们，把看黄鳑鲏的赶鱼，当作了西洋镜。

“黄鳑鲏，今儿赶到的鱼多吗？”

盘坐在船头的那个三十多岁的男人，灰白的头发根根直立，听到这话，就会把嘴角向两边一扬，把头轻轻一摇。毫无疑问，这该是他想表达笑，表示善意，表示并没有什么收获。但他清瘦、蜡黄的脸，此时堆积了皮层，笑显示不出来，好像他的笑都被遮着，不，该是被皱纹埋葬了，否则为何我们从没见过他一丝一毫的笑意？他掀动嘴角时，让我们能见着的，只有一排半露出口的焦黄牙齿，显示着他平时抽旱烟的凶样。

“黄鳑鲏，我用一个扁壶南瓜可换一碗鳑鲏吗？一群娃儿半年没碰荤腥了。”

邱寡妇张口时一脸不好意思，声音小得好比是从喉咙里硬挤出来的，也好像那南瓜是偷来的，是销赃。黄鳑鲏耳朵很尖，听过之后连连点头。

“黄鳑鲏，痴虎鱼有吗？五姑娘断奶了，给她开个荤。”

肖元大的老婆这话有与黄鳑鲏商量的口气。痴虎鱼少刺，虎头虎脑，我们叫作“肉棍子”。黄鳑鲏听了依然是把嘴角向两边一扬，略顿了下额头。

痴虎鱼是小儿的好食材，但稀少，就像黄鳑鲏的笑一样金贵。

也有与黄鳑鲏高声打招呼的：“黄鳑鲏，你女人可得去抓药哪，这病拖不得。”

黄鳑鲏听过这话脸上会加上一层愁楚，会朝说话的人看上一眼，这一眼全是无奈。他不点头，也不摇头。问话的人想必知道了他的意思，这从黄鳑鲏的眼神里看得出。

女人们的高声喧哗我们非常反感，她们根本不会像我们这样顾及黄鳑鲏的感受：岸边有了声音，河底的鱼便赶不上来，这梆子便就白敲，那黄鳑鲏还能逮着鱼吗？要为黄鳑鲏好，就该学我们，闭嘴！

迎着鳑鲏船向村前的河道缓慢前行时，我们的双眼不仅关注黄鳑鲏捕鱼的过程，还会对鳑鲏船、对船上的人，对梆子是怎么发出声音的做仔细观察。这观察用心得很，一如我们平时捉了个小鸟，会给它喂食，会用手抚它的羽毛，直到它在我们如此这般的热爱过程中咽了气，然后伤心地为它选墓地，挖坑，掩埋，心情沉重得一如死了亲人。但我们虽爱鳑鲏船，却是没有办法这么亲切相待，它在水里，我们的手够不着，抚摸不得。况且这是黄鳑鲏的饭碗，他应该不会让我们胡来，我们只能看。

是的，鳑鲏船是个行走的舞台。坐在船头的黄鳑鲏与后梢撑船的小女孩，是演员。对岸的杨柳，倒影在水里的蓝天白云，从小河里游过的群鸭，都是舞台动态的布景。梆声不绝，该就是为他的演出敲的锣鼓了。我们看黄鳑鲏逮鱼，绝对比看样板戏过瘾，总看不够，不仅是看有无鱼入网，连船带人也一起欣赏。

初见鳑鲏船时，真让我们感到新奇。

这船细头细尾，中间大肚子，也真是像极了一条鳑鲏鱼。它长不足一丈，船头也就米筛般大小，勉强能让黄鳑鲏搁个屁股，让他盘着个大腿坐在上边赶鱼。头舱也小，至多就放下两担水的样子。中舱宽大，上边用芦席卷了个窝棚，人需弯着腰才能爬进去。这是他们一家子吃喝拉撒睡的地方。后舱与前舱差不多大，舱底铺着块木板，木板上边横着一根手臂粗的圆木，圆木上便架着梆子。梆子长约一米，大小头。通常是那个八九岁的小女孩屁股搁在船艄，双手持篙，或轻点一下河岸，或以篙代桨，轻划一下水，将船头与河岸保持两米左右的距离，缓缓斜行。女孩一只脚始终踩在梆子的小头，像按着拍子，一踩一松脚，梆子的大头也就一翘一落，“梆”声直响。

持篙女孩的身边常伴着一个更小的女孩，她总立在后舱，依偎在持篙女孩的大腿之间。她应该与我差不多大，也是五六岁。小女孩蓬头垢面，加上衣衫褴褛，像极了小明家柴仓中浑身沾满草屑的小黑狗。那小狗才捉来不久，刚断奶，又因离开了母狗，胆小，身子整天儿摆抖。在我们齐把目光盯着她，把她当作要饭的耍猴人手中的小猴一样观看时，小女孩也在看我们，眼中满是恐惧。

是的，小女孩确实像那条小狗，一如刚从世界的那头过来，看着我们，像刚认识人类。

村前的小河也就两丈余宽，水浅，除了汛期，平常不足一人深。小河出村西四里地便是山涧，一年四季，里面延绵数十里的山谷中，涧水经年不断。它们直入小河，流经村前，向东几里流入太湖。小河水终年清澈见底，小鱼小虾丰富，这让黄鳑鲏一家四口在这里有了一口饭吃。

鳑鲏船上的梆声直入水中，河中的鱼虾听着这声音，就会迅速地向岸边的浅滩散去，船头持网的黄鳑鲏便会趁势弯腰，用左手将赶网撑入水中，右手持赶针赶鱼入网。

黄鳑鲏右手中的赶针始终在击打着水，左手所持的网，也始终在小船前行的过程中，每过两至三米便会有个起落。仔细看过他手持的网具，我很眼红，梦想有朝一日，也能得到这样的一口称为“赶网”的家伙，这样，家中便一年四季不会断荤腥了。但当我问起爹时，他说：“看那网的样子，粗糙，该是黄鳑鲏的病女人织的。她应该手很巧，只有巧手才能织成这种网，街上大概是买不到。”

爹这话让我很纳闷：这赶网也只是个一米余长宽、一边开口的网箱，上部空着，它由四根小竹子弯曲后，交叉着张着网底的四角，竹子的交叉点就在网箱上方，由细麻绳扎着，是黄鳑鲏撑网的把手，就凭这样简单的网具街上会没卖？

后来我听别人说了才知道，爹是哄我，想买网？家中没钱。

爹说那女人会织网我也不相信，虽然我从未见她钻出过窝棚，但听着她嗓子中常常传出舱外的一阵阵呻吟声总那么吓人，她还能织网？这呻吟听起来有些恶心，也令人寒心。女人的喉咙好像总有什么东西堵着，气出不来，只有拼着命吸气，拼着命叹气。她大概非常难受，每换一口气，前面都要加个“唉”字，这字的拖音特别长，有些凄惨。所以，每次听到她可怕的呻吟，总让我误认为她活不过一夜。

我不仅分析过黄鳑鲏的赶网如何制作，看他手里的赶针这么简单，我相信自己也能弄出一个来。因为它也不过是一根拐杖般粗细的木棍做的，只是底部用钉子横着钉了一截几寸长的小木料，这样做的目的，是黄鳑鲏用它在水中上下“咚咚”赶鱼时，不至于将赶针插入河泥，同时也增加了赶针击水的响声效果。

鳑鲏船只要不停止前行，黄鳑鲏右手中的赶针就永远在击打着水，左手所持的赶网也始终在一起一落。黄鳑鲏每一次将赶网拎出水面，大凡只要见到网里有会动的，哪怕只有一只小虾，一条南瓜子般大小的红眼鳑鲏，都会被他倒进前舱。而一旦网里出现一条大鱼时，不仅我们这群小屁孩会为之欢欣鼓舞，那个我们一直以为是哑巴的撑船女孩也会开口说话。

一次，黄鳑鲏起网时，网中出现了一条大约有五斤多重的黑鱼，这让岸上看光景的我们不禁一片大叫。窝棚矮，黄鳑鲏起网后，这黑鱼在网里直跳，让后梢的那个大女孩也见着了，她终于开了金口：“哦，可以为娘凑一帖药钱了。”这收获让船头的黄鳑鲏颇为激动，听过女孩的话，他马上朝后梢点了下头，投去了一个只属于他的那种“皮笑肉不笑”的笑意。

“梆、梆、梆……”

女孩的梆子敲得更加带劲了！

之后，我们不仅第一次知道女孩不是哑巴，还知道了她也能笑。她脸虽是黑黝黝的，但笑起来口中露出的两排雪白牙齿很好看。女孩一头长发常常被河风吹得凌乱，往往总把她的脸遮去小半，仅有一只眼睛让我们见着。可我注意到了她的眼睛。女孩的眼睛特别大，眼珠子很黑，眼神不似我们这样无忧无虑，一如大人，不知有多少心事装在里边。

鳑鲏船的头舱盛鱼，叫“水舱”。据大人们说，这舱与河水相通，是“活水”，这样舱里的鱼就不会死，客人可以随到随买，当天卖不了第二天还可以继续卖。可让我总弄不懂的是：既然这船已经通了水，鳑鲏船为啥不会沉呢？尤其是舱里的鱼，要知道，很多是小小的瓜子鳑鲏啊，它们就不会溜进河里？

鳑鲏船每天行驶到村东的一个大河埠时，小女孩总会将船靠过去。

“梆、梆、梆……”

舱里的杂鱼到了变钱的时刻，女孩把梆子敲得如雨点般急，把买鱼人弄得心里直痒痒。每当这时，黄鳑鲏就会将赶网挂在船头，一边用左手捶着偏驮的后背，一边用右手支撑着舱板，站起那两条罗圈腿。

黄鳑鲏要开始卖鱼了！

此时，大河埠那两块长条的天子石上挤满了人，河埠就更热闹了。

小村离集镇远，上街耽误干活工夫，不是逢年过节，一般人自家种有蔬菜，不会上街买菜。黄鳑鲏的鱼便宜，抓个半斤，加些萝卜丝下锅就是一个好菜，桌上算是有了荤腥。因此，小村人或多或少，总会来争着抓些。

村东头的张裁缝是个有钱的主，只要他来到大河埠，就专挑最大的鲫鱼买。

张裁缝儿女早就成家，都分开过了，老婆死了十多年，家中单人独灶。他虽然七十岁挂零，但身体依然硬朗。这年纪生产队已不要他下田，正好乐得他一手裁缝手艺整日挣大钱。手头宽，所以尽挑着好的吃。但张裁缝买鱼绝不仅是自己一个人吃，他还要为邻村的姘头刘寡妇带上些。刘寡妇拉扯着五个孩子，嘴多，一次不带个两三斤过去不行。

张裁缝出手动不动就是八毛、一块地买，这常使黄鳑鲏一直死人般的脸色上有了一阵子泛红时候。不过，张裁缝也不会天天来买，不来时，黄鳑鲏的眼睛里就没有神采，像一具没有灵魂的躯壳，应付来客。

通常来买鱼的大多三毛、五毛，偶尔有个出手大方的。而用钱来买鱼的人也有过分刁钻的，像刘会计的老婆杨小兰就是这样。这个时候，黄鳑鲏也偶尔会露出些表情。

“黄鳑鲏，八毛，两斤大鲫鱼！”说完，杨小兰递上个小木桶给黄鳑鲏。

杨小兰叉着个粗腰，显得财大气粗，还有些命令口气。黄鳑鲏接桶在手，赶紧跪在船头用抄斗抄鱼。黄鳑鲏卖鱼从不打秤，只是估摸。因是官太太，又是现金，黄鳑鲏在鱼舱从最大的抄起，大的有半斤多一条，最小的也有约三两重，八条入桶，已将近三斤，黄鳑鲏把桶递给杨小兰。

杨小兰看都没看：“分量不够，黄鳑鲏，添些秤头！”

黄鳑鲏赶紧又抄两条小一些的入桶，然后再次递鱼给杨小兰。

“太小了，再补个一条！”杨小兰依旧不饶人。

黄鳑鲏摇了摇头，叹了口气，又抄了一条进桶。杨小兰这才付了钱，心满意足地扭着屁股走了。

挤在人群中看热闹，我常常看到有女人会在杨小兰的背后指指点点，说她诈黄鳑鲏的鱼，作孽。

杨小兰一走，鱼也没大一些的了，价格便落了，来人一拥而上，有两毛的，也有三毛的，都是由大往小抄，先抄先得好鱼，场面一阵乱哄哄。

一群人提着鲜鱼兴高采烈离去后，舱里能看得顺眼的鱼已没有了，剩下的都是些红眼鳑鲏、瓜子鳑鲏之类的小杂鱼，一碗能装上个百十条，那些拿着三个山芋、五个萝卜本就躲在人群后边的妇女，这才羞羞答答与黄鳑鲏开口。

“黄鳑鲏，随便给多少，孩子有些荤腥抹一下嘴唇就好。你也不容易，别白给了我们。”

这时，黄鳑鲏显得格外慷慨，平时不开口，这时反倒能说出话来：“都是从你们门前水里捞的，只是花些气力。鳑鲏，不值钱，倒是你们回去侍弄辛苦些。”明明三个山芋才两斤多,论价只能换一碗小杂鱼，偏偏黄鳑鲏一抄斗很可能就是两斤入了你的篮子。当这些女人千恩万谢笑着走的时候，我竟然发觉从来萎靡不振的黄鳑鲏，忽然会生出不少精神。更难得的是，黄鳑鲏从没表情的脸，此时竟会流露出一丝让人不易察觉的自豪。

哦，这让我真的惊讶。

秋末，苏南地区在这个时候也有汛期，叫“烂稻场”。也就是在晚稻收割的时候，往往会有连续不断的阴雨天气，它常常能使立在田间的稻穗也会发芽。这种天气，田间的收成肯定是受影响了。大人恨天，孩子们却很喜欢，因为村西的圩子边，山沟里的水直通河里，河里涨了大水，鱼便往水沟中窜。雨隙，虽没有网，我们依然可以用大竹篮杷水沟前后堵着，可以在水中间摸着鱼。但黄鳑鲏一家就不行了，一是河水满，二是水浑，河岸边不适合赶鱼。

小河出村西半里，那里有一段河道就如鳑鲏船的肚皮一般，宽了许多。黄鳑鲏是从外乡来的，胆小，他的鳑鲏船始终歇在这一段宽阔的河道中心。船旁深插一根长篙，系上缆绳，他们就在河心过夜，心安。平时早上，他们则是一路从泊地的河边赶鱼过来。

汛期后，黄鳑鲏的鳑鲏船始终在村西河里。有几次早上，我头戴斗笠，身披化肥袋，随三哥冒雨去村西水沟摸鱼时，还看到在河中待着的那条鳑鲏船。不过，我看不到船上有一个人影。或许是离船远了些，我们听不到船上有一个人说话。偶尔会见到窝棚的两头有一些淡淡的炊烟在飘出来，不过，雨丝密，不等它漫出几米，就被雨丝打没了。我看着这些，心里总有一种不祥的预兆：雨丝能打没炊烟，就打没不了这小小的鳑鲏船？

在村西那段宽阔的水面，在我的眼中，黄鳑鲏的鳑鲏船小得真如瓜子鳑鲏一般，随时会融入水中，并随水流漂入太湖。

雨水太多了。

一天早上，天刚蒙蒙亮，开门去河边淘米的娘进门后对爹说："山洪下来了，河里淘不得米，用水缸的水吧。"

午饭时，忽听村上有人传说："黄鳑鲏的船没了！"

"这人，咋就不靠岸驻船呢？平原上河网中来的船，能知道山洪的厉害？"爹看着外面又下着的大雨，如是对娘说。

"唉。"

娘长叹了一口气，说："阳间的一家苦人儿，但愿在水龙王那里会快活些吧！"

娘后来还说了些什么我不知道，我只是在想，黄鳑鲏一家应该是去了天堂，他们该在那儿快乐地生活。女人的病该好了，两个女孩该见着了笑，黄鳑鲏不用多年，就该做上外公，他也该满意了。

趣角儿

肖三九厉害，武大郎般的个儿却能娶着王兰英这样的俊老婆。这女人长得比书中描写的潘金莲还漂亮，令人惊讶的是她的喉咙，赛过百灵鸟。大凡她开口唱起了歌，乡场男人的眼珠子会黏着她的脸不动弹，女人们嘴里不再唠叨东家长西家短，都竖着耳朵听她的歌声。1967 年肖三九全家来到我们小队，起初，大伙打面都称肖三九为“趣角儿”，兰英是“嫩趣角儿”。

“睡一张床没有两样人”，这话极是，比如兰英与三九就分毫不差，同在作风上栽了跟头。不过，他俩的作风问题没有发生在下半身，而是坏在两张嘴皮子上。

三九是城里人，一家子原本干祖传的行当，唱滩簧戏。城里人平时可以泡剧院、电影院打发时光，对唱滩簧戏的小班儿很不屑，认为这是“不正经行业”，故总冷眼叫他们是“唱滩簧的”。乡场则不同，往往个把月才能看一场露天电影，乡人把滩簧戏班来表演看作“送文化下乡”，十分欢迎，因此，滩簧戏的大市场在乡场。

听滩簧戏不用买票，表演者靠在演出期间不时推出一些农村小孩吃了会打下蛔虫的“梨膏糖”赚钱养家。为博人眼球，演出时，趣段子一个接着一个嘣出口，翻跟斗、口哨等绝技一套一套，很吊人胃口。乡下人服气，也给唱滩簧的起了个外号，叫“趣角儿”。这是乡人敬重的称呼。

滩簧戏也不知在苏南风行了多少年，反正我在小时候就知道，小城丁山有不少唱滩簧戏的班子。

唱滩簧戏的通常是夫妻档，时唱时说穿插表演特技，类似东北二人转。乡人白天劳作，唯天见了黑方可以松口气，如此，他们的演出基本是赶夜场。

靠两条腿在乡头串场子，以卖货谋生，滩簧戏表演者从手提的到肩上扛的大包小包，装的都是梨膏糖，其他就简单，平常除了小锣、二胡，无非还要带上一只汽灯。

唱滩簧戏的趣段子是表演者随口编唱，一不用心，嘴皮子往往就沾“荤”，成了“黄色小调”，三九夫妻俩就是因这让人抓了辫梢。

初冬，三九举家而来。借来的一辆板车，满车大小箱笼。二十里山路，他拉，兰英推车。在农村落户过日子，该备的一样不能少，板车上除了碗筷、大锅，连马桶、夜壶也带齐了。绑在车顶的杉木浴盆中端坐着一个老太，她仅露出个脑袋瓜子，一头随风飘飞的银发遮了脸，让人看不见她任何表情。这是三九七十三岁的小脚老娘。车屁股一个装四季衣服的大竹篓中，更半躺着他们一对八岁大的双胞胎闺女。知道父母辛苦，她们都一声不吱，一路上，两双会说话的大眼睛尽在看公路两旁高大白杨飘飞的落叶。

队长黑庆带人在村口的山道接着这一家子时，三九夫妻俩早扔了棉袄，汗水还将他们一身单衣的前背粘着了后背。

三九夫妻俩是一路唱过来的。常来小村表演，大家熟悉，电话也先联系过，见黑庆他们几人迎来，三九还舍不得歇下喉舌，逐个握过手，将头上汗水一抹，便伸了鸭子般长的脖颈，笑眯眯亮开甜脆嗓子，用锡剧的“大陆调”来了两句，算是与大家打招呼。

“风尘仆仆把路行，

举家来到国母村。”

兰英喜不自胜间理了下额头汗水粘着的刘海，樱桃小口露出两排银牙马上接住：

“夫唱妻随苦也乐，

拉车也不忘穷开心。”

这年，三九四十一岁。该是讨生活不易，微黄的头发瘦削的脸，额头的皱纹像是榆树皮般深浅不一，他长得着实见老，好在一双大得出奇的眼睛清澈得照出人影，还显精神。兰英则不同，一是小三九几岁，二是老天赏了个花儿般的脸蛋，除此，虽早为人母，但身形依然该凸的凸，该翘处翘，基本与黄花闺女无异。两人个子也不配，三九才“十三拳头高”，兰英出他半个头。夫妻俩老少高低俊丑的反差太过强烈，表演节目，若扮父女，不化妆也能让人安然接受，可生活中却是一对夫妻。坦率说，如不知三九的一身本事，真会让人怜见兰英，替她大有鲜花插在牛粪上的惋惜。

一对“活宝”来了，小队里一改死气沉沉样，不分农忙农闲，只要有这对夫妻其中的一个在场，大家就有使不完的劲。别看三九夫妻是城里人，没干过农活，可他们有十分力出十分，从不偷懒，况且嘴里说归说，活儿不脱手。尤其是三九，大凡削薄的嘴唇一启，便是妙语连珠，令你捧腹大笑，来三天不到就成了全队的开心果。

队里人厚道，方方面面关照着他们。比如，上边规定只能给他们一间二十平米的窝棚，一大家子三代五口人哪，这咋行？黑庆与队委会一商量，硬是将队里统共才八间的仓库用芦席分隔出两间，让他们安了家。派活也是，知道唱戏的干不了重活，黑庆尽分配些诸如晒谷、拔草这些轻巧活给他们，挑大粪、挑猪灰这些脏活不让他们沾边。

世上夫妻万万千，难见三九与兰英这般恩爱，正所谓“以苦为乐”“苦中作乐”。缺吃少穿也好，劳累过度也罢，一天二十四个小时，大凡只要睁开眼皮，他们不论是否与人谋面，都会笑容可掬。即使第二天早上没米下锅，当天晚上也必是乐呵呵地入梦。

这对“活宝”的乐观心态就像“传染病”一样感染着周边的人。比如我爹，既担心一群儿女的温饱，又担心子女长大后的成家立业，为这穷家，原本上了床便唉声叹气，也就三九来了半月光景，一个晚上，爹又犯老毛病，在自个儿咕哝叹气。娘便顶他一句：“多想啥？向人家三九学学，睡觉！”

也别说，就冲我娘这一句话，爹就马上把愁容一扫而光，先笑嘻嘻地连连应了几个“嗯，嗯”，接着便打起老母猪睡死时那般响亮的鼾声。

来队里第一年过年时，三九家两个劳力，五张嘴吃饭，早就在会计的账本上大大“超支”。

大年三十，小村家家户户或多或少要弄几个菜，让全家人有荤有素吃一顿团圆饭，哪怕家中最穷，也要蒸几笼年糕取个“好兆头”，有模有样过大年。三九家不同，不再唱滩簧戏，断了财路，不说去买酒菜，连米瓮中的糙米也仅够一家顶三天的份。好在几天前生产队杀年猪，他家分得几斤猪肉外加两斤猪骨头，猪肉早就炖着给他的老娘与闺女补身体了，灶上还余着两斤猪骨头。

各人有各人的活法。年三十一早，兰英在屋后的菜地上扒开半尺厚的积雪，拔出一捧萝卜，去河埠敲开冰层洗干净。回来后，她将萝卜连同菜叶子一起切好，连同那两斤猪骨外加三碗糙米一齐放入大锅，实打实烧了三个小时，熬成了一锅香喷喷的菜粥。

三九闻香来到灶间，用戏言大赞还在烧火的兰英："乖乖，看我娘子这双巧手，胜过七仙女百倍哟！嗯，有荤有素，一大家人吃个两天没问题了，你让肖郎骄傲得屁股都要翘上天了哟！快，让郎君先为你献个大礼！"说罢，三九果然转身面向灶窝，像演戏般举臂弯腰，惹得灶窝里响起一阵银铃般的笑声。

天还没黑，三九夫妻各自两碗菜粥下肚后，任由老娘陪俩闺女继续灌着肚皮，拿下堂屋木柱上挂着的二胡，床头箱中翻出小锣，过起了戏瘾。

大半年没摸这过去的吃饭家什，他们感觉有些手生了。先是试嗓子，然后调试二胡敲试小锣。

山村雪夜，禁止放爆竹的年三十，本安静得出奇，仓库里琴声鼓声一响，马上传遍小村夜空。

我们小队贴一小山而建，统共也就二十几户人家，三九家在村东的打谷场边，锣声一响，让全村人惊喜起来：看来三九要开场唱戏了呀！

多少年多少代，小村人吃完年夜饭后不出门，这叫守财。而今锣声一下冲掉了这个习俗，几乎家家户户的男女老少，纷纷涌向三九家中。

头批人到了三九家，见他们的闺女还在舔着早就啃得光光的猪骨，已猜着几分他家的情况。乡下人厚道，知道三九不易，先是有回去拿了十斤八斤白米再返来的，接着有人回去拿咸肉、豆腐来的，见状，晚来的人就再没空手，后来变成家家户户送来了年货及一些生活用品。

见着小村人的纯朴，这对夫妻两张从来嘻嘻哈哈的脸，第一次在笑中含泪。三九的老娘也深受感动，连锅子也不去洗涮，忙从房里的衣箱里又翻出小鼓、竹板。老人年轻时是“趣角儿”中的翘楚，吹拉弹唱无所不精，今儿个亲操起了一把二胡，指挥两个孙女打起锣鼓敲起竹板，让三九夫妻腾出手来，真正出一台戏。

济济一堂的库房，一台《双推磨》小戏隆重开唱。

《双推磨》这折小戏是滩簧戏中的当家剧目，说的是新中国成立前的事：寡妇苏小娥，丈夫死得早，独自一人靠磨豆腐为生，过着孤苦伶仃的生活。后来碰到了地主张大有家中的长工何宜度，在巧遇中引发矛盾，又一一化解，在相帮中产生感情，并冲破了旧礼教的束缚，幸福地结合在一起的爱情故事。

三九把一个穷困长工何宜度扮演得惟妙惟肖，而王兰英更是演出了苏小娥先悲后喜浓烈的感情色彩。尤其是夫妻俩的唱功真是了得，以前演出只是为卖艺讨生活，总有些应付性质，而今日演出是为答谢乡邻对自己一家的关照，所以非常卖力。

滩簧戏最讲究的是表演要风趣幽默，因为是夫妻档，三九在表演过程中特别夸张。当三九表演至两人牵磨，边做动作边唱到“哪里来的浑身劲”时，这磨绳一断，何宜度须在失去重心后跌入苏小娥怀中，这三九竟故意张开大嘴，一口咬向王兰英的胸口，而王兰英又故意把本就挺凸的胸脯往前一迎，将一个跌跤动作变成了“啃奶”，夸张至极的表演，让村民都笑得一把眼泪一把鼻涕。

演出太精彩，以至过了新年后有的村民还把这场幽默的演出当作笑话四处传播，不想因此给三九一家种下祸根。

小村的“春晚”让大家过足了戏瘾。可我们不知道，这一出爱情剧当时已被列为黄货，被禁演。大队治保主任张法坤，这人其实早就对兰英动过歪念，只是苦于没有机会。听说三九夫妻在演黄色戏，他心中有计了。

麦收时节。

一天中午时分，兰英在队里的晒场上晒麦。

晒场在仓库门前，也就是在三九家的大门口。

烈日当空，用抄子翻动麦粒的兰英一身汗水。短袖的蓝花衬衣紧粘在身，大概穿久了，洗得既褪了色更显单薄。兰英虽生过两个孩子，但胸口依然挺直，它随兰英手里翻晒麦子的翻耙抄动而一跳一动，让从一旁经过的张法坤看得直咽口水挪不动脚步。

张法坤借口问兰英讨口水喝。兰英马上招呼着他到了自己家中。

兰英是习惯性整天挂着笑脸的人，对治保主任更是笑意有加，开门进屋，便马上把早上就泡好放在饭桌上大瓦罐中的浓茶倒出了一碗，双手递给法坤，指望着这一碗凉茶能换治保主任的一个笑脸，今后也好相处些。

孩子在上学，三九在圩子里翻麦田，小脚老太又去了自留地。张法坤见兰英一人在家，且对他如此殷勤，误以为兰英对自己这个治保主任有些意思，先是立在堂屋中边喝茶边紧盯着兰英的胸口不放，他越看越受不了欲火中烧，突然间，他把茶碗搁在桌子一角，双手便直袭兰英的胸口。

兰英是见过世面的人，反应也快，见张法坤手已触及自己的胸，她并不阻挡，而是挥手给了法坤一个响亮的巴掌，并迅速退出大门。

人到了外面，从来是笑不离脸的兰英仍不失笑意，不过，这回是冷笑，她对着法坤低声骂了一句："狗官，你低看了人！"骂过，她又回到晒场自顾翻晒起麦来。

张法坤碍于面子，灰溜溜走了。

兰英吃了这个亏，怕惹是非，只当没有发生过这事，没有告诉任何人。

三九这个趣角儿平时总万事皆在一笑中的模样，可任人取乐，不想关键时分，这个"小不点儿"却大有壮士气概。

凰川湾东临太湖，它是兰山与青山插入太湖的一个夹角。两山西接安徽、浙江，属天目山脉。104 国道从宜兴翻兰山岭而来，出青山岗去了浙江长兴。湾里大小两条水道，小河曲曲弯弯，出谷底由西向东，经我村通向太湖。

小河的上端是涧河，流经我们村前才平稳起来。别看它平时河水晶莹剔透温柔可人，可每逢苏南的汛期，往往便像发了精神病，翻滚着激流汹涌而下，气势吓人。

也就是三九落户我队的第二年晚稻灌浆时节，倾盆大雨像讨厌的大头苍蝇紧盯着苏南地区不放。

小村人遇上这种出不了门的天气，属老天安排给种田人的"金牌星期天"，躺在床上"睡觉养精神"，准备超强度的秋收秋种就可以，就是我们学校也为了安全放了临时假。

连续多天暴雨，终让谷底山洪大暴发。

这天，也不知山里出了多少蛟口。大清早，冒雨去门前河埠淘米烧早饭的娘，刚打开门就一声惊呼：“天呐，山里发大蛟了！洪水上了咱门前晒场！”

一声惊呼震动全家人，我与哥哥他们一个翻声便都下了床，挤在门前看大水。二十岁的大哥擦了擦眼屎叹气道：“看这水上涨速度，河道刚满，接着就是淹两岸水田，发这大水，若晚稻泡在水里两天，还不绝收？”

就在大哥刚说完这话，只见队长黑庆头戴斗笠身穿蓑衣挽着裤管，在齐膝深的水中匆匆从我家门前走过，他一路大呼小叫：“三吨船断了缆，男人们快出来拦船！”

这话一听，我们几乎吓破胆：小队里除了三条水牛还有八间仓库，就数这条三吨水泥船是我队最重要的资产，要是这船随大水冲入三里外的太湖，今后村西上百亩水田，用啥去运粮送肥？

事关小村所有人的利益，也就黑庆一声招呼，全队男女老少一齐冒着瓢泼大雨来到了村子中央。

水泥船平时系缆在村西的小码头。它已随洪水横冲直撞从村西来到村前，好在村前的河道狭窄，两岸的树木又种得过密，有不少弯腰向河面生长的，大水漫过河面二尺多，水泥船给这些树枝你拦我截减缓了下行速度，但大家心中清楚知道，洪水力大无比，船随水行，眼看再过百十丈就要入国道下的桥洞，这船还能保得住吗？

小河上的这座水泥桥，是抗战时建造的，除中间四米见方的一个独孔外，上下左右，全是混凝土结构，队里平时用此船交公粮东出桥洞都小心翼翼，得先顺直了船方能通过，就怕这宝贝疙瘩碰伤，而现在船上空无一人，这船横冲直撞到了桥洞口后果得了？

人人揪心之际，现场，哗哗雨声中，黑庆的话如吃了枪子般的生硬响亮。

“这船，咱队的性命哪！不说冲进太湖定遭风浪打翻沉没，就是与桥头这钢筋混凝土堡垒干仗，必然也粉身碎骨！快，谁有好主意？咋个拦法？”

“这激流，下河即送死，人命关天哪……”

“嗯，大凡落水，便是凶多吉少……”

“缆绳用了几年，日晒雨淋的……”

船该抢救，不过哪能搭上人命？是的，事过，还得有人担责。

队长黑庆听着耳边七嘴八舌的议论，连揪了自己几把花白头发后，从来没见怕过啥的这个四十出头的硬汉，叽咕中有了哭腔：“唉！娘的，怪我，咋不招呼孙小牛换根新缆索哩？看我这队长当的……听天由命吧……”

黑庆突然间又怪叫起来：“趣角儿，想干啥？”

十岁的我，本站在没了屁股的水中，看河面水泥船如何撞断河面一根根大腿般粗的树木揪心地顺流而下，与众人一样，就给黑庆这一声大喝吓了一跳。

我顺着黑庆的眼光回身一看，就见三九浑身上下仅穿条裤衩，肩头斜挎着一圈儿锄头柄粗的棉线绳，一声不吱，发疯般地冲过人群一侧，沿河边直奔桥头，人过，背后划出了一道由他这个小个子用身体劈开的水浪线。

会计孙冬山一眼就看透三九的用意，细尖嗓子惊叫：“这是拉掼稻子掼桶的绳子，趣角儿要救船！”

全队人都知道该救船，可就是人人没有主意。现在忽然间出了个外乡人来救船，大家既担心船更担心人。没人招呼，便一齐跟着三九留下的水线向前跑动，人群中水花飞溅。

三九并没跑多远。他在离桥头五十多丈的地方停下后，瘦小个子灵动如猴，手脚并用，三蹿两蹿就爬上一棵弯向河面生长约有脸盆粗的老槐树，在出水面一人高处，先是快速地将绳子在树腰打了个扣，然后又手抓另一绳头，人弯腰落在一根碗样粗贴在河面上的树枝上，背面贴水，向河心攀爬而去。

三九太灵活了，转眼工夫，他已到了树枝杈在河道上的中间位置。三九双手发力，一个反撑马上又半蹲在树杈上，一声不吭，双眼紧盯着即将冲过来的水泥船。

水泥船是歪斜着冲过来的。没等船至身下，三九已牵着另一绳头，轻轻一跃，如老鹰展翅般落在水泥船的中舱。

一是空船，也是位置选得好，这棵粗壮的槐树枝离水面约二尺，在与水泥船撞击后，虽是折断大半，水泥船终只是半穿过了障碍。

得益于槐树枝与水泥船相撞赢得的约分把钟时间，躲在船舱中的三九，就如变戏法一般，迅速将绳子的一头，牢牢地拴在了水泥船中舱那个绑桅杆的中梁上，在绳力与这根断树枝的共同作用下，三九终将水泥船逼停在槐树下方！

一场惊心动魄的战斗过后，刚刚还英勇无比的三九，忽然间就倦躺在船舱一角。他惨白的脸色，紧闭的眼睛，一根根凸出皮肉的肋骨以及瘦小的身子战栗不停，一如刚烫光了毛的小狗在等待宰杀般可怜。

“舍生忘死，趣角儿，真英雄也！”

看着这情景，心疼与感动，使黑庆满脸水珠分不出是雨水还是泪水。

黑庆这声高喝的“真英雄也”四字有出处，这是三九平常跟乡亲说古书时的常用语。黑庆今儿引用这戏言，没半点笑话，而是他对三九的由衷赞美与真心致谢！沿河在水中而立的男女老少听过，几乎像排戏表演似的一齐叫了起来："趣角儿，真英雄也！""趣角儿，真英雄也！"

……

事过，队里把三九看成了真正英雄，生活上照顾，派活照顾，就是哪家来了客人偶尔包了一次肉馅儿馄饨，也都会端一碗送去给他的俩闺女尝鲜。

队里男人们对三九的称呼也改了，顺着黑庆那天的叫法，半戏半真，直呼为"真英雄也"。三九听了总是咧嘴一笑。他知道，这是小村人待他好。

日子飞快，转眼年关又到。

小村人的年三十，因三九的到来改变了习惯。他们把三九当至亲，家家户户，大白天便送过来豆腐、猪肉、年糕等年货。我爹说的很有代表性：人家三九以前靠唱滩簧戏过日子，咱们去看戏，大过年的，能亏待人家？礼到情到，晚上坐在那里看戏心里也踏实。其实，仔细想来，最根本的是三九用性命抢救水泥船的情景刻在人心。关键时候人家为全队人舍生忘死，平素待这一家子好才是公道。

年三十，一早飘起了雪花。到了晚上，雪已半尺厚，四野白茫茫的一片。

几天前三九就与兰英商量，乡邻一年到头关照着自己一家，人心都是肉长的，年三十晚能为大家再演个一场，热闹一次，也算表达了一家人对乡亲的一种谢意，得早做准备。演出场所也要重新考虑，年三十人多，去年家里小戏开台，挤得人贴人，即使这样，家中也插不下，晚到的乡邻只能在窗外探头看戏，让人不过意。两人合议，队里仓库的稻谷该交的公粮入了公社粮库，剩余的分到了各家各户，六间仓库处理得一干二净，干脆在那里演出，宽绰。

一大清早，三九就去了黑庆家说起这事，黑庆笑逐颜开，连连点头。

这一场演出代表着夫妻俩对小队人的感恩之心，三九与兰英全力奋战，午饭后，兰英就开始将仓库里从墙面到地面打扫清理起来。三九也没歇手，先是把自己以前演出时用的汽灯找了出来，并换了新纱罩，吊挂在仓库的大梁之上，尔后又指挥俩闺女，挨家逐户借来几十张小板凳。俩孩子懂事，在板凳背面写好出借者的名字后，围绕用于表演的区域，把板凳一一摆放整齐。

为表示演出的郑重其事，夫妻两个在天黑前还难得地化了个妆。三九是"将丑进行到底"，勾黑脸描白眉，脸颊搽了两个红粉团。兰英身穿一件从妇女队长翠花那里借来的灰夹袄，腰系一条三九娘上灶台用的碎花蓝布短围裙，看似穷人打扮，可脸如桃花，被围裙腰带勒得曲折玲珑，更显一种别致的美。待化完妆，三九的小脚老娘见了，也忍不住咧着缺了门牙的嘴"哧哧"笑了起来，她打趣道：这对人也真是，凭这妆化得到位样，要是换在百十年前，咱还不杀到京城给皇帝老儿弄个儿专场？不赚它个三五千两银子？

天刚见黑，三九俩闺女便练习起了小锣小鼓。

汽灯照得大仓库里雪亮。锣鼓声起，一群孩子马上先奔了过来，大人也开始陆陆续续往仓库赶。

节目早就商议好了，大家执意还要看去年表演过的《双推磨》。

因这出戏沾"黄"，黑庆寻思：风头紧，千万不能让外村人晓得，否则便是害了三九，所以，他特地安排两个人在村口轮流放哨。

这次演出有了化妆的效果，又有汽灯助力，场地也宽敞，三九夫妻俩演得分外有劲。三九拉磨、兰英喂磨的动作比去年更为夸张，自演出开始，仓库里的掌声、哄笑声就没断过。

很快，小戏高潮来了：磨绳拉断、何宜度猛扑苏小娥怀中。

反正是夫妻，两人表演无所顾忌，三九这次张开大嘴对着兰英的胸口咬去时，脸上还装着一副急吼样，惹得仓库里的笑声几乎要掀开房顶。队长黑庆突然钻进场中，挥拳向众人大吼："娘的，趣角儿一家有这手段，为啥要躲躲藏藏演戏？老子明儿就去大队申请，由咱生产队独排京戏《沙家浜》，趣角儿夫妻挑大梁！"

果真，第二年桃花开时，我们小队独自排演的《沙家浜》就四处巡演，趣角儿的大名响彻山乡各地。

村西口

村西口

我们国母村在太湖边凰川湾的一个小山坳里。村前，一条小河蜿蜒流过。那水，是从村西大山深处的竹海里渗透出来的，清澈得像女娃们喜爱的镜子。村东，走百十步就上了104国道。村西，一条小山梁直咬小河，以至于小河底便是岩石。河边扁担宽的小道还硬是用钢钎打出来的，这使山脚处便有个丈把高的石坎。石坎上部长有一片映山红等小杂树，石坎的缝隙里也冒出几十棵椿树、槐树。而河边，为防塌岸，队里又种了一批柳树、榉树。时间长了，本就狭小的村西口就树挤着树，除柳树外，它们基本上向河面方向弯曲地生长。树冠处葱郁密实的叶片，使村西上空好似一簇墨绿的云团在此安了个长久的家。

出村西半里，小路便离开小河绕大山的山脚走了，它们保持五十多丈远的距离并行向西延伸，这样，村西就有了一片开阔地。这是个近百亩水田的圩子，它是小村人祖祖辈辈的饭碗。

村前的小河水平常才一人多深，村西口河底见着岩石的这河段更浅，是水运的一道关。小队的打谷场设在村东，平时生产队那条三吨农船，在农忙时从村西运载稻麦，通过这处时就有些勉强，如遇上枯水季节，仅能装个一两吨。许多时候，因贪心多载了三五担，船底就擦着下面的岩石走不动了。这时，撑船的、摇船的，都只能“扑通”地跳下水去。他们站在水泥船的两端各自抬着船帮，在一通“一二三”的号子声中，脸色涨得青紫，使出吃奶的劲，连抬带推，才会在船底与岩石摩擦后发出的一阵“吱嘎”声中，将运粮船送过这一河段。

不论从村西圩子运到村东的稻麦，还是从村里送到村西水田的猪灰，除一部分由小船来往运送外，其他就全靠人工肩挑。农忙时，村西口的小路上人来人往，以至于人与人相交时，便有了个规矩：挑轻担的，需贴在一边的树干旁静站着，让挑重担的能顺畅些在小路上通行。要是大家都是空着手相交而行，同性人，便只需各侧一下身就可各走各的；如遇异性，女人基本让着男人，小媳妇、大姑娘一类人怕吃亏，更是早夹着双腿，将屁股对着来者立在一边，让男人先走。当然，若是碰上村上暗坤、松林两个老光棍经过，不论哪个女人，就都当作贼一样防了，这时，女人们的尴尬样倒让这两人脸上有了难得一见的光彩。

让我记忆最深刻的，是秋收时分的村西口。

晚稻成熟了。收割时，割倒在稻田的稻秆，需经太阳晒干后扎成小把，然后由村人将它们打成捆挑回谷场脱粒。因为农田多，往往最后一批稻把收回时，大地早就打上重重的霜花。此时，树叶已纷纷变成了黄、红色，村西口的上空也似换了个彩色的天。当我们居家的小孩，听到一声声号子从村西口传来，便会赶紧将早就泡在饭桌上瓦罐中的浓茶倒上一碗，端出门，齐整整站在村西口，候着自家的大人从村西口走进村来。

"哎嗨哟嗬……"

这是领号。"哎""嗨""哟"各为半拍，那个"嗬"字要一拍半，不仅拉长，还要比起调拉高。领号的人基本是队长柄松，从他的大嗓门中吐出的雄浑号子声透着权威。他挑着稻把走在队伍头里，脚步适中，节奏均匀，他得拿捏住合得上大家的步调，让后边队伍中的女人、半劳力、小个子，也都能跟得上他的步伐。扁担宽的小路，人走路上，两头挑着的稻把便擦着两旁树干，再也不可能让出距离给其他人行走。五十多个社员，一字长蛇阵，每人相间约一丈，没有号子来齐步，根本无法展开活计。

"哎嗨哟嗬……"这是众人的和号。和号声不能喧宾夺主，需统一压低声调，这样不仅省力，还会让队伍前后都能听清领号，保持步伐一致。领队的人有时也轮换着，如几担下来队长的嗓子喊得有些吃力了，下一担，即使队长不说，副队长也自然排在队伍前头。

村西这百亩水田，最远的，距打谷场有二里多路，一担稻把上了肩，中间便不能停歇。男人每担约有一百五十斤，女人挑约一百二十斤，男人与男人，或女人与女人，担子相差不会超过十斤。因为涉及年底评工分等级，没有人敢偷懒。从村西口进村，也就很快将到谷场了。这时，是挑担人最累的时候。端茶候着队伍过来的孩子，一旦见着自家大人出现了，就会追着队伍，把茶送上。此时，大人通常不会说话，也不会停下脚步，他们会随着脚步，猛喝上几口浓茶，然后把空碗递给追随着自己前行的孩子，依然和号跨步向前，把稻把挑向谷场。

村西口，曾通着我们小村多少代人的活路，虽然它的后辈们现在大多已追随历史的步伐，散落在天南海北过着富足的生活，但大凡只要是出生在这里的人，唯这方天地，才是他们内心里最美最恒久的世界。

生死场

1966 年秋天的一个星期六的下午，七岁的我，随三哥去一里路外的村西岗子上收回晒干的山芋丝。

家里穷，买不起毛竹做竹匾摊晒山芋丝，父亲便起早摸黑，在村西岗子的半山腰里，整平了一块两分地大小的岩石做成晒场。母亲会在那个阶段的每天天亮前，将半夜里刨好的山芋丝，挑至山上晒场晾晒好再去生产队赶工。我们把山芋丝视作宝贝，它可是我们冬春两季的主要口粮。

我们刚将山芋丝收集好装进箩筐，猛然间见家的方向上空冒出滚滚浓烟。它先是如乌龙旋转着直指天空，然后再四散开来，很快就把小村笼罩在里边。

这情形一看便知是我们小村上的某户起大火了！

我们村建在一个小山包下，散散落落的十几户人家，大致分了东、中、西三截。我家居中段处。因家后的小山包也有近十多米高，加之村子里树木成林，使我们虽是处在村西百十米高的山腰，却仍然分不清是哪家起了火。

“在村中间位置哪，在中间！可中间总共才三户，能不是咱家？”

三哥这一番话吓得我魂不附体。他这话几乎已经肯定，那起火的房子就是我家。因为我知道我家一直存在着火灾隐患——屋里用毛竹支着的阁楼上，堆满了全家几个月要用的柴草。它离灶窝最近的地方才两米多。可以说，灶膛里的火略大一点，那火苗也能蹿到阁楼上的草堆引发火灾啊！我们是真正的穷家，两间瓦房是土改时分得的，虽已破败不堪，但毕竟还是一家七口赖以生存的窝，现在着火了，今后去哪里过日子？

兄弟俩来不及多想，赶紧回家！

三哥挑着两个半箩筐的山芋丝在前面猛跑，我则紧跟着他的屁股后面一寸不离。我的那双本就鞋帮上裂了口子的千层布鞋，在慌乱的奔跑中鞋底与鞋帮完全分了家。这是我唯一的一双鞋子，虽是危急关头，我还是舍不得扔，赶紧脱下，把鞋抓在手里，赤着脚，呜咽着，一路跌跌撞撞跟随三哥奔进村里。

到了着火现场，终于见了分晓——失火的房子不是我家，而是邻居周同清家的两间瓦房。但我们两家仅一条小巷之隔，我家也有引燃的可能，我的心里依旧慌乱。

此时，浓烟正从周家的窗子、大门处滚涌而出，直冲天空，然而，让人疑虑的是丝毫见不着火光。

三哥已把那担山芋丝歇在一边的树丛中，他颤抖中紧牵着我的一条胳膊惊恐着道：“完了，完了，周平家屋里正闷烧着呢！那大火一旦透了天，咱家怕也要遭殃啊……”

五十多岁患着晚期痨病的周同清，连同他引起火灾的十岁孙女周平，早已被人架了出来。周同清瘫坐在门口小河边的一块石板上，微驼着背，一张脸蜡黄，气喘吁吁地向众人惊呼："快！快帮刘二……家抢东西……快啊，他家草房，趁我家的房子还没冒出火苗，赶紧帮他家抢……否则就来不及了啊……"

慌乱中，周同清的话有气无力。

周平是为家里做晚饭引出火来的。知道闯下惊天大祸，她早已吓得面如土色，傻傻地站在她爷爷边上，完全如个木头人一般，也不出声，只是睁圆着一双大眼睛，惊恐地紧盯着自己家门的滚滚浓烟瑟瑟发抖。

也许是我们处在山上，站得高，发现得早，也赶得快，但已赶到火场边的二十多个人中，还没有出现一个壮劳力。太阳还没下山，没有到收工的时候，此时的壮劳力还在村东的田间劳作。那里离村子也远，有二里多地。所以，听到消息后先到现场的，全是村子里出不了工的老弱病残及刚放学的孩子。那时的乡下年年有火灾，救火属于"天职"，属于"我帮人人，人人帮我"。涌向火场的人，全都带来了盆、桶之类的取水家什，小河虽就在屋门前二十多米远的地方，水取之不尽，可没有一个青壮年在现场，没人知道该如何下手去救火，正乱哄哄的一片，忽听周同清如此一说，马上纷纷放下手中的家什，一齐窜进刘二家的大门抢搬家什。

从锅盖、马桶，到衣被、蚊帐，从饭桌、板凳，到稻米油粮，抢搬刘二家东西的人们，就如在电影中出现的敌人扫荡一般。我年纪小，三哥不让我去抢运，只是叫我在河边待着。我见着三哥钻进刘二家后，出门时也为他家抢出两把夜壶。

也就是过了三五分钟，第一批青壮年如旋风般一样杀进村来了！

这些人急切的脚步声震得路面"咚咚"直响，为首的那个便是生产队的副队长亮根叔。

“架梯，上房！”

亮根叔边说边已脱掉了身上的外衣，上身便仅穿着一件印有“劳动模范”红字的白色棉背心，他随手把外衣揉成个团扔在河边的小林子里，简短的话，绝对像是战场上指挥员向战士下达的命令。随他而来的几个人，如受了统一训练过的一般，很听话，一边齐刷刷地脱下外衣扔进林子，一边全在叫喊着：“上房！上房！”

朝着房子上架的第一架梯子是从刘二家抢出的毛竹长梯，那是从房的前沿直架上去的。我见亮根叔他们配合得几乎天衣无缝，从发出指令，到架梯，爬上屋顶，也就分把钟时间，似乎就是飞上房子的一般。而也就在这个瞬间，从河边到房顶，其他人已自动排成了一条长龙，妇女、孩子在河边、场地上，年轻人在梯子上、屋面上。或桶、或盆，一桶桶、一盆盆水就在相互之间传递，从河边一直传到站在屋梁上的亮根叔手中，再由他泼向屋面。

可我当时很纳闷——着火的可是周平家的房屋，而亮根叔竟然是把水泼向刘家的草房屋面的。这是为啥呢？事后我才知道，天旱，刘家的草房只要染上火星便会马上起火，如不把他们的屋面浇湿，是不能打开周平家的屋面展开救火的。

现场的人越来越多。从我们自己小队的所有劳力，到其他生产队赶来帮忙的，甚至还有路过此处的客人。更让我万万没想到的是河对岸足有二里多远的邻大队的一批人，有男有女，他们没有去绕一里多外的水泥桥，几乎就像一群有人赶着的鸭子，直接从对岸扑入河中，横渡过来。小河有三丈余宽，河心的水也有二人之深，就见他们会水的两人一对，托着不会水的，一齐往这边游过来。而这边在河边打水的，也似乎觉得他们过来救火属是天经地义，没一个显得惊讶，只是马上跳入了几个会水的，接应着他们。可这种场面早已吓得我目瞪口呆——不会水的妇女还可以过河救火？明显的，有几个中年妇女，虽是有人托着她们过河，因为慌乱，依然呛着了几口水。然而一过河，这群人没有半分钟耽搁，马上便加入了救火行动。瑟瑟发抖中的我，把这个场面刻在了心上，以至在许多年以后也常常会想起这个场景，使我真正体会到了什么叫舍生忘死。

很快，架上房子的梯子已有几架了！打水的长龙，也一条条配套着梯子上灭火的人们。我抬头再看屋面，就见屋面上正在嚷叫着："草屋全湿了，开天窗！我要开天窗了，大家当心！"

屋面上人虽多，但这话我听得清，那是亮根叔叫的。我知道的，救火时不把屋面扒开，水便浇不到火，故小村人把救火时打开屋面叫作"开天窗"。但因为房子里正闷烧着，缺氧，一旦扒开屋面，大火遇着外间充足的氧气便会一股脑儿冲出，在屋面上的人稍不注意便会被灼伤，所以，亮根叔的提醒是绝对正确的。

随着亮根叔站在着火房子的脊梁上，挥动着钉耙一阵"噼里啪啦"的敲、扒之后，果然，一股火苗便蹿出屋面。

大概屋面极烫，那根钉耙的柄又短了些，从下边看，亮根叔一边跺着脚，避着屋面已烧烫的瓦片，一边更加用力地在用钉耙敲打，努力扩大着"天窗"面积。可虽然已有几路人马的水在一盆盆浇向大火，但因为不是直接浇在燃点上的，且又离那个"天窗"远了些，大半的水并没有灌进去，都随屋面淌了下来，故随着亮根叔把"天窗"开得越来越大，我见火大得几乎透天了！火光中，边跳着脚边在继续敲扒屋面的亮根叔，把我们在下边干看着的人急得心都几乎蹿到了喉咙口。

要知道，屋里的桁条、椽子燃烧程度的情况不明，屋面随时都可能垮塌，而一旦发生这样的事，亮根叔他们必将跌落火海，那他们还会有命？

我正在胡乱猜想之际，忽然间又大吃一惊——我发现身边一个年轻女人，正一手捂着嘴巴一手捂着大肚子在惊恐中喃喃自语："烫呵……烫……"与我一样，她的双眼也在紧盯着屋面上的熊熊烈火，盯着在烈火边正吼着"嗨、嗨"声挥舞着钉耙扒着屋面的人。这不是亮根婶吗？怪了啊，她结婚才半年多，肚子才刚刚鼓起，怎么能舍得自己的当家男人在屋面冒着如此大的风险救火？

亮根婶那年才十七岁。初嫁时应该恨死了爹娘，因为亮根叔不仅比她大了十一岁，还自小有一个眼珠瘪在眼眶里，常被人戏称"独立团长"。这样的郎君，使像鲜花一般美丽的亮根婶一万个不满意，总觉自己在人前抬不起头。可亮根婶一家是从苏北逃荒过来的，家里穷死了。而亮根叔姐弟四人，三个姐姐出嫁了，方方面面关照着弟弟，又是有两间瓦房的人家，这样的条件，让亮根婶的父母认为是烧了高香才会攀上的高亲。肚皮能吃饱才是硬道理。能寻着这样的人家，应该说是女儿的命好。可现在她站在我边上不声不响地颤抖，似乎还在咬着牙，却不叫叔下来这情景，让我真纳闷：这是亮根叔的老婆？他们到底有多少深仇大恨？她难道就不怕叔被烧死吗？

从场地上递水的，到屋面上浇水的："快啊！""打水的越快越好啊……"

此起彼伏的喊叫声，又让我抬头再次圆睁着双眼打量起屋面上的亮根叔：屋面出火的口子越扒越大，从屋中喷出的火焰也越来越烈。这屋顶高高地立在我面前，就如一个舞台，这冲天大火像极了演样板戏的大幕；而亮根叔在屋面上不断地跳动着双脚与挥动着钉耙的动作，又恰如跳舞的演员。他正在众人的目光中，在这个生死的舞台上，本色地出演着一个山村人遇着火灾奋不顾身的恒久的传统节目！

是的，直至今日，我依然这么认为。

多少年以来，山湾里的人，所有的家庭，在教育孩子时，灌输“我为人人，人人为我”的道理，那是大家的必修课，父母对我也不例外。救火时的火场，虽是充满危险的生死场，但山里人的传统，即使你和这受灾户昨天还是不共戴天的仇家，但对方一旦遇上火灾，那便就是两码事了，你可以待今后回头再打仗，而此时冤家房子的着火便与自家受灾无异，且很可能你会在灭火中表现得反而更加积极。因为只有这样，你才会不至于让别人笑话你的气量。而在所有的灭火过程中，凡是因此受伤、受损的人，不许向受灾人提出半点要求似乎也成了定律。受灾人为你医治或不医治，补贴或不补贴，那可也是两档子事。受灾的人往往自此之后便一贫如洗，你还能指望他们吗？受伤受损，一切皆由参加灭火的人自己料理自己！这些便都是家乡地界上多少年来从未变过的规矩。

水在几条长龙不断地传向屋顶后在扒开的洞口中倾泻，十几分钟过去，大火终于被压住，且渐渐小了下去，又过了段时间，慢慢地已不见了火苗。

“火灭了，停水。”

屋顶上，亮根叔停下手，向大家打着招呼。但这声音很平静，甚至还有些犹豫，还有些不肯定，似乎还有些征求别人的意见似的，似乎要大家歇一下手，是要让大家看一下屋里有什么反应，是不是火彻底灭了，停水之后，里面还会不会复燃，是否还要再次浇水。

从房上、梯子上到小河边，火场四周，全村老幼，还有从各村奔赴过来参加灭火的人，听了亮根叔的话后，竟然会全部明白了他的话意，本是大喊大叫人声嘈杂的现场，竟会在瞬间鸦雀无声，大家似乎共同在用眼睛与耳朵为火灾的现场做出评估。

扒开的屋面处，腾出的黑烟已经很淡，里边还夹杂着一些白色的水气。屋里也再没有传出初时噼里啪啦的燃烧声。周家的大门处，一如开了缺口的沟渠，水在“哗哗”地向外淌着。

很明显，现场告诉大家，火彻底灭了。

无论如何，周家的房子没有垮塌，只要在第二天来两个木工、瓦工把屋面修补好，依然可以住人，周家往后的生活还是充满了希望的。也就在平静了十多秒后，站在屋顶处的亮根叔向空中挥舞着拳头，亮着个大嗓门子向四周大喊：“火灭了！房子保住了！房子保住了哇……”

这声音声嘶力竭，充满胜利的喜悦，又夹裹着怜悯，更尽显疲态。

“火灭了！火灭了！”全场报之热烈的响应。人们为这次所有参与灭火的人所付出的努力得到了回报而庆贺。外来的参加者脸上无不露出笑容，以此表达着心里的无限荣光。小村人虽不是自家的房子遭灾，但都已在给那些前来帮助灭火的外村人热情道谢。

然而，就在全场热烈庆贺胜利的时候，我猛然见到房顶上正准备下屋的亮根叔一下子倒下了身子！或许他是正在靠近扒开的口子中观察着室内情形的，那身子竟从这屋面的口子中直坠下去！我身边那个一直无声无息的亮根婶，“啊”的一声又长又尖的叫声，早已吓得我灵魂出窍！

在随之而来的许多人的惊叫声中，几个青壮年立即从周家的大门中冲了进去，很快便把亮根叔从里边抬了出来。我人小，靠不到近处，只听说叔叔浑身是血，只听说叔叔要立即被送进医院救治。

事情过后，当我们再次见到亮根叔时，那是一个多月以后的事。他的面容让我做梦都胆寒——叔叔左边那个本就瘪了的眼眶下，一条从嘴角到耳朵之间长长的疤痕，让人感到如此恐怖。我也是后来才知道，说这是叔叔那天在屋面上犯了眩晕症后摔下屋去时，脸上被半截木料划开了，伤口缝了二十多针。

见过叔叔的惨样，那天晚上，在吃晚饭时，三哥不知怎么就蹦出了这么一句话："亮根叔本是'独立团长'，现在可又变成个'刀疤脸了'！"说完，脸上还露着嬉笑。哪知他话音刚落，父亲扬手便是一个响亮的巴掌："畜生！你亮根叔是在生死场上下来的人，你还敢笑？看老子不撕烂你的嘴！"

自那时开始，我才知道，火场便是生死场，在火场负伤的便是英雄。在我长大成人的过程中，我发现全村人没有一人不敬重亮根叔的。人们并不因为叔叔脸上的容貌难看而有异样的目光，反而更愿接近他，更敬重他。也是从那时起，在村上，我再也没听到过"独立团长"的戏称，且只要他去赶集，邻大队的人见了他，也莫不热情地和他打着招呼。亮根叔自己也没有为此有半点自卑，亮根家婶婶反因此在人前人后昂起了头。

1977 年，那年我已十八岁，回队参加生产已达四年。这年初冬的一个下午，我们全队社员正坐在生产队仓库里评定工分，忽然有人从门外惊叫："不好，对面马家荡村有人家着火了！"

屋内"哗啦啦"一声，顷刻间，所有社员都涌出了大门。我们站在小河边朝对岸看去，开阔的田野尽头，两里多地外那个邻大队叫"马家荡"的小村上空，浓烟翻滚。

不用多说，必是又一家农户遭了火灾。

“工分不评了。我统计过的，咱村周同清家遭灾，他们村也来过七八个人。今天啥也别说，我们队四十岁以下的男劳力，也有三十多个吧，全上！绕道要多走两里多地，救火就是救命，人家是跳河过来的，绕道，我们丢不起这个脸，下河！”

已是生产队长的亮根叔，说完便带头向小河边冲去。而我们这些后生更是没有耽搁一秒，早就窜在他的前面，纷纷扎进小河。

故乡的小河

春　汛

我的故乡是宜南山区凰川湾的国母村，在我儿时的记忆里，那是个仅有二十多户人家的小村，它真正是依山傍水而建的。

小村后紧贴着的小山包，连着绵延不绝的大山梁，接上了浙江、安徽的大山，是天目山余脉。村前的小河，是凰川湾主河道——大港河的支流。从上游来的水，一部分流经村前，从新港口流入太湖。小河的长度仅五公里不到，河的顶端连接着一条涧河。这涧河是从上坝坞里通下来的，在凰川湾底部的山谷中，长达十多公里。谷里的毛竹成海，杉木参天，即使连续一两个月不下雨，涧河水依然淙淙不绝，流进小河，然后从村前经过。小河边，有八九个河埠供大家共用。这石条半块出水，供女人们蹲在上面洗衣淘米，男人们洗脚，洗农具家什。

那时，人们的孩子多，家家户户门口的河岸部分，全种上了枣、梨、桃树，自摘自吃。每年三月，桃花映红小河的时候，我们就知道，发大水的时候要到了，这便是太湖地区的春汛。汛期里通常要下十几天的大雨，太湖水就会随之上涨。有时，门口的小河水会涨到接近路面。故乡人把这汛期的水叫作“桃花水”。

“桃花水”来势凶的时候，在十几分钟的时间里，小河的水位会突然蹿高一两米，水面上还会有零星的家具、大树随水而来。这时，全村人便都知道——上面“发蛟”了！也就是，上坝坞里山洪暴发了。这洪水冲掉了沿涧河人家的房子、猪舍，那些没有准备的人家便遭殃了。

那时，有一个规矩，下游的人可以捞树、捞家具、捞羊、捞猪，谁捞到属谁的。因为水出了村口不出三里，便入了太湖，到了太湖，一切归零。但捞这些东西风险极大，这水流湍急到无法想象，水性极佳的人，下去也上不来。好在小河只有十多米宽，贪小利的，便用晾衣的毛竹竿，在一头扎上一个钩子，钩一些东西上来。

那捞到东西的人也要当心，别以为捞到了便是运气，弄得不好也要倒大霉——这从上游冲下来的东西上，往往还有一样附加“礼品”在上面，那就是毒蛇！你捞着时，必先把蛇打死，方才是你的东西。

而此时，有一种家家户户共享的“礼物”来了，那便是太湖里的鱼群逆水而上产子来了。

故乡的人把这种上来产子的鱼叫作“上水鱼”，也叫“桃花鱼”，这是小村上人人都明白的。所以，小村上的所有人家都有一个大网。这网有一丈大小，呈正方形。那段时间，雨水大，反正也干不成农活，全村人便成了渔民。河边热闹异常，小孩子全在叫着：某某家弄到了一条多大的鱼！某某家总共弄到几提桶了（一种山区担水的木桶）。反正，家家在比所获的成果。

那时，不知道太湖里的鱼为什么会有这么多，反正我们小村上的人家，从鲤鱼、白鱼到鲫鱼，每户一天至少可以弄个十几斤，多的要上百斤。吃不了的用盐码起来，天好了晒咸鱼干，一年到头没钱买肉，这一季“桃花鱼”，便是小村人家个把月的家常菜了。

而对我们小孩子而言，吃不是享受。乡下人有句俗话，叫“捉鱼比吃鱼开心”。每当有人扳网出水见到大鱼或多条鱼时，这事便会轰动小村。我的邻居坤法，曾创下一网扳起九条鲤鱼共七十八斤的历史纪录。故乡小河里每年一次的“桃花水”，便是小村的欢乐盛会。

夏　嬉

“划水”这个词，对于宜兴南部的人来说，是游泳的意思，比如潜泳，便叫作“蒙头划水”；仰泳，则叫作“乒头划水”。这个“乒头划水”的“乒”字，在故乡是浮着的意思。

故乡有句俗语，叫“六月六，猫狗洗冷浴”。农历六月初六那天，是村上的孩子最高兴的一天——头等大事，便是把家中的猫与狗先丢进小河，让它们过上一年一度的“洗澡节”。我家困难，猫是从来不养的。大家都说猫是“奸臣”，谁家有腥便去谁家安身。而狗是“忠臣”，所以养狗是我最快乐的事，情愿自己少吃点，也要养一条小狗。

初六的早上，我吃过早饭便不让狗跑了，双手抱住它，等到十点多钟，便把它抱着走到河埠头，然后用力把狗摔入河心。其实狗是很聪明的，把它抱到河边时，也基本明白了我的意思，就会拼命挣扎，但这个节日是它的，也是我的，我是不可能放过它的。把它丢入河中，看到它狗刨式的“划水”，我便心花怒放。当狗爬上岸，带着一腔怨恨用力甩去身上的河水时，小伙伴们早就脱个精光。一年之中最开心的水中日子来到了。

入水后的第一个项目是打水仗。初下水，我们多少感觉有点凉，相互之间便水仗开战。几方都在拼命地用手捧水往对方身上浇，直到大家全身是水，只能扎进小河。而第二个项目，便是训练当年度需要学“划水”的“新兵”。那些到了七八岁还不能自己“划水”的小伙伴，属于让人看不起的对象。会“划水”，这是乡下小男孩最起码的尊严。像我，便是七岁开始由三哥教会了游泳。这教游泳，其实很简单，某种程度上叫捉弄人——就是先由个子高、水性好的，把你托引到小河的中央，然后就放手不管，让你靠着下水前别人教你的招式及求生的本能死命乱游，吃水、呛水、酸鼻子属于初学者的“开胃菜”。而你在往死里挣扎、乱游之时，正是伙伴们最快乐的时候，河边一下子有十几个伙伴在看着笑话，你越显丑态，他们就越开心。等你真正把水吃饱了还在往下沉时，“老师”便把你托上来，缓解一下再“辅导”。

放暑假了，穷人家的孩子，便要向小河讨生活了。第一个工作便是解决全家的吃菜问题。家中条件好一点的，只要摸够一碗螺蛳，晚上放在面盆里，倒上半盆水，再滴上几滴菜油，第二天早上把它剪掉“屁股”，让家中的主妇炒一盘螺蛳，全家可以用它下饭了。当然，家长用这个菜下酒，既能休闲磨时间，又能享美味，也会有一种满足状态。而我们家不同，不光要保证全家的吃饭菜，还要“创收”补贴家用。我们一般吃过饭下河后，就一直要摸到太阳落山才回来，那洗衣的大木盆里，基本上有二十多斤螺蛳了。我娘会在大家吃过晚饭后，把一半螺蛳倒入锅中煮一下，然后拿出锅，我们全家兄弟，人手一根缝衣针，把螺蛳的肉一个个挑出来，让我第二天起早赶赴山里，挨家挨户上门推销螺蛳、螺蛳肉，换些钱回来。于是，盐、煤油甚至是学费，开支都有了。

我虽然离开故乡几十年了，但每每想起那些儿时的趣事，依然忍俊不禁。

秋 渔

春夏两季，小河水因桃花汛、梅雨期，多少有点浑浊，一般是见不到河底的。而秋风一起，则不同了，没有了像模像样的雨水冲刷，从上坝坞流下来的水，便晶莹透澈。

20世纪60年代，小河河底的淤泥，早在冬天时就被清除做自然肥料了。小河本就不深，浅的地方不过两米左右，村东头最深处也不过一丈。在村前的一段浅水里，河面都是一眼见底，每条鱼，哪怕虾，也全部露在眼底。我母亲在河埠上淘米时，那些米屑是白条鱼最喜好的食物。每当此时，小鱼结队而来，争相盯着米箩里淘出的米屑疯狂抢食。小时候，我总喜欢在母亲淘米时，用空的竹篮猛舀过鱼群，总能捉上几条小鱼，拿回家放养在面盆里，乐个半天。

我稍大一点后，便开始学捉鱼了。

因为村西与村东的水比较深，一般的大鱼不易见到。唯独黑鱼不同，它一年之中要产一次子，然后一公一母为一个家庭，护着小鱼觅食。一直要保护到小黑鱼有一两左右，才各自散去独自谋生。大黑鱼带一群鱼苗从我们村东的深水区转向村西河段时，必须途经村前的浅水区。这时，黑压压的小鱼群，大约有饭桌那么大，数百条啊，就像一朵乌云从村前小河慢慢漂移过去。每当此时，伙伴们都默默地在河岸跟着鱼群，欣赏或去报告能放叉的人。

这个时候，村上几个捕鱼高手的伏击战便开始了。

那黑鱼生性凶猛，用网具很难捕捉，镇上街头，便有一种捕大鱼的“排叉”出售。它是一把有着九根铁刺的钢叉，叉前带有倒刺，那是铁匠铺打出来的。捉鱼人通常把它装在一根应手的小毛竹上，用脱手飞叉来捕捉大鱼。但用这样的方法捕鱼，成功率往往仅有五成。它的主要问题在于离鱼太近，见了鱼叉晃动的影子，鱼随时会溜走。

十五岁那年的冬天，我在小河边，用葫芦做对象，成千上万次地放脱手叉，终于做到了视觉与感觉的良好结合，出叉又快又准，叉鱼的成功率基本在九成以上。那一头叉上的黑鱼，便成了小河给我的“赏金”。

这叉上的鱼最大坏处是伤口大，基本上了岸即死。村上的习惯是谁发现了、谁先通知我了，叉上岸的鱼便两人各半，当天吃掉。那时，我有一个叫“神叉”的绰号，因为我总将叉到的鱼与人家对分，所以连外村人也请我去放叉。鱼对我家来说，真是属于家常菜了。

但这种捕鱼只能寻开心，买鱼的人家都不会高兴买“死货”，而我在秋天里，在小河中，又发现了另一个生财途径。

小河的东西两端是深水区，紧靠河岸的地方，是两排杨柳树。这杨树喜水，所以根部与水相接处，密密麻麻生出根须，它们像一条条被子厚实地披在河边。一年四季，水浪拍岸，水把根须下河岸的泥土冲刷掉了，根须里面便成了个半在空中、半在水中的小窝，冬暖夏凉，是标准的“空调间”。秋天，水日见凉，鱼虾纷纷躲进来，这些地方便成了鱼窝，但也有水陆两栖的“水火赤链蛇”盘踞着。想捉鱼，便得防蛇。

那时有一种网，下部是底网，另有三面围着，一面开口，有人把这网叫作“赶针”，我们叫“赶网”，它是用两根小竹十字形张开网片来捕鱼的。我几乎每网都会有些收获，有时一网竟会有一斤左右的鱼虾。而网里的蛇，我则是用小木棍一一挑出，让它们游回水中。

那个年代，我在小河里一个秋天的收获，往往抵大人一个月的工分钱。小河，便是我家的“钱罐子”。

冬 干

每年年关前十天左右，一年一度的冬干来了。

冬干，即干河、干池、干塘。冬干的目的，首先是要解决农田的自然肥料。它需先在每一块靠小河边的农田角落，准备好一口一丈见方、两公尺左右深度的土塘。开挖这个土塘时，叫“开草塘”。冬天干河之后，要在河底将晒干的稻草踏进污泥，让它们全部粘透泥浆，再用钉耙把它们拖上岸来，堆在河边，晒干。约一个月后，再把它们放入这个土塘，加进部分粪水、河水，让那晒干的泥草与粪水一起发酵，这叫“同草塘”。又过了一个月左右，再把它们取出塘，逐层放进磷钾肥、青草、猪灰，逐层再把泥草回放进去，这叫“翻草塘”。经过再次发酵，这泥草便成了农田的当家肥料了。

当然，关于生产的事，与我没有半毛钱关系，我只关心每年干河能捉上多少鱼。那时，我还从来没有听说有哪个地方养鱼的。因为太湖是个大鱼池，每年送鱼上小河来，你想办法去取，就吃不完了。平时上水来产子的鱼，一部分退回了太湖，一部分把小河当家，不走了。到了冬干，我们生产队会把将近一公里长的深水区河段的水抽干，每年能捉个两三百斤各色杂鱼，家家户户可分个十斤二十斤，过个年，已经很宽绰了。

干河时，从在河里嘻叫着捉鱼的，到河岸上尖叫着看捉鱼的，呼叫声一片，如赶节场一般热闹。如果有人发现一条十几斤重的黑鱼，岸上人们的叫声就会响彻整段小河。可一到鱼捉干净，大家哄涌着回去分鱼后，村西或村东的小河边，就再没有一个人影了。

而那时，这抽干了水的小河，便成了我一个人表演的舞台。

人们走后，留下了无数宝贝，其中之一便是河蚌，我们乡下把它叫“蛤蜊”。当然，不用脑子的人，是永远得不到的。我曾为了弄到它做过很多研究。这活儿全凭眼睛好、发现早，否则就不是你的菜了。村上人对我的技术除了惊叹、眼红，没有其他办法。最多的一年，应该是在我十一二岁时吧，在那几天时间里，我竟“抠”了两三百斤“蛤蜊”，除了自家吃，还在年关前用板车拉上街去卖了不少。

除了“抠蛤蜊”这个本领，我还有其他方法，寻找干河后遗留下的另几种宝物——甲鱼、黑鱼。

甲鱼有冬卧的习性，它卧在一个地方是不动身的，即使你踏到它的身上，它也不一定动。由于入冬后长时间蛰伏，它的背部沉淀了一部分泥浆，与河底同为一色，只要它不动，没有经验的人就永远发现不了。但不管它如何隐蔽，始终有几点会让它暴露，其中之一便是它的鼻子，像一根刺，一头大一头小，必然翘在泥浆上面。一般不用心的人根本不会发现，而我掌握了这个秘密，就会在大人走后细细寻找，自然会有收获。如第二天一早去河边观察，更会发觉有一部分甲鱼在夜深后已从河滩爬向河底低洼的水坑里，它们的脚印在淤泥上很明显，顺藤摸瓜即可捕获。假如两天之后还没发现，因自身的湿度，与周围的河泥形成一个圆形裂缝，加上翘着的鼻子，对于我来说，更是手到擒来了。

最不易发觉的是一部分黑鱼。我的方法是晚上带一把手电，上干了的河滩上去照，一旦发现两颗平衡的反光点，基本上就是黑鱼。但有时它们会躲在泥浆里一动不动，连眼珠子也不睁，而让太阳晒过后，它们很快会因脱水而干死。有一次,在干河十多天后,我还坚持去抠“蛤蜊”时，闻到臭味，才发现了一条漏网的死黑鱼。我深深自责，四五斤啊！可惜了，想来想去，是自己的功夫还有问题，这让我好几天睡不着觉。

冬干，是我少年时一年一度的开心节假日，我的收获，不仅能改善家中每天的伙食，更会让三个哥哥从内心里佩服我。

消失的轱辘声

我村依山傍水。门口一条东西向的小道。出小村东头五十米，便连上了 104 国道。出村西口，绵延十几里，一头扎进了山湾谷底。山里住着三千多人，一式的闽南语。他们迁移过来也就两百多年。自古以来靠山吃山，他们在山脚下开荒种地，山上种树、种竹，在山林里繁衍生息。产出的柴、粮、竹器等山货，都要到乌溪的码头、丁山的集市去完成交易，换取油盐酱醋、鞋袜衣料、耕作农具回来生活。半个世纪前，这条小道，便是两百多年间山里山外来往的唯一通道，它维系着山里这几千人的生计。

儿时的记忆中，那小道宽仅两尺。在村前的一段，紧贴着小河，随河蜿蜒而行。出了村西口便曲曲折折，像条长蛇绕着山脚，直通山里。那路面，铺着一层大小不等、参差不齐的黄石。铺路石雨浸日晒数百年，大部早已发黑。这些特地选用的黄石质地坚硬，山里人包裹着铁皮的独轮轱辘碾压百年，让石道中间几寸宽的车辙光亮如镜。人赤脚走上那条石道，踩着车辙，会感到脚下圆润光滑，异样舒服，以至于每当小村人夏夜在门口纳凉，如没有板凳，便可在石道上席地而坐。看流星从夜空划过，看萤火虫飞来飞往，赤裸的身子，让习习凉风轻抚，那种无忧无虑的记忆中的日子，都是我在悄悄流去的岁月长河中拣得的珍珠。

那时，每当三更过后，小道上便会响起吱嘎吱嘎的独轮车声。只要在这个小村出生的人，从出生的第一天便会听见这声音。几百年来，听着这声音睡觉是一种习惯，它让人熟悉，亲切，舒坦。山里人家，几乎户户都有一辆独轮车，这是他们生活的必备交通工具。从往山地上运送肥料，到从山地上运回山芋、小麦，再到从山边运回毛竹、松枝、柴草，山里的小路勉强尺宽，没有这独轮车难做任何活计。而把这些收获送往山外交易，也全凭那个轱辘送往码头、集市。你可以少住，少吃，少穿，但你不可以少了独轮车。

从我家门口步行到丁山，一步不息也要两个半小时，山里人从家里仅到我们村前这一站，也要花去个把小时。要想赶个早市，便要在天亮前赶到丁山。推着数百斤山货，连走带歇，从山里到丁山，至少也要跑三个小时。为防车子有些意外，还要提前半个小时出发。夏至前后，四点多钟天就亮了，每到夜里一点多钟，家门口的小石道上，便有一辆接着一辆的独轮车经过。习惯了，也就知道，碰到路边石头高低过大，车轮子发出的是闷重的“咕噜咕噜”的声音；稍微平整一点的地方，车子发出的是“吱嘎吱嘎”的响声；而车辆过重，车轮则是“吱里嘎啦”地叫着。我甚至还会从声音里听出车子有无毛病。比方说轱辘的轴里需要加油了，那“吱嘎”声便尖厉一些；而那些车上的大梁不时发出“咯吱”的响声，便知道这独轮车回去之后得请木匠好好检修了。

有一次我拉肚子，半夜一直睡不好，冬夜，三点多钟，耳里便满是“轰隆、轰隆”，轱辘声连成一片。

我好奇，偷偷开门一看，哎哟，我的娘，这队伍也太长了！从大门往西看，星光下，隐隐约约，车队基本望不到头。每辆车，大致是男女搭配。差不多年纪的，男人推女人拉，是夫妻配；少有父子配、父女配的。

山里人知趣，怕打扰小村人的休息，整支队伍很少有人发出说话声。山里男人的装束，基本上双肩有一个女人缝制的披肩，腰上系一条半短围裙，脚上穿的长筒山袜上，套穿着一双竹笋壳打的草鞋。短围裙、山袜，全是山里女人用多层旧布千针百针所纳。这些穿戴，上山时既防蛇咬，又防树刺划，是山里男人出工的标准行头。当然，不论是拉车的女人，还是推车的男人，脖子上都搭着一条毛巾，随手好擦一把雨珠般的汗水。推车人双手端起车把前行，脖子上一定还套有一条三寸宽的布带。它两头系在车柄上，与双手一样，同掌着独轮车的平衡。推车男人的脚步始终呈外八字，左右脚交替前进。在平衡着车子的同时，用力把车推动前行。拉车的女人始终是侧身、弯背、弓步，一手紧抓绳头搭在前胸，一手捏在拉绳的中段，使劲地与男人前拉后推奔向丁山。

通常，后半夜从第一辆车出现在河边的小道，到最后一辆离开我们小村，大多在天亮前一个小时这个时段。回来的时候，他们基本就把货变成了钱，或其他生活用品。空车了，他们便直接翻过我们村后的一座山岗，从那里回去。从那走，可以近三里多路。所以，在村前的小石道上，只有重车经过，不见空车回头。

那个年代，半夜里的轱辘，滚动着山里人的喜悦，也滚动着山里人的希望。生在山里，能推着几百斤山货独轮车出山，你才算是个男人。但推这种车，不仅要有力气端得住沉重的车把，还要学会如何去平衡车子，知道如何去买卖。当你把那根平衡车子的布带挂上脖子，便就挂上了责任，系上了担当。不论春夏秋冬，端上独轮车的把手，便是要洒下一路汗水的时候。出山的十几里乱石道上，那石缝里长着的根根小草、条条苔丝，无不沾染着山里人的滴滴泪水与汗水，无不洒落着山里人的点点辛酸。

这一年冬天，刚下过一场小雪。天寒地冻的日子，石道的两边冻结后有了冰层。凌晨四点，只听门口“轰”的一声巨响。不知道发生了什么，我们一家纷纷起床。开了门，就见一辆独轮车滑翻在我家门口的冰河中。这是一个星期天，拉车的是一对十二三岁的小兄妹，他们替代着家长拉车来了。小女孩率先滑倒，那独轮车突然失去平衡，便立即侧翻在河坡。那河坡也已冻结，兄妹便和车一起滑入小河。地上撒满去城里换菜油的油菜籽，还有送去丁山“老虎灶”换钱的硬柴火，有送给城里亲朋的山芋。

前后的同伴全都放下车子赶来帮忙。大家默默地帮他们从河里抬起车辆，收拾散落一地的山货。

小女孩从冰河中挣扎着爬上河岸，浑身湿透。见状，我爹马上让那兄长抱着女孩到了我家。在房里，娘很快拿出妹妹的衣服，为女孩里里外外一一换上，我大哥拿出扫帚，为他们扫起散落在冰面的菜籽。大家虽在忙，但很少有人说话，大家都把这一切当作自己的本分。半个多小时后，整理好山货、车辆，车队继续向丁山进发。尽管山里人当时没有与我们说半句客套话，但他们重情重义，那一家人从没忘记我们的相助，至今仍与我们往来。

数年之后，各个大队开始买起拖拉机。我们村后的山梁被劈开，公社从104国道到山里的村子，修造出了一条两丈多宽的大车道。从此，半夜里门前那小道在星光下便了无声息。小村的夜，没有独轮车轱辘的吱嘎声，显得如此宁静。可在我们的心中，好像生活里总缺些什么。尤其是在离开故乡后，那种“吱嘎，吱嘎”的轱辘声只有在梦里才会听到。而每当做到这样的梦，我总会感到无比香甜。

喝喜酒

焐　鸡

儿时，家乡凰川湾有一个风俗：当女孩在十三四岁，男孩在十四五岁，个子看着像笋一般拔起来时，不论穷家还是富户，在当年的冬天，必焐一个老母鸡“催发育”。大人都说这就像种庄稼，在关键时候用化肥帮一下忙，庄稼便长得秀气。而吃“焐鸡”便是促孩子发育的重要措施，所以家家大人不敢在这个问题上马虎，个个认真对待。

初时，我少不更事，长兄大我十岁，在我五岁时一个大冬天的早晨，全家正在喝着稀饭，就见母亲把两根筷子间隔个三四寸放在长兄面前的桌子上，然后从灶间端出一个大砂锅放在这双筷子上。当母亲打开砂锅盖子时，瞬间，一阵浓香便弥漫开来。细看这砂锅里面焐着的一只老母鸡皮黄肉烂，鸡的周身还满满地拥着红枣、红豆，那个色泽，那个香劲，引得我食欲大开。我惊奇万分，不到大年三十父亲就在杀鸡，且大清早喝稀饭还上这么个大菜，这让我疑虑重重。不过既然上了，又没客人，我还需要客气什么？我就坐在长兄一侧，个子小，便赶紧放下手中的筷、碗，爬上板凳，跪在上面，然后伸手便去撕那只鸡的大腿。就在即将大饱口福之际，二哥用筷子朝我的手背猛地一击，喝道："这是你吃的吗？这是给大哥'催发育'的，喝稀饭去！"

我还小，哪里懂这个规矩？只知道桌上有菜大家有份，见二哥不仅拦着不让我吃，还打我，且还没人帮我，便放声哭了起来。这时，母亲边拿个小碗舀些砂锅里面的赤豆、鸡汤给我，边笑着告诉我二哥所说的"催发育"道理。最后不忘鼓励我："我家小顺快些长哟，长到大哥这么高也就好独吃一只焐鸡了哟！"

后来几年里，我又看着二哥、三哥也都吃了只焐鸡之后长成了大人。我心想：兄长们都是十五六岁独吃了焐鸡的，我早晚也有那么一天，反正焐鸡也在我长大的路上候着我呢，不急。

但说不急是假的。十六岁那年冬天母亲还没有焐鸡给我吃，我急了，开始抗议了。因为三个哥哥可都是在这个年纪吃上焐鸡的，这不明摆着欺人吗？难道我不是父母亲生的？真是岂有此理了！母亲见我发怒，笑着安慰道："儿啊，一个人的发育期只吃一个焐鸡，这鸡娘是早晚会焐给你吃的。可这就如庄稼用化肥，要用在当口上哪！看你现在这个子……"我明白了，我还没开始发育，如吃了这只焐鸡，属于浪费。没办法，那也只能再等，大不过再等一年好了？我真还不相信，我就不会发育不成？

然而到了十七岁的冬天，将近年关了，眼见冬天要过，吃焐鸡的好时节就将过去，父母依然没有杀老母鸡的迹象。我冷笑："欺我吧？你们就欺吧！前后三村去问一下，哪个男娃到十七岁还不吃焐鸡的？明显地，我不吃焐鸡就长不起个，发育就上不来，今后如果我就一直这么一米五都到不了的身高，看我不恨死你们，因为是你们没为我'催发育’！”

这通话很中用，不是吗？十七岁，年龄早就到了，老四的个儿怎么就上不来呢？看来真是要加把火了！

父亲急了，赶紧杀鸡。母亲慌了，赶紧向邻居借来砂锅，拿出瓮里藏着过年烧稀饭用的红豆，又买来红枣，连夜焐鸡。我见娘把那只大母鸡及所有弄干净的内脏，及红豆、红枣、黄酒、生姜、红糖等作料一样一样装进大砂锅后，又在砂锅盖四周用面糊密封好，在铁锅中放进水，再在锅里放一个稻草把，然后把砂锅置于草把之上，让砂锅大半埋在水里。在锅盖盖住铁锅后，娘又用抹布封好锅盖四边，这才坐近灶窝烧起火来。

“儿啊，焐鸡时要有耐心。先用大火烧开水，然后再用小火慢慢烧。至少要烧上三四个小时，然后再用稻壳盖住炭火，使灶膛一直有余火热锅。要确保明天早上吃鸡的时候砂锅还有些烫手才是。另外千万要记着：这只焐鸡连同鸡汤、红豆要分五个早上吃完。早上吃，空腹，营养容易吸收；匀着吃，是因为每天多吃了，一下子用不了这么多营养，那就浪费了；而这几天在吃焐鸡时，还千万不能出汗，也要少喝水，因为这出汗、撒尿可都是跑营养的路子……”

娘一一吩咐着我这些吃焐鸡的规矩。终于有焐鸡吃了，眼见着我马上就会发育，马上就能长大成人，当然，关键是十几年来做梦也想着这焐鸡的神秘味道就要进口，我连连点头，表示坚决遵循！

可那只焐鸡吃过，天晓得，十八岁那年我的个子并没见长。那年冬天，父亲对着我娘叹着气说：“去年那只焐鸡看是浪费了！没办法，就再焐一只给老四，加一把火吧。”

但到了十九岁的这年数九寒天，我的个子依然没长，父亲只得咬着牙对母亲跺脚：“再焐！不把四儿的个儿催起来，还不让他恨我们一生？”

三个年头的三只焐鸡，终于见到成效——我在二十岁的下半年，如笋一般蹿了起来，长成了一米八的大个儿，父母欣慰地笑道：“值得！三只鸡没白焐哟。不过，只是便宜了这老四。”

捕蟹记

清楚记得，现在我们吃的大闸蟹，儿时没有见过。甚至 1976 年左右在小村河沟里出现时，乡下人还不懂怎么个吃法。或许是大家不知道这是下酒的好东西，没人碰它，所以，初始这两年，繁殖快得吓人——从小河边到几乎所有的沟渠堤埂上全是蟹洞。那堤埂本就一尺多宽，动不动被它一个洞打穿了，就眼看着渠里的水“哗哗”回流小河，且防不胜防，你把它的洞口前脚堵住，一分钟时间便又“开门”，弄得生产队放水员没人愿做，这个东西便成了十足的祸害。

谢天谢地，不知是哪位馋嘴先生，竟会带头把这害人精当作美食。乡下人平时没什么荤腥，听说这是下酒的好货色，便开始也试着吃起来，一吃，这玩意儿还果真鲜美无比。这还了得？就这么一试，就试出了一个大“运动”——乡下人的孩子多的是，几乎在一夜之间不用号召，全部动手捉蟹吃了。

这捉蟹讲起来简单，其实也不易。这东西昼伏夜出，白天顶多在洞口守株待兔，经过洞口的小鱼虾逃不了它的袭击。而一到晚上，它们便大摇大摆出来觅食，沟渠里水浅的地方，你手电一照到它，有的就不动了，你顺手一捏它的背壳，放进蛇皮袋就可。但也有狡猾的，它们的觅食区域从不离开洞口一尺左右的距离，当你的手电光照射到它时，它在瞬间便溜进洞内。

进入任何一个行业，都得学习。蟹，它生活在水中，也需要氧气，只要切断洞内与洞外的水域联系，便是死路一条。

掌握了要领，我和伙伴们在放学后，夏秋两季，基本上是赤膊上阵——先用一把水草塞紧洞口，一下子塞它十几个，然后回过头来，从第一个塞的洞口开始，依次循环，掏出洞内爪子紧抠着水草已昏厥的大闸蟹。

仅几年工夫，沟渠里已见不到蟹的踪迹。偏偏人就是那么贱，得不到了，反而更想吃。幸好，河里还有，可这河里的蟹就不是那么容易弄到手的了。

办法总是人想出来的。分析了蟹喜欢吃腐肉的特点，我们用一根一丈多长的纳鞋底的麻线，一头扎一只小青蛙的大腿，一头结扎在一根小竹子上，将小竹竿插在河岸，把另一头的蛙腿丢入河中。这样的所谓钩子，一下便是放出去几十只，从下的第一个钩至最后一把钩，间距长达一公里，然后手里持一把抄鱼的抄网，沿线查看哪里有上钩的蟹。

腐肉是大闸蟹的最爱。凡在下钩处方圆几丈的地方，只要有蟹，基本上都会赶来享受这美食。而它的吃法，便是把食物用两把大钳子钳着，抱在怀里啃，且还会拼命把线往河里拉。你只要发现线拉得紧的，八九不离十，是蟹上钩了。你只需用左手轻轻往岸上拉，那家伙是绝对不会放弃美食的，必钳紧那青蛙的腿不放。慢慢引到岸边，当见蟹将要引出水面时，把那右手持着的网抄猛地一抄，网兜中的家伙便就成了你餐桌上的美味。

渐渐地，河里的蟹又被捉得越来越少，那时也没听说有人工养蟹，这东西便成了市场上的宝贝，尤其到了年关，只有富裕人家才会吃到那玩意。

1983 年春，我订了婚。

订婚后的头年春节到了。家乡风俗，“毛脚女婿”要带八个“纸包”去丈母娘家拜年，这才有面子。我家穷得叮当响，这礼让我年前就睡不着觉。

真叫天无绝人之路，正当我绞尽脑汁想办法筹弄礼品时，万万没想到，我要发横财了！

横财来自我队刚刚干了水的鱼池。那鱼抓尽后，因开年放鱼苗前要用石灰消毒，还没有复水。偏偏天又没有下雨，池塘里的底部仅有十几公分深的水。

没有鱼搅动了，这使水很清澈。那天，我去村部经过这池塘时，竟被我发觉一个惊天秘密——池塘中央的一汪浅水中，冰层下面，竟密密麻麻歇着一大堆一动不动的大闸蟹！

我喜得差点落泪。老天真是太眷顾我了，知道我穷，关键时候会来帮衬我一把！我寻思，这些蟹估摸不会少于五十斤，明天一早要是拿到市场一出手，休说拜丈母娘的礼品，我家还可过一个宽裕年了！我心里十分庆幸，这么多来来往往的人，眼睛都有毛病，竟谁都没发觉，唯我运气好啊！

但发现了，不等于就是我的。池塘就在大路边，如果有人发觉我下去抓蟹，见者有份，定是二一添作五大家平分。要想独得这份飞来横财，只有做足准备、瞄好没人时快速下手，方能一举成功。

想好便行动！我当即跑回家，让母亲帮我找了一只装化肥的蛇皮袋，同时把这大好消息告诉了她。老母非常怀疑，问，这大冬天的，大闸蟹不躲进洞里冬眠？活见鬼了！我心想，自己清清楚楚看到它们就窝在那里，怎会有错？

来不及解释，我立即飞奔到池塘边。

正是吃中饭的点，路上基本没有了行人。我卷起裤管，赤着双脚，手持蛇皮袋，犹如离弦之箭，直奔池塘中央。

寒冬腊月，冰凉刺骨，更有薄冰罩在淤泥上，每一脚下去，都需咬紧牙关。我在心里不断告诫自己：要快！要快！要想完美独得这一笔横财，只有一个“快”字才会实现。

我仅用分把钟时间，便完成在淤泥中数十米距离的冲刺。见大闸蟹就在眼前的冰层下，黑咕隆咚的，一只抱着一只。我立刻用拳头砸开冰层，一把抓起一只冰下黑乎乎的东西扔向张开的袋子里。

抓第一把时，天气实在太冷，手已冻得几乎没有了知觉，但是眼睛还在东张西望，担心是否被别人发现我的企图，更有心慌成分，并未发觉异常情况。直到第二只“好东西”在手时，我才看清这东西的真面目——这哪是大闸蟹？全是癞蛤蟆啊！是我看错了，那东西在冰层下四脚一缩，远看与大闸蟹无异啊！

横财梦破。我赶紧跌跌撞撞爬上岸来。

还好，四周无人，我庆幸自己没有出丑。

撞名记

自小到大，村上人都只知我的小名“小发”。20世纪60年代，每个大队都有小学。老师是本村人，点名时，也只叫我“王小发”。真正用大名，已是四年级的事。那次老师叫了我一声“王阿发”，还引起邻队几位同学的一阵哄笑。我这才知道，一个大队里竟然还有人与我同姓名的。那人也是个男的，年长我十岁。当初年纪小，不懂事，只是觉得好奇，也没有想办法去办户口的地方改一下名字，以致后来我为此吃了不少苦头。

我离开校门时才十五岁，那个也叫王阿发的已经二十五岁，且已结婚生子。他颇讲义气，人缘挺不错。不过有一个缺点，喜欢喝酒。因为在家是长子，下边一溜儿五个妹妹，成家前，他收工回来不管有菜没菜，都要陪他老子弄上一口。如果说结婚之前他还顾及名声，只是每天喝个半斤过一下瘾，结了婚与父母分开过后，他升了一级，情况可就不同了。

做了家长，他便也将自己的待遇提高一个等级，把原来每天喝一顿酒改为中午晚上各一顿。量也相应做了调整，从每次半斤提高到七两半。这样也好，打酒时挺容易算账——两天三斤，不多不少，恰好。当然，每次喝酒的时候，他也都喝到了他能喝的极限，会享受生活。不过，由于在酒上的开销大，手里一直比较紧，借钱买酒是常事。也是从那时开始，他整日酒气熏天，干活全是“磨洋工”，被村上的人呼为“酒鬼王阿发”。

1977年的夏天，从不被人看得起的酒鬼王阿发忽然成了名人，他有了出息。

一天早上，大队书记让民兵营长送来一张培训通知书，上面盖着文化馆的公章，让他到县里参加文艺创作培训班。酒鬼王阿发愣了一下，问民兵营长：“你们搞错了吧？叫我去参加‘文艺创作班’，这算啥意思？”民兵营长笑了，拿着信封指给他看：“阿发哟，你看呀，地址上清清楚楚写着新东公社花园大队，收件人是王阿发。而且与通知书对上了号，上面都写了王阿发，这还能错？赶快准备，明天早上乘班车去县文化馆报到。培训其间，除了大队里为你记上工分外，你的住宿、车旅费全可报销。另外，每天还可白吃三餐。怀疑啥？好事轮着了，你，去就是了。不过，十天时间呢，换洗衣服、牙膏牙刷可要备好。”

然而，第二天下午，这王阿发从县里跑回来后便直接追到大队要“工票”，要报销车旅费。他大叫着：“不怪我吧？我说不是，民兵营长硬说没弄错！老子去报到了，可年纪对不上号呀，那个‘王阿发’才十八岁，是本大队五小队的，平时叫王小发，大名也是王阿发！县里说了，我是冒充的，没说完三句话便赶我回家。废话少说，大队叫我去的，快给我支付工资与车旅费吧！”

过后，大队干部这才知道我也叫王阿发。

两个王阿发也真是太有缘分，1985 春天，我结婚了，天晓得，我俩竟还成了连襟——他老婆与我爱人是姨表姊妹。

一年新春，两个王阿发在一起吃晚饭，他喝多了，告诉了我一个秘密——他在那两年时间里，收到了县报好多张稿费单，这稿费都让他去邮电所领回后拿去买酒喝了。他说，领钱时也知道那稿费应该是报社寄给我的，心里一直很过意不去，不过，他并没去偷，是邮递员“硬塞”过来的，自然，这钱都用了……现在好了，原来用的是自己连襟的钱，自己人嘛，这钱谁用还不是一个样？

我这才知道，我在县报发表了那么多的文章，竟连一分稿费也没拿到的真正原因。

1992 年秋天，我做了十多年的副职终于有了指望，要提职了。

我从二十岁干团书记开始，慢慢地又兼干民兵营长、治保主任的工作。熬了十多年啊！老天总算开眼，镇里把我列为村委会主任候选人。由于我家政治情况一直不过硬，党的十一届三中全会之后，我才有机会当上农村干部，一个没有靠山的人，就只能等工作出了成绩才有机会升迁。我相信，凭我的人缘与工作能力，应该会在这次选举中顺利过关。

那天上午，投票工作开始了。首先，由流动票箱去几个生产队挨户收集到不了主会场的人员的投票。对这一关我很有把握。

但我无论如何没想到，我会因为我的名字而差点毁了前程，而且问题竟就出在由我自己坐镇的主会场里。

下午，设在村部的主会场先开会动员，然后集中投票。

主会场由六间房子组成，房子中间有一道墙把它隔成了两截，墙中有个大走道使两边相通。摆主席台的那三间里，坐着清一色的男人。另三间屋子里坐的全是妇女。

会议开始。摆主席台的一半屋子里，男人们碍于干部的严肃样，几乎鸦雀无声。主持会议的村书记早就知道我的特殊情况，在做完报告投票之前，至少高声解释两次："各位同志，千万记着哟，今天，我们选票上印的候选人王阿发，他又叫王小发，是五小队的……"

我的同名连襟就坐在主席台边，因午饭时七两半"分金亭"白酒刚下肚，不仅脸色发红，连眼睛也红了。此刻，他正瞪着血红的双眼聚精会神地盯着书记做报告。书记实在不好意思开口与大家解释——选票上的这个王阿发，绝不是那个"酒鬼王阿发"，只是重复了两次今天这个票上写的王阿发，实际就是王小发，之后，投票便开始了。

可会议主持人的所有讲话，另三间屋子里的人一个字也没听到，最遗憾的是，竟连分发选票的代课女老师也不太明白姓名上的问题。

其实，在选举的前一天，我爱人回了趟娘家，已把"小发要当村主任了"的喜讯私下告诉了我的老岳母。我岳母是啥人物？天大的直肠子,不到天黑,她们那个小队的妇女基本上都分享了她的喜悦。然而，现在选票上面没见着"王小发"三字，换人了。这好消息可是自己放出去的，老岳母再也搁不住脸。

我的老岳母拿着选票站起身子，亮出她水缸般粗的嗓子："是哪个干部吃了屎还是掉了眼珠子？方圆十里，哪个不知道王阿发是个酒鬼？他能当村主任？开啥玩笑！"

她也真敢说。不管咋样，那个王阿发毕竟还算自己晚辈啊，只能说老岳母站在正宗女婿这边，不尽是私心，另一个王阿发还真是个扶不上墙的。

众妇女一听，这话和想法完全一致——就是，选王阿发做村主任？这个村里就没有其他人了？

就在大家议论之际，代课女老师告诉她们，不同意王阿发的也可以，投票人可以把自己认为合适的人选写在下边的空格里就行，不会写的，可以委托她代写。

合适的人选？写哪个？我的老岳母又打开了高音喇叭："不是我自夸我家王小发，他在村子里的十几年，哪一件工作没干好？"然后便对着女老师大声吼道："代我写！在下面空格里代我写下王小发！"

女老师马上照办。其他妇女见了，纷纷仿效。

选举结果出来后差点把我气死——王小发占了三分之一以上的票数，可惜那些票都成废票了啊！

还好，王阿发的票数过了半数。不过，仅超三票，我也算是成功当选。

喝喜酒

爷爷与姑奶奶就兄妹俩人，他们是随太爷从苏北逃荒过来落的户，而娘又是远嫁过来的，故在儿时，我家除姑奶奶一门之外，就没有亲戚可以走动。

姑奶奶能生，属枝繁叶茂。她的儿女们成家也都比我爹早，记得在我六岁左右懂事时，他们的一窝窝孩子就都到了成家的年纪。因为爹在三岁时就死了娘，十六岁时又走了爹，所以，姑奶奶非常疼爱孤儿的侄子。她总一再叮嘱自己的一群儿女，一定要照顾好我们，大凡每家办喜事，都口径统一：只收我家一元钱礼金。

至亲啊，只收一元礼金说得过去？爹娘识趣，故喝酒时，爹总只带一个孩子过去，为的是帮对方节约些。然而，我家兄妹五个，喝喜酒可是大油水，小孩嘴馋，哪个不争？十六岁的大哥、十三岁的二哥个子已蹿起来了，去了占席，所以是没资格的。可剩下的还有三个，爹娘为保证公平，说是让我们轮流跟随爹去喝喜酒。不过，娘对跟过去喝喜酒的孩子有一个要求：必须想办法带个鸡头回来与其他兄弟姊妹分享。

七岁那年冬天，姑奶奶有个孙子要结婚，那次好事轮着三哥。回来时，三哥还果真没有忘记使命，为我们带回了一个鸡头。当见着三哥抹着油光光的嘴巴自豪地从口袋中摸出那个装着鸡头的香烟壳时，我的鼻子早就闻着了久违的鸡肉香味，舌头就开始伸出嘴外，左右上下舔着嘴唇。四岁的小妹也急不可耐，在三哥旁边不断地咂着嘴，咽着口水。我与小妹的急切心情没逃过三哥的眼睛，在用菜刀把鸡头一劈对开分别递给我俩后，三哥带着歉意的目光看了下我们说：就这丁点，小妹、小弟只能尝一下香味了。

抓着分得的半个鸡头时，我本是恨不得想一口嚼烂立刻吞下肚的，可自己正在换牙，牙痛，只能是在啃了些鸡皮后就把它一直放在嘴里吮吸。而小妹飞快，三下五除二，才几分钟，她就把半个鸡头啃得一干二净。手里空了，小妹贼溜溜的眼睛就紧盯着我口中的鸡头不放，眼红我还在享受。

哦，从那时开始，我就知道好菜也需慢品的道理。也难怪，这鸡头是从酒席上当家菜——“整鸡”上掐下来的，既香又鲜。它在我的嘴中被我的舌头上下反复搅动半小时之后，仍有余香，让我始终认为自己一直在享受着大餐。在又吮咂了个把小时，把它从口中取出来后，我还又用娘的纳鞋针，花了半个多小时，细细致致，将鸡头上还有的些许残留物剔了下来，大气地放进了始终紧盯着我不放的小妹口中。

吃过这半个鸡头，让我一生都知道了什么叫美味佳肴，它曾令我在梦中多次回味，并禁不住幸福得笑出声来。

八岁那年开春，姑奶奶的又一个孙女将出嫁。

好事轮着我了！自从爹娘嘴中漏出消息，我就不知多少个晚上没睡安稳觉。激动啊，这位将要做新娘的姐姐平时非常怜悯我家的贫苦，更知道我家人识趣，还有就是我的嘴甜，一直称她为“好姐”，所以待我特别好。我之所以睡不好，不仅仅是想到有一顿大餐已吊在我嘴边，还肩负带回一个鸡头的责任。乡下人喝喜酒是很讨厌来客带菜走的，我要既保证自己吃饱喝足还要带着鸡头走，这任务对我来说是绝对有压力。

家乡风俗，凡嫁女儿的，中午不办酒，在晚上办喜宴，叫“回门酒”。那天赴宴，我是在爹收工回来换了身干净的衣服后随他去的。

为了能最大程度享受这次美味佳肴，我早在几天前就向三哥取经，掌握喝喜酒时要注意的各种要素。三哥很诚恳，他告诉我：首先是当天的早饭、中午饭绝对不能吃，一定要饿，这样的好处是红烧肉一旦进了口，营养从你的喉咙处就开始吸收了，它在肠胃里转上个千百个来回，一直到拉进茅厕的最后一刻，营养会持续进入你的血液，这样就不会产生浪费现象。三哥还告诉我，装鸡头的烟壳子要早些备好，还要注意把里边的烟丝倒尽，否则，一旦沾上这东西回家后吃这鸡头的人口中就全是烟味，切记，切记云云。

事实上这次随爹喝喜酒的过程，是我经营人生最出色的一次公关，没有之一。

乡下规矩，小孩的个子没长成前不可占席，开席后，只能端个小碗在大人一侧站着，大人为你夹什么菜你就吃什么，比如三哥，他带回的鸡头，便是我爹先从“整鸡”上拧下放进他的小碗，然后由他在一个角落里偷装进口袋的。可我不想这样，这样不仅自己少吃一份菜，还落得像个贼似的，一旦让人发觉会被人看不起。

我记得非常清楚，那天我随爹到了好姐娘家时，酒席就差不多开始了。开席前，我没有忘记此行的重要任务，在见着已回到娘家的好姐后，便亲亲热热地“好姐”“好姐”一声声叫。我是有心人，叫好姐时，声音又糯又甜。我相信，好姐会从我接连不断甜甜的叫声里听出异常，而我的目光中同时也显着哀求。果然，大概在我叫过四五次“好姐”后，她就牵着我的小手走到一边，蹲下身子悄悄跟我说：小弟好乖，回去时，好姐多给你一份喜糖！

额外多一份喜糖已是重礼，按理说有这样的成绩已抵得过两个鸡头，可我没有忘记母亲的嘱托，还有小妹的期待。机会难得哦，我得抓住！在抿了几次嘴唇后，我红着脸终于对好姐低声说出了口：小妹没来……想来……被娘打了……她想吃鸡头……

我吞吞吐吐的话没说完，就见刚才还喜形于色的好姐突然间泪流满面，她一把将我搂在怀中，然后我就听到了好姐低沉的呜咽。这情景着实将我吓坏了：让新娘哭了，得了？

我知道闯了祸，于是马上跟好姐说：好姐不哭，小妹要吃鸡头，我把我吃的这份带回去就好，不麻烦好姐。看，我连装鸡头的烟壳都准备着了。

我马上在好姐的怀中挣扎着，伸出小手，从口袋里掏出一个皱瘪的烟壳给好姐看。好姐看过，依然蹲着身子，她抚摸着我的头发，轻轻跟我说：小弟，等下在爹那里尽管吃，回去时，好姐一定准备一份，给你带给小妹吃！

好姐在跟我说这番话时还有些呜咽，她是一字一句说的，也几乎是说一个字淌一滴泪。我记得很清楚，当时好姐的大红棉袄衣襟前有些暗，该是湿了。好姐的刘海还让泪水沾着了前额。我十分后悔编了小妹想吃鸡头的鬼话糊弄好姐，让新娘为我哭，是我闯的祸，我心里害怕极了。

这天我一直是提心吊胆在爹身边吃的菜，即使吃过爹夹给我的两块红烧肉后，我依然高兴不起来，生怕好姐会出什么事。在上了“整鸡”爹掐了鸡头放在我碗中，暗示我赶快藏起来后，我始终心事重重。最后，当我搀着半醉的爹起步回家时，我见好姐匆匆地赶来送我们。她喜滋滋地边对爹打着招呼，边弯腰哈背，将用一块蓝花布扎成的小包递给我并咬我的耳朵：弟，带回去给小妹吃。记着，下次姑奶奶这边有喜事，你还来，姐还给你打包！

回家之后，我辉煌的战果震动了全家。

娘在饭桌上解开小包，见里边除了十颗糖外，还有一个用尼龙膜包裹的物件，此时我虽大致知道里边该是有个鸡头，但当娘把层层叠叠的尼龙膜打开后，还是让我大吃一惊：里边不是一个鸡头，而是两个，且它们都连着长长的鸡脖子！我激动了，这两个鸡头连同我口袋中带回的鸡头凑在一起，已将近一碗！

油汪汪的鸡头香喷喷的味道，这景象惹得三个哥哥一个妹妹脖子伸得也如鸡脖子一般瘦长，喉咙里都在咽着口水。他们都以为娘会马上均分给大家大饱口福，哪知娘在给每人分过两粒喜糖后笑容可掬地跟大家说：哦，这么肥，鸡脖子鸡头快满一碗了，明天娘可以切上两棵咸菜合着它一起烧，可不又能省下几天的菜油？

努力总是有回报的，知道我这么能干，此后的几年，大凡是去姑奶奶的那门亲戚处喝喜酒，爹娘就再也没有让我的兄妹跟去，总带着我，因为家里人都知道，我那里有一个好姐会帮我藏菜，而我每一次带回来的鸡头鸡脖，毫无疑问，确实也会让全家人都尝到荤腥，为家里节约几天菜油。

生死镜

印　记

1

三年级的张老师指着黑板上“春风满面”四个字，把前排的五丫头叫了起来：“念，邱得金。”

五丫头站起来后不假思索：“黄萝卜南瓜山芋！”

课堂里，学生哄堂大笑。

张老师有些尴尬，以为是自己听错了五丫头的话。他耐着性子，用两尺长的教棒重新指着这四个字：“邱得金，再读一遍。”

“黄萝卜南瓜山芋！”

张老师这次听清楚了。

中间依然没有停顿，五丫头一气呵成。

张老师才十七岁，刚刚高中毕业，老子是现任公社书记，还是个毛头小伙就来做了老师。五丫头念书晚，十三岁，这才上三年级。黑板上明明只有四个字，却让五丫头念出了七个字来，这明显是跟自己过不去。考虑到刚踏上工作岗位，张老师还是再次给了五丫头一个机会。山里人的学校，教棒是用拇指般粗的实竹做的，耐用。张老师用它重重地敲了敲黑板，厉声道："邱得金，连读两遍！"

"黄萝卜南瓜山芋黄萝卜南瓜山芋！"

不用标点符号，滚瓜烂熟，五丫头仍然读得比念经还快。张老师再也没忍住，教棒马上就朝着五丫头劈头盖脸打了起来。不过，任凭老师抽打，五丫头始终一声不吱。

……

这是1960年秋天发生的一件事。邱得金在家排行老五。尽生男娃，父母一直指望生个闺女，于是，从他开始，小名就唤作丫头。然而，即使一直叫到了八丫头，到底没能生出一个女娃。

五丫头与我大哥是同学。自那以后，从学校念书到回村务农，就再也没人叫他五丫头，见了他都是直呼"黄萝卜南瓜山芋"，这一叫就是几十年。

2

家乡的小村背山而建，一条小河流经村前。对岸，是山谷中的一块小平原，一眼千米的农田。尽头处，又是大山，山脚下是另一个村子。

记忆里，那个俊俏后生该是在我五岁左右认识的。他就是小村对面山脚下那个村子的人。那几年，大凡星期六、星期天，或是假期，只要天不下雨，一年四季，大约在每天上午八点钟，他总会出现在河对岸。

第一次见到他，是在一个早春三月的上午。那天阳光明媚，对岸的农田种着紫云英，正是万花齐开的时刻，就如一片红霞铺着大地。

天还冷哪，这后生竟会把上下衣服脱个精光，满脸笑容，赤身裸体地在紫云英上不断翻跟斗，或纵身跳跃。他把田头当作了舞台，在小河这边的一众娃娃面前，尽情释放着他的快乐。

后生的名字叫九斤。九斤在表演的时候永远只念叨一句话："丁山宜兴白洋荡。"

挤满河岸看热闹的孩子，稍大一点的都早就认识他，会不时地朝对岸高呼："九斤，打滚，连打十个！"本在翻跟斗的九斤，听着了，马上就会再喜滋滋叫上一句"丁山宜兴白洋荡"后，真的就在田里打起滚来。待河岸这边再叫着他翻跟斗时，他也很听话，在喊过了"丁山宜兴白洋荡"后，又翻起了跟斗。

九斤分得清翻跟斗、打滚，可话就只会说这么一句。

后来我渐渐注意到了，九斤还很在意小河这边的热情。如果人少，他通常不会如此卖力表演，会坐在对面的河岸，看着村前小路上来往的行人、河埠上洗衣的女人们，不断地、笑吟吟地用"丁山宜兴白洋荡""丁山宜兴白洋荡"，同大家打着招呼。

丁山是家乡的一个镇区，须向北走二十里；宜兴是我们的县城，更在北面五十里。而白洋荡则是在相反的方向，在我们的南边，是紧邻着浙江境内的一个山村，与我们这个山湾仅一道山梁之隔。三个地方，两个方向，风马牛不相及。

九斤嘴里念着这一句永恒的台词，这就让大家知道他是什么人了。

修长的身子，白皙的皮肤，俊俏的脸，这些总会让村里那些在河埠淘米洗菜的妇女感叹："哦，这么个俊俏后生，糟蹋了，糟蹋了啊！"

3

2008年的夏季。

那阶段，琉璃瓦厂里缺工人，在很长的一段时间里，当老板的我一直是顶班作业，又忙又累。这天下午，我驾车匆匆去镇上的信用社汇了一笔款子后，快步走出，欲抓紧回厂干活。

我的小车停歇在一根水泥电线杆边，距银行大门也就不足十米。可就在我迈着大步将要走到小车边时，突然间感到眼冒金花、天旋地转。我知道，这是眩晕症又发作了。身子即将瘫软下来，我顺手扶住了一旁的电线杆，然而因为双腿无力，人还是不由自主地跪向地面。当左膝一阵剧烈的疼痛刺激了我的大脑，眩晕很快消失后，我吃力地撑着电线杆重新站起身子，这才发现，原来电线杆脚下丢着一只打碎了的啤酒瓶，左膝之所以疼痛，是因为跪地时，膝盖落在了破瓶子上，碎玻璃锋利的口子已扎进了我的膝盖骨，即使我已站起了身子，它依然还连在上边。我毫不犹豫地把它拔了下来，左膝不禁又是一番剧烈疼痛。

蓝色的牛仔布看不出有其他色泽，可湿漉漉的感觉让我知道出血不少，受伤不轻。我咬着牙艰难地开车直奔医院。

医生在为我处理伤口时，我平生第一次见到了自己的白骨。由于屈膝落地膝盖部分只有皮层没有肌肉，加上坠力大，我即使拔掉了那块大些的玻璃，仍有碎碴遗留在皮层。医生为我清创用了很长时间。缝合时，医生问我要不要打麻药，我笑而谢绝。医生为此向我投来的目光中有明显的疑虑，该是担心为我缝合时我的承受力。让他大为惊讶的是他在我的伤口上穿针引线时，我竟然一直笑容满脸，且还呈现出一种难得的满足状，这就更让医生对我生出一种莫名的不解，似乎认为我与傻子无异。

4

分田到了户，山也分了。

“黄萝卜南瓜山芋”早已成家，然而村上人见着他依然在叫着这个绰号。他也习惯了，从不生气，且每次听过这个称呼，往往总会发出一种会心的微笑。没有人知道为什么，一如当初在教室遭老师痛打后一样，他拒绝说出原因。

这年秋日的一天，村上的杨小牛上山打柴，见自家山上的一个坟包前，放着黄萝卜、南瓜、山芋几件供品。此坟他认得，葬的是“黄萝卜南瓜山芋”的老子，然而他不明白，乡里人这个时候本是没有上坟规矩的，即使上坟，供品应该是鱼、肉、豆腐之类的菜蔬，而绝不是南瓜、山芋等物。杨小牛好奇，吃过晚饭，坐到了“黄萝卜南瓜山芋”家中。

日子好过起来了，“黄萝卜南瓜山芋”正在家中用花生米就着喝酒，大概喝过了头，杨小牛又是“打破砂锅问到底”的样，邱得金竟然真会把埋藏在心底几十年的秘密全都说了出来。

“那年月苦啊！一家八个男娃，已饿死了三个，我爹他再也舍不得再有孩子饿死了，一天只喝三碗难见米粒的粥汤，尽量省下些给我们几个幼儿活命。但干活的人吃得住饿？不就得了浮肿病？这天夜里，我娘见他快不行了，一边哭，一边问他有什么交代，我爹口中反反复复，一直含糊地咕哝着‘黄萝卜南瓜山芋’这几个字。听着爹这一声声咕哝，知道他是饿昏了头呵！可是他所要求的，都是救命的东西，哪里能有？

半夜，我硬是游过村西宽阔的河面，到对岸另一个生产队地上偷回了几个黄萝卜，可到了家里，我爹走了……呜……”

自那之后，村里人又开始把得金叫起了“五丫头”，而他以前的绰号就成了村上人形容困苦的代名词，比如大家只要说起哪家日子紧，就会说上一句：哦，某某人家呀，标准的“黄萝卜南瓜山芋”哪！

5

九斤是在我二十岁左右走失的。

茫茫人海，走失了一个傻子，就如天上掠过了一片云彩，让村人无所谓。然而他留下的那句“丁山宜兴白洋荡”则成了“经典语录”，直至半个多世纪过去后的今天，我们的小村人，依然会在遇上兴奋的事情时，大叫着：“呵呵，丁山宜兴白洋荡哪！”

此语成了我们小村人数十年来欢乐的代名词，村人口口相传，已是三代人，还不知今后还要传下去多少代。

人们只知道这句话是个傻子说的，古怪，好奇。

那年，三十五岁的我已出门创业，在一次乘坐去苏北的班车上，恰巧与一个同乡坐在一排。此人年长我二十多岁，一交流，方知道他是我们对面那个山脚下村子的人。旅途寂寞，我竟无意间说起了他们村的九斤，还笑着说起了他的那句“经典台词”，可我说着说着，就见那位同乡的脸渐渐沉下了，这让我大为惊讶。见此情况，我马上见风使舵，从关心的角度出发，问起缘故，这才知道其中一段鲜为人知的往事。

“九斤是我表兄。我祖父是地主，开明地主。土改时分田分房后，家中条件还是不错。我姑是个药罐子，祖父怕她嫁出去后受罪，便用两间瓦房为她招了亲。可我姑娇养惯了，动不动给这男人脸色看，后来又要赶人光身。男人待不住了，然而心里舍不下已两周岁的九斤，所以，私下他让儿子一遍又一遍念着丁山、宜兴、白洋荡这句话，为的是儿子长大后不会忘记去看他这个当爹的。哪知男人才走了半年，九斤在得了一场病之后竟然傻了。从此，除了他爹教的这么一句话，其他再也说不出一个字来。”

“这三个地名怎么讲？与那个男人的家有啥关系？”我百思不得其解。

同乡明白了我的意思，说：“那男人住的村子也叫白洋荡，在北边，而且是个班车站台。九斤要去看他，班车先要过丁山，再过宜兴，然后再到那边。”

同乡明显不愿与我多交流这个话题，我识趣，就再没有和他说些什么。

家乡的土话发音“吴、胡”不分，“王、黄”不分，我根本不知道他说的那个“白洋荡”的村子到底该如何书写，也不知它又处在哪个县域。然而，当我知道九斤这句话的出处，从此，偶尔回村，在再次听到乡人把它作为欢乐的符号运用时，我的心里就会泛起一阵酸楚。

6

富贵是好事还是坏事？

毫无疑问，在常人的思维中，富贵求之难得。

我是在苦水中泡大的，从懂事起，直至今天，只吃八成饱的传统从没忘记。现在很多友人说我这是一种健康饮食习惯，我听后只是一笑而过。其实，我是穷怕了啊！即使在1986年，早就分田到了户，我们小夫妻在正月初六分家，才分到了二十六斤大米，这对于一个当家的男人来说，有胆量敢不计划用粮吗？

人生就是这样，三十年河东，三十年河西，我梦里也没想到，1994 年 5 月，富贵找上了我——赤手空拳辞职下海的我，当年就成了百万富翁。

手握数万元一台的大哥大，开上了“豪华型”桑塔纳，可以说是一夜暴富啊！这时，我心里却忽然有了一种可怕的感觉：世人常言“富不过三代”，我担心独生的儿子在这种富贵的生活里会逐渐变化，变成一个不知道珍惜的人，如果真是这样，那这富贵不就成害人的东西了？

经再三考虑，全家一致同意我收养一个苦孩子回来，陪伴儿子一起成长，既行了善，又让自己的孩子有一面镜子，知道生活的不易。历尽曲折，终于，在 2003 年，我家又添了一位新成员——正身处苦难中的闺女，到了我的身边生活。其时，女儿年已十五岁，即将读初二，许多人认为我收养的孩子年龄偏大了，养得了人，近不得心。然而，于我却没有半点这样的顾虑，一是我本不图她给我什么回报，二是寻思着，只要我把一腔真情给了她，还愁建立不起父女之情吗？

从闺女进门之日开始，物质上，儿子所得到的，女儿没少，更受了倾斜，享受得更多。比如她的初中、高中、本科、研究生都在南京读的，开支就大，而长她两岁的儿子，仅在南京读了本科，开支小得多。在精神层面，我更是把她当作手心里的宝贝，说是把她含在嘴里养的一点也不为过。然而，即使这样，我总认为女儿在来到我身边之前，吃的苦太多，心里时常会对她生出一种怜悯，总想为她多做一些什么。

2008 年，闺女已进入了大学，我按时去银行汇生活费给她。而那天我在银行门前跌倒受伤，恰恰正是因为闺女。

我是父亲啊！闺女十五岁才到了我身边，我时常想，为她做的总是太少，这次发觉竟会为她流下了这么多的鲜血，能见着白骨，显然是真正尽了一份责任，这可是做父亲的荣誉啊！所以，我简直比拾了一个金元宝都开心，自豪感油然而生。父亲，多么崇高的称呼，只要儿女需要，就是奉献其生命又有何碍？受这点小伤而能得到心中的一份宁静与踏实，我感觉实在太值得了，我心生满足。

在医院缝合伤口时我之所以笑，其实还另有原因：在这个当口，我竟会在忽然之间妄想着此生总会有那么一天，在我老得爬不起来的时候，闺女在为我擦身子时，她突然发现了我这个伤疤，当她问起这伤疤从何而来时，我得意扬扬地告诉她，这是为闺女她服务而受的伤！而我想象着，闺女在知道了真相后，眼睛里噙满感动的泪花，轻轻地依偎在我的胸口。而我更奢望着，就在那个温馨的时刻，我满足地走向了天国。

哦，享受啊，这个过程会是多么美妙！

7

每个人来到这个世界都会遇上逆境，有的是时代的，有的是个人的，其中有许多是不想为他人所知的，他因此而产生的奇怪言行让你取笑也罢，感动也罢，都不会改变其内容的实质，许多让常人不可思议甚至鄙夷的表象，很可能都有壮烈的内涵，而他们那些在遭遇中留下的独特印记，恰恰始终在焕发着人性中最亮丽的光辉。

娘　师

两米多长的巨蛇飞也似的在山芋垄中逃窜。

乌青的蛇皮，箭也似的速度，前行时，尾巴扫打着山芋藤发出呼呼作响的劲道，这分明就是乡下人难得一见的乌梢蛇啊！它厚实的肉是补身子的好东西，生吃它的胆可以明目，这都是山里人打小就知道的常识，这样的宝贝，岂容你从我眼前逃脱?

这是 1982 年盛夏的一个午后。我赤着双脚如旋风般紧追巨蛇！

换作平时，在那块地上连耕作我们都十分小心，哪敢赤脚狂奔追蛇?

这十多亩山边旱地，是从一片历经数百年的老坟区开垦出来的。村民每一锄下去，几乎都会挖出腐烂了的棺材板及从棺材上散下的两头尖的“枣核钉”、尸骨的碎渣等锋利杂物，而如果让这样的东西刺着，极易感染破伤风病毒。三年前，我村的会计就是在这里被棺材上散下的尖钉扎了一下，没有及时去打破伤风针，导致感染了破伤风病毒，最后变成败血症死去的。

可眼前顾不得了！

二十二岁，我在一次镇文化馆组织的改稿会上认识了赵琴芬老师。那时，报刊上常见她的文章。我的业余爱好是写故事、曲艺，对小说、散文一窍不通，可心里很想写一些这样的作品，赵老师既是北师大的高才生，又是个作家，于是，我常写些小文请教她。或许是看到寒门孩子有这样的追求不易，故赵老师对我的每篇稿子都做了精心修改，使我的文章很快在当时成了县报的常客，且还屡屡获奖。我心知肚明，一个初中生，能出些成绩，这都是来自赵老师的鼓励与帮助，她让我心存感激，可家中清贫，无以为谢，当有一天我在无意中知道老师的眼睛不好时，我便想捉一条蛇给老师治眼疾，偏那天运气好，恰巧就被我碰上了这条乡下人最爱的乌梢蛇！

在猛追百十多米后，就在巨蛇即将窜进一处茂盛的杂草丛之前，我终于踏着了它的尾巴，它成了我的猎物！

乌梢蛇在手，我欣喜若狂，赶紧放下农活，骑着放在地头的自行车，赶了二十多里山路把它送到丁山镇上，并在老师家旁剥去蛇皮，取出蛇胆，让老师和着白酒当场咽下。而后，我又把蛇肉一段段割好、洗净，放进一个砂锅后交给老师，并告诉她乡下人吃蛇的烧法。

老师在低头吃下我递给她的蛇胆的时候，眼角有一颗泪珠儿掉了下来，我见了，就知道自己犯了错——我兴高采烈地说着在老坟地上捉蛇的过程，既让老师感动，又让她担心。随后，从她对我流露的眼神里，我见到了满满的温柔，我忽然发现，这眼神竟与我娘看我时的目光绝无两样，都是那么慈爱、温暖。

我们师生之间的情谊当初就是这么真真切切。

然而，就在老师悉心指导，我已开始出成绩的时候，迫于生活的重压，二十五岁的我不得不放下写作，扎扎实实进入生活，去努力打拼每一个日子。从此后，自己的人生就发生了翻天覆地的变化：成家、立业、当基层干部，然后再又是辞职下海，经商、办厂。因长期在外奔波，我渐渐地也就与赵琴芬老师失去了联系。

其实，也可以说是我不敢主动与老师联系。因为老师已为我注入太多的希望与关怀。她知道我的难处，曾不止一次地告诉我：生活上的困难是暂时的，真正有什么困难一定要和她说。她还不断鼓励我，说我有这方面的天赋，只要能坚持下去，就一定会有所收获。老师是如此看好我，我却放弃了文学，这是对老师无情的伤害，我愧对老师了。

我万万没有想到，三十多年过去后，儿女都成了家，事业也有了成就，当年搁在心里的文学梦竟然会翻了个身，它醒了。于是，我在五十七岁的年纪又重新拿起笔，更令我做梦也想不到的是，竟会在一个微信读书群里与老师意外相遇。

老师已是古稀之年，群友中还号称“开心果”。在群里，她不仅一如以前谈笑风生、风趣幽默，还不时发些优秀读物的链接，与微友们分享，这让我感慨不已。当老师知道我又开始写了，更是喜出望外，并很快联系上了我，我们师生之间的关系很快又回到了三十多年以前。尔后，我写的每一个作品，老师从主题的开掘，到谋篇布局，都一一尽心指导，而且我的每篇文章都是她为我逐字逐句修改润色的。老师已是七十多岁的人，眼睛也有问题，白内障日益严重，去年还动了手术，可这些她全然不顾，照样在我的文稿上精批细改，连标点符号也从不放过。我的作品因老师的精心修改，竟让人赞“文采斐然”了，事实上我的写作能力，因老师的悉心指导确实在不断提高。

自重拾写作的三年多来，我创作的文学作品仅在纸刊发表的就已达百万字，手头还有待发表的近八十万字，单就三部长篇的交付，老师从初稿到最后定稿看了就没有少于三遍的。三年时间有多长？数百万字文稿的修改量有多大？这个年已七十五岁的老人已完全丢开了自己的写作，颠覆了自己的正常生活，不为别的，只为成全我这个没有任何血缘关系的文学后生，这是一番天大的恩德啊，它常令我在长夜嘘唏不已。母亲已去世多年，我常常觉得，有老师在我身边的日子，我仍然未失母爱，这感觉自与老师重逢时的那一刻起，从老师再次向我投来那仁慈的目光开始便就有了，于是，不知从什么时候开始，我对老师的称呼变成了“娘师”。

一次，脚板上意外受了伤，我躺了一段时期，娘师的微信不断：

“顺法，让我去看看你吧，别把我拒之门外……”

“今天疼痛减轻点了吗？我在外甥那里帮着张罗喜宴，心里却总放不下你的伤痛……”

此爱与生母之爱何异？我的娘师啊，我得发奋，我得让您因为有我这个学生儿子而骄傲！

“娘师，刚又完成了一个短篇《生死镜》，自我感觉良好。”

“哦，祝贺！赶紧拿来，让我做你的第一个读者。”

“娘师，长篇小说《扬州在北》由《中国作家》发表了……”

“哦，为你喝彩！今晚过来，由老师烧菜为你庆贺！”

“娘师，中国作家协会通过了我的入会申请……”

“呵呵，从提笔到加入中国作协，才三年，老师为你骄傲！”

人生路上有娘师引领扶持，我是如此幸福！我必将会更加惜守这段珍贵的师生情缘，努力写出更多、更优秀的作品来回馈命运对我的这份厚爱！

顺　林

一早，你从遥远西北打来电话。听筒那头的口吻很急切，传递过来关心、体贴和心疼兄长的感觉，温暖顿时流遍我全身。我拿着手机，激动得说不出话来。也不知是谁告诉了你，我只是一个小事故，脚掌断了两根骨头。这点小伤，对于一个男人来说，属于小菜一碟。人生的旅途中，男子汉便扛得住所有的痛苦和磨难。在缝补伤口时，皮肉之痛我轻松笑对，而你的来电，却让我双眼噙满泪花。生怕自己在通话的时候，露出抽泣的痕迹，所以我匆匆挂了电话，因为你是细心人。

你我认识至今三十五年，从第一次见我叫“老兄”，到第二次见我叫“兄长”，再到第三次见我叫“阿哥”。如今，你也已年过半百，但岁月似乎没能在你的脸上留下苍老的痕迹，你看起来依然是四十不到的样子——那标准的身材，俊朗的脸庞，从容淡然的气质，始终没变，平添的是成熟的魅力。三十多年来，一声声“阿哥”的称呼，你也始终没变，平添的是多了一个叫我“阿哥”的人，那是你的夫人，我的弟妹。

我已年近花甲，还有什么没有经过？人生的起落、朋友的背叛、亲人的出卖……固然，有许多事情的原因源于自身，而更多的是人的共性，以及社会的原因。兄弟啊，我在商场摸爬滚打多少年，还有什么人没见过？而你是异类，你是异类啊！

之所以说你是异类，是因为在这个社会上，你就是那么一个特立独行的人。生活日渐富庶，许多男人兜里有了几个钱，就会变，会找着各种理由、各种机会去寻欢作乐，把心思放在享受上。你的颜值之高，在宜兴南部的这个小镇，是人所共知、男女共赏的，而你三十多年如一日，从未爆出半点花边新闻。你的聪明灵巧，也是无人企及的，在电视机、收录机刚刚出现时，你竟能够仅看一下说明书，便会拆装修理，以至于朋友、村邻的电器修理，都由你花钱买材料、义务“承包”了多少年。你为人处事诚恳稳重，不论是放电影也好，成为集团公司的党总书记也罢，始终为群众称道，受领导器重。

之所以说你是异类，是因为我在农村基层工作这么多年，鲜有见过像你那么努力的人。你几十年如一日，清早练两小时书法，作品完全自成一体，让所谓的“大师”们脸红。在许多高雅场所见着你的作品，老兄由衷地为你感到欣慰和骄傲。你最挚爱的紫砂艺术，竟能从无师自通起步，凭着你的兴致，凭着你的执着，成了一个响当当的艺术家啊。你创作的篾丝壶系列作品，能够震动业界。你却又是那么低调，低调得很少有人知道你早就是国家级高级工艺师了。当年倪顺生大师郑重地收你做入室弟子，一是缘于你的聪慧，我想，更缘于你谦逊踏实的为人。这不光是你的荣誉，我更想说的是，这也是倪顺生大师的骄傲！大师是一个标准的伯乐，兄弟你这匹宝马良驹，终能相遇伯乐而奔放千里，成为业界一颗闪亮的星星！

有个兄弟叫顺林，我有自豪更有感激。我结婚的第二年秋天，你到我家来做客，嫂子为你倒茶时，发觉你神色慌张，我也云里雾里，不知道因何所致。在相互交流的个把小时里，你始终表现得心事重重。那天你没有在我家里吃饭，其实，你嫂子已杀了家中仅有的两只鸡中的一只。这两只是产蛋鸡，你嫂子是要用蛋去代销店换油盐的。你平时对我家的好，我们记在心里无以回报，嫂子忍痛割爱杀了那只鸡，就是为了表达对你的谢意。你没有吃饭，匆匆忙忙就走了，你跨上那辆破自行车，就这样仓促地走了。你走后，你嫂子一直怪我，怪我没拦住你。我知道，我这个“阿哥”对你是有愧的，因为我什么也没有为你做过。客观上，我这个“阿哥”，除了会写两篇拍马屁的通讯报道外，一无本事。任凭你嫂子怪怨数落，我始终一声不吭，因为我懂你，你这么慌张地走，必定有你的道理。

只是我没想到，答案是这样的——临近下午四点，我们从责任田里回来，见屋门口你拉来了两棵大杉树，另外有一个人拿着锯子家什，我此时才恍然大悟，我知道你要做什么了！因为我家的两间平房，有两根用椿树做的桁条，已有一部分断裂。这椿树的特点是容易招蛀虫蛀。我也注意到了随时会出天灾人祸，但翻修不起啊，油盐都要用鸡蛋去换，翻房？谈何容易！你没有吃饭便走，拉来自家造房备用的木料，还叫来做木工的小兄弟。我什么也没说，开门配合木匠，把两根杉木断好料，为这两根受伤的桁条打了撑，消除了陋室的安全隐患。那天晚上，我喝了很多，你也喝了不少。你喝得多，是你放心“阿哥”半夜里不会发生些什么了；而我喝多，是因为有那么一个兄弟，把我当作亲“阿哥”，不，比亲人还要亲三分啊。

转眼，许多年过去了，我们兄弟之间，始终相辅相成。每当我人生中要做出重大决策时，我总要先征求你的看法，不论是我辞职下海经商，还是创办自己的企业，你永远是我最坚定的支持者。从思想上的鼓励，到资金的筹集支持，你完全把我的事，当作你自己的事。这么多年来，我一步步能走到今天，兄弟，我的事业里，哪一处没有你的心血?

记得东南亚经济出问题的那年，我的企业的主要客商，是几个韩国企业，他们把业务迁往越南等国，我的企业遭受了灭顶之灾。没有业务，没有资金，工人放假，工厂关门，我当时是昏了头了，不知何去何从。当时真正体会到了什么叫一筹莫展走投无路。我想不开啊!几次有了一了百了的念头。关键时候，是你挺了出来，用你的人脉，由你自己亲自赶到苏州的几个企业，求爷爷拜奶奶，为我拉来了至今还有往来的几个大客户。而资金上，你又用自己的企业做担保，贷来贷款，让我度过了最困苦的那一段日子。

兄弟啊，你放心忙你的正事。这一次，一点点皮肉伤，“阿哥”没事。祝你在西北四个城市的艺术研讨会取得圆满成功！祝你的企业越来越红火！坚信你的艺术造诣，也会因你的人格魅力而大放异彩。

我非常庆幸，生命的旅程中，有这样一个至善至诚的人陪伴，那是我无边的福气。我只想深情地大喊一声：季顺林，我的兄弟!

生死镜

“我累了，我累了……”

便笺上就这么六个字。被余楠你用茶杯压在办公桌上。

据悉，亲朋好友接着你的告别电话，都以为只是开玩笑，以为你酒喝多了。“回家了,我要回家了……”语声喃喃。与一双儿女,与丈夫,与合作伙伴，包括与其他数位亲友打电话，说的全是这句话。女儿心细，接到电话一个多小时后，总感到有些意外，再打电话过去，你已关机。女儿便打了你在外省所办企业传达室的电话，让守门的一对老夫妻去了解情况，这才知道，你已上路。而遗留给世人的，便是那张便条，那六个字。

洗过澡，爱美的你，换好一身满意的衣服，且是化了个淡妆躺在床上走的。时间在晚上十点左右。走得从容，安静。手脚并拢，仰卧，头发梳得一丝不乱,连睡姿都很好。从你服药的数量来看,你不是冲动，是早就做了准备。

在警方排除他杀后，你，一位曾经驰骋商场的成功女企业家，三天之后，火化入了土。

每当我静下心来的时候，总会想起你，并为你感到惋惜，余楠。

我们出生在同一个小村，你小我两岁，虽各住小村东西两头，两家划分的责任田却靠在一起。你出嫁前，一年四季，大半时间我们天天见面，是无话不说的村上兄妹。后来又因各自创办陶瓷企业，行业相同,从技术到销售,经常交流,包括你那不分场合见着我就高声喊“王兄，王兄”的热情，我始终认为你我还是铁哥们。然而，待你走了之后我才发现,其实不然,我们在某些方面总关闭着各自的心门。为什么?我很理解，都是半百年纪，有着各自的生活轨迹，况且生活何其艰辛，各有着大把不为人知的秘密，不想也不敢与人诉说，而展示给人们的总是亮丽的一面。是的,或许每个人都是如此,总有心灵的一角遮盖着，不想让人发现，哪怕是自己最亲的人，怕的就是因此受其伤害。而你更是如此，要强。比如说，生时，总不肯把生活的重担压在小你两岁的大帅哥老公肩上，总喜欢一人扛着。

余楠，你本大可不必这样，二十岁结婚的你，走时才四十九岁。一对龙凤胎儿女都已风光成家，且各自有了一双儿女，你是子孙满堂的人了啊！你也只是因企业发展过快，资金一时周转不过来，偏又遇上产品的销售淡季而已。创办企业这么多年，沟沟坎坎过了多少回?怎就迈不过这道坎了呢?

你走之后，我是很后悔的，后悔从没有告诉过你，在我遇上了那个轰动全市的大坎之后是怎么挺过来的。在那段想不开的日子里，我是让跃进潭给弄清醒的，它让我在绝望的时候感悟到这人世间仍有许多值得我们留恋的东西；感悟生活的本质便是欢乐和痛苦并存的；感悟来人世间走一遭的不易，该去珍惜；感悟世间万物，悲与喜的相同；

感悟世间所有生灵都会有坎坷。大凡迈了过去，也就好了。

余楠，最绝望的时候，是跃进潭给我以启迪与新生。那地方你知道，就在咱村西北宕宕那个小山坳里，坐西向东。

跃进潭是个山塘，亩把田大小。它几乎呈正方形，两边靠山，两边农田。听我爹说，这是在20世纪60年代开挖的。因为土质密实，近山边的两边坡度挖得很大，池塘边几乎不能立足。离岸三尺，水深便超过人高，中间更是深达五米左右。池塘看似面积不大，可贮水却能供应边上近十亩农田用水。因它底端布满泉眼，池塘连接小河的环山沟又总是杂草丛生，滞缓着山塘里由泉眼渗出的水下泄，以至于池塘的水往往总会溢过与它相隔的田埂，漫入稻田。

水面小，又在山边，安静。斜阳西照时分，从处在百米外的机耕路上看它，那一池突出田埂的水面呈一片金色，宛如一面镜子，反射光彩。而走近它的边上细细端详，其水清澈无比，倒映着蓝天白云及天空飞过的小鸟。多深的水啊，竟一眼见底，池中的每一尾杂鱼，甚至连池塘底淤泥中半露着头的泥鳅也都看得一清二楚。

开春时，或许泉水暖和，北宕宕山坳中的青蛙几乎是集中在此产卵。以至于每年总有一个阶段让那黑色的蝌蚪漂满池塘，使它几乎成了个染缸。而正是因为如此，每每这个季节，池中遍布饵料，赤链蛇、乌梢蛇、山蛇、水蛇会合着黑鱼一起，游弋水面，尽情享受着这一年一度的佳肴盛宴。那个时节，人们因这些恐怖动物的大聚会而对跃进潭心生惶恐，无人敢于接近。后又因两位村邻自尽于此，这就更让人谈起它就望而生畏。

余楠，我的那次遭遇，打击何其巨大，你作为朋友不也曾劝慰过我吗?

2012年的腊月，我是几乎每天下午都会开车过去在池塘边坐上几个小时的。甚至雨天，且只要雨不是太大。我从来不用雨具。我是本有念想永远生活在这个池塘里的。一了百了，再无烦忧。就如已经在该池塘中消失的两个村邻一样，她们也都才三十出头，一个是恶病缠身，不想再连累家人；一个是让男人气疯了的。

选择跃进潭作为告别人世的所在实在太好。山村女人一般不会水，从山边下了池塘就是等于和死神拥抱。夏天水冷，下去后很容易让人抽筋，且水又深，入了水便如见了阎王。她们选择夏季在这里了结生命，最好之处是容易让人发现，便于打捞，不做入不了土的尸魂。即使在半夜投了水的，因水清，家人过来用手电一照便能发觉。事实上自从小村里第一个女人在这里自杀，大凡家中有因口角出走的，其家人必是先把跃进潭视为寻找的第一站。如果此处没有发现，家人心里也就会踏实许多。第二位投水的女人便是最好的佐证——从后门奔出，到打捞上岸才个把小时。

这两人的情况你也应该是知道，余楠，虽都发生在你出嫁之后，但都是轰动事件，你会不清楚吗？

余楠，那一年，我总认为在年关前，自己也必定是要沉睡在这池塘中的了。

我这个在家乡已红火了十多年的人物，事业兴旺。让人羡慕、让人赞美的同时，也不免遭受某些人的万般嫉妒。可就在那个阶段，几乎顷刻之间，我的世界变了样，我在众人眼里成了个招摇撞骗的下三烂，成了那群嫉妒我的人的笑柄。

不是吗？一个规矩的人能让两位年龄相加已达一百七十二岁的老人堵住家里院子的大门？且还在当门用白色的尼龙膜搭了一个帐篷，

长驻了二十多个日夜。她们吃在我家门口，拉在门口，骂也在门口。我的院子以及院中别墅修建得多好啊，那是用巨资由专业团队设计后精心建成的。选址也好，处在集镇，又紧贴国道。它的存在曾展示着我的成功、辉煌，而那时，门前的这一出闹剧却把我钉上了耻辱柱，由人万般耻笑。

企业的大门早就由一群混混们堵着。工厂被迫停产，工人都已被早早地打发回家过年。

红火多年，我走了麦城。

和谁说去？商海里经历了多少风浪的人,竟一时眼瞎,会在一个“朋友”即将破产的企业投资。虽是别人设下圈套让我钻的,但回过头来说,怪不得别人。他本是个混混，且黑白两道通吃，两家相距也不远，我对他的品德还不知情？他能在我参股之后立即交出经营权，三天之内就将我变更成法人代表，然后又在第四天让企业所有的债主逼上了我的门,那不是我瞎了眼又是什么？债主们堵住我企业的大门,向我索债,而那个“朋友”出手更狠，扬言企业在我手中败了，没法活了，要让我赔钱。自己不出面，竟让人把八十五岁的母亲与八十七岁的岳母送到我家门前安营扎寨，打起持久战，扬言“不获全胜，决不收兵”。

余楠，初时，我是每天向司法所、派出所跑，几乎跑断了腿啊！背后还有人把话送进我的耳朵：“人家为什么不到别处堵门，偏要堵你家的？欠别人的钱付了不就好了吗？真是的……”

余楠，此时我反成了欠别人债不还的地痞流氓了啊！

新婚儿子与媳妇进不得家门，去丈母娘家住了。读研究生的闺女放了寒假，每天与她娘进出院子，都是冒着极大的风险，翻越由生铁铸造的围墙上的栅栏。那铸铁脆啊！本就根根箭型，上下翻爬提心吊胆，而一旦折断，便如利刃，我那如花似玉的闺女与我那随我创业、为我吃够苦头的女人还能有命吗？

妻为防我吃“眼前亏”，让我躲在外面避难，说是他们不敢拿女人怎么办，厂里，家里，那帮人都由她对付着。一个大老爷们让女人出头顶事，自己做了缩头乌龟，天哪，我的羞耻心呢？我身为男人的血性呢？我有啊！它容得下我这般窝囊吗？

看笑话的有多少？充斥着谩骂声、粪便臭、乌烟瘴气的院门前，每天来围观的人群里，也不乏说“公道话”的：“作孽啊，作孽，一个大老板，欠人家的钱不还，年关了，还让两位近九十岁的老人来要钱，为富不仁啊，缺德哪！苍天会有报应的……”

白的东西让人说成黑的，它还是白的吗？当我把自己的小车停在城中旅馆门口，暗打着出租车一次又一次地缓缓行驶过家门，听着那些曾经极度嫉妒过我的人说着这些刺心话时，我的心全凉了。而当我看着妻女冒着生命危险一次次地翻越铁栅栏时，我的心在泣血。

这样的日子，一天，忍一下也就过去了。十天呢？我还熬得住吗？我还是男人吗？事实是过了半个月，离过年还有一个星期，一切依然。没完没了的折磨，让我的心彻底死了！

余楠，我就是在那段时间常常去跃进潭边上静坐的。我总在上午十点左右开车赶到那里，不吃午饭，一坐便是大半天。

那地方真安静啊，离车路有两百多米，余楠。

隆冬了，池塘边枯黄的茅草茂密得很，以至于我一屁股坐下，便似乎坐上了沙发。边上的几棵苦楝树干光光秃秃，只有几个干瘪了的果儿还挂在枝头。它们秋后成熟时的金黄色泽早就褪去，发了黑，任微风吹动，如干尸一般晃悠着。偶有几只下山觅食的山雀歇在枝头，眨眼看一下它，然后失望地张开翅膀飞走了。

太阳也好。灰色的羽绒服不易见脏，我窝在草丛中或坐或躺，暖洋洋的。那天，我竟在池塘边睡着了，很香，入了梦。梦着儿时，夏夜，门前土场上。躺在用毛竹爿做的竹床上，爹娘正陪着我在数着天上的星星。但他们只是和蔼地用手为我指着夜空里的银河、北斗，想告诉我什么,却从没吱声。可醒了就明白：爹早已去了天国,能吱声吗？醒了才想起：正在妹妹家养病的娘，尿毒症晚期，就快上路，讲不出话了。我是小儿，按照家乡习俗，娘必须“老”在我家。

可我的家呢？进得了门吗？小儿子一直都是娘的骄傲啊……让她见着家门口的场面还不是催她上路？我已不能在老娘床前尽孝，难道还要让她带着满腹惊吓与担忧赴黄泉与爹相会？去把这样的坏消息带给天国的爹？让他们在那一边永不得安宁？那我还算什么为人之子？本早已感觉对不起妻子儿女，而此念又袭来，我顿时悲伤万分，先是放声痛哭，而后便动了念头：“娘啊，小儿无法侍奉您老安然离去，无颜再在世间为人啊……只能先行一步，去地下侍奉好爹，然后等你过来了啊……”

那时，我真正体会了何为走投无路，何为伤心欲绝。余楠，此时的我，是真正的绝望了啊！

余楠，那次我是在下午三点多投水的。前夜里我已写下遗书，放在小车的文件匣里。我把所有合作企业的往来账目、个人欠借款及各张银行卡的密码，只要需做交代的后事，全都写得清清楚楚。而走的理由，与你留下的字眼完全一致：累，我想歇息。小车遥控锁匙放在我的羽绒服袋里，入水前我将它脱下放在我躺过的地方。那处茅草已被我压成了一个窝，我把外套放好，还在上面压了块石头。我就是在那个草窝边投的水，明眼人见着衣服便应该就知道是怎么回事。手机也在口袋里。

我不知池塘的水怎么会这么深。几乎刚入水，整个身子就被淹没。池塘边的坡度真大，根本没有让你立足的所在。本想踮一下脚然后再从容地走向深处的，哪知下水后池壁根本不搭理你，一下子就把我迎进了水的世界。似乎那两个“落水鬼”早就在此恭候多时，我刚入水，她们便各自拉着我的一条腿往下拽，用这样的方式欢迎我前来报到。接连呛了两口水，吃了几个“酸鼻子”后我便猜测，手、脚马上就要抽筋。因为这几乎就是常识，泉水凉啊，能不抽筋？抽筋了还能出得了水？自己想要的结果终于将至，我反而不慌，随水慢慢地漾入池的中央。

可就在我即将失去知觉时，忽然有什么东西在拱动着我的手。它毛里毛糙的，拱得我撒开了五指的手掌有些痒痒，而且这些东西动作也越来越大。我随手一摸，天哪！竟是一群鲫鱼在摩挲着我的手。打个激灵后，许是年轻时冬日穿着半身的橡胶裤下河摸鱼的本能，我随手就摸着了一条大鲫鱼，然后两腿向池底一蹬，一手捏着鱼的腮部，一手划水，一下子将头探出水面，游向对岸的农田边。我知道，靠田边便是浅滩区，容易上岸。

余楠，我后来才知道那天没有死成的道理。跃进潭的水是泉水，冬暖夏凉，这个季节，水面外的温度早已低于零度，而水中温度却要高出十几度，使我根本没有发生手脚抽筋的情况。而漾入池床时，恰巧碰上鱼窝。我的体温高，让鱼儿们以为是有送温暖的同族来了，赶紧过来亲近。

这次投水，受鱼所赐，让我暂时又回到人间。

余楠，在第二天下午，我依旧又去跃进潭边的茅草丛中晒太阳。

前一天的呛水、酸鼻并没有吓着我，死还有不难受的吗？只不过我想起了水下鱼窝中鱼儿们的安逸很是感慨。于是，我坐在池塘边细细观察，只见晶莹剔透的池水底部，东一处、西一处，聚集着不少大小鱼群。它们悠闲自在地窝身池底，腮下的一对鱼翅时不时轻轻划动一下。水面偶见的几尾白鲦，如流浪儿一般，逍遥自在地逛荡。冬阳照着，白鲦鱼生性活泼，它们耐不住池底的寂寥。

一样的生命啊，曾几何时，蝌蚪们漂满池塘，生生抢吸着池中的氧气，鱼虾们受不了压抑，也纷纷探出头来见识一下外面的世界。在这里生殖繁衍了半个多世纪的蛇类，已习惯在这个季节相约过来享用盛宴，鱼虾味美，是头道佳肴，而这样的大好机会怎能失去？它们踊跃抢食，只有在万不得已时才吞食蝌蚪。那时，该是跃进潭鱼虾的一道坎，不知有多少入了蛇口，而尚在池底的它们，个个都是硬挺过来了。现在它们享用着由泉水带来的温暖与深池给予的宁静，这也是拼搏之后所获得的，是挺过之后才享有的，这与人世不完全一样？所有的美好不都是要经努力方能得到？

是的，一如身下的枯草，看似没了灵魂，但只要来年春发，它将马上摆脱这身衰衣，又是生机一片。别看楝树现在光秃得一无所有，可它也自信满满：冬天既已来了，春天便已不远。春风一吹，自己便又会一身新装。不仅枝头会生满绿叶，还会开出一树紫色的花朵，似一团云霞，骄傲地高扬在池塘上空，芬芳四溢。它还会将婀娜的身子合着白云一起倒映在“万宝镜”里，成为池塘水族世界里一道亮丽风景。

我死过一次，没死成，还要再去死吗？我仰躺在草丛中沉思。

水族、草木也知道季节轮回，也知道生来有坎，也知道所有的安逸、骄傲都需经历一个过程后方能得到，也知道总会有孤单、痛苦伴着这个过程，何况人呢？

我死了的好处到底有多少？除了一时的解脱还有什么？妻儿为何要分担我的责任？他们如此爱护着我，我却一走了之，难道走了便就来了尊严？走了就享受了幸福？

余楠啊，我想了，我走了不会一了百了。相濡以沫的妻，我是她的天，是她的地，是她的一切，每个人都在极力保护着自己的利益，而她站出来为我顶着一切，不就是将两人的生死绑在一起？何为同甘苦？何为共患难？妻，一个弱女子能不顾一切地保护我，而我却选择逃避，这是一个男人的勾当？还是在儿女们面前能逞英雄？我期望他们学习什么？

我死了，除了亲者痛、仇者快之外再难得到什么。死，简单，上次由意外而生，这次无非身上绑一块石头下水就行。然而一旦死了，我的老娘呢？就将步入天堂之际，难道还要她再遭一番白发人送黑发人的痛苦吗？我为人之子，忍心于此？

跃进潭边，想着这些，余楠，我先是抽泣，泪流满面，而后便是失声痛哭。

太阳西照时，我平静下来了。我绕到池塘的田埂一侧，跃进潭池水如镜，倒映着我沮丧的脸，我此时方骤然警觉：鱼虾、草木都能挺过一道道坎，我，一个从来好胜的男人，会连它们都不如？

我蹲下身子，双手撩起一捧捧清冽的泉水将脸擦了又擦，便更加清醒起来。我扬起右拳，照着水面，照着跃进潭这面大镜子，在自己的胸前向空中挥起一道弧线。我顿感自己又充满自信，恢复了一贯以来的坚强。

我向池塘中的我挥手告别后，便迅速跑向自己的小车，我要去做我该做的事！

余楠，我不想再说起那场遭遇是如何度过的，结果你知道，全乡人都知道：在我的万般努力下，农历腊月廿八，市公安局打掉了一个黑社会性质组织！两位老人被家人接走，尔后，我的企业恢复了正常经营，我的生活也一切依旧。而如果说经过这个事件之后，我有了什么变化，便是从我迈过那道大坎后，深深体会了珍惜两字的含义。珍惜，对生活，对事业，对亲人，对友人，对身边所有的人。

这段经历属于我心中的秘密，从未与人说起，今日说与余楠你听，或许是太迟了。但说过，从同村兄妹的感情出发，总是一种交代，说过，余楠，也就与你别过了。

哦，对了，既然到了今天，该对你说的还是要说：你走之后，你儿子深感没有尽到人子之责，没能为你分担，认为自己是间接杀害你的凶手，由此而陷入深深的自责中，患上了抑郁症，且很严重。据说，他们小夫妻俩也已离婚。

还有一个消息：你葬西山后没过一个月，我们的建筑陶瓷产品，行情一下子奇好。你厂里积压的那批库存让你的帅老公一下子卖个精光，大赚一笔，发大财了。他正好用这笔钱，在你走了三个多月后，风风光光地娶了个小他二十岁的老婆。那女孩可还是个姑娘身，家境虽差些，人还真不错。我见过，属于大美女。也难怪那女孩相中他，说句实在话，是你把他含在嘴里当作儿子一样宠的，他本就长得帅，又保养得好，看起来不满四十岁，两人走在一起很般配，也十分恩爱。

也别见怪，你走了，你老公总还是要过日子。哦，说错了，他现在不是你老公，是别的女人的老公了。

对了，他们在上个月生了个男孩，八斤八两，很可爱。

志圆和尚

从学会走路直至现在的六十多年间，每年农历初一，我必先去给志圆和尚拜年。虽然他早已化作一幅肖像，二十五年前就挂在他曾居住过的老屋，但依然没有改变我去叩拜的习惯。先是自己，而后便是带着儿孙，初一早上，不管风霜雪雨，全家人都会去给他烧香，朝他磕头。

1

1937 年 7 月 7 日，“七七事变”爆发，日本军国主义对我国发动全面侵略战争，中华民族同仇敌忾，全民族都投入抗战之中。

八月初，四川的军人，在民族最危难的时刻，不计前嫌，组成十四个师，由杨森、刘湘各率一个集团军，开赴抗日前线。

出征前浩大的动员会上，刘湘慷慨激昂，言辞铿锵：“日本鬼子跑到我国，烧杀抢掠，无恶不作。中华民族已经到了生死存亡的关头！血性男儿，上前线杀敌，是全家的光荣，也是全四川人的光荣。我今日带队出征，不把鬼子赶出中国，川军誓不还乡！”

一个小个子长工听罢报告，跪倒在老爷面前，恳求带他去杀日本兵。刘湘看了看直摇头：“娃儿，你家三代单传，又是新婚，此去，能不能回还不知道啊，咋能出山？”

长工咬牙坚持：“老爷，日本兵都杀到咱家门口，国要没了，哪还有家？我把老婆安顿在她娘家了。有缘分，杀退贼兵回来团聚，若我战死沙场，也就算是放她一条生路！”

刘湘听罢叹了一口气：“娃哪，算你有情有义！那就跟我走吧，咱齐心杀敌去！”

长工身背“汉阳造”，脚穿麻布草鞋来向父母辞行。他在年迈的父母面前一跪不起：“父母在上，自古忠孝不能两全。如今眼看就要亡国，今日我只能随老爷出征杀敌，先尽忠去！老爷说了，不把小鬼子赶出中国不会回来，你们今后只能自己保重。往后，儿如命大，能拾得条性命回，必会好好侍奉二老。假如为国阵亡，也只能下一世再报答你们的养育之恩了！”

长工失声痛哭间朝父母连磕三个头，磕得地上砰砰直响。

长工所在的第二十六师，出川第一仗，便是参加淞沪会战。

这天，部队正在急行赶往战场。忽然，天上飞来几只“大鸟”，这鸟在他们头顶盘旋时发出巨大轰鸣，当官的在大声呼喊卧倒、隐蔽，长工与刚出山的弟兄很是纳闷：不就飞来几只鸟嘛，还没见着小鬼子，咱躲个啥子哟？

突然，这几只大鸟在空中拉下一堆堆“屎”来，还没等川军明白是怎么回事，就听那“屎”落地后发出惊天动地的轰响，刚刚还站着看稀罕的队伍，顿时血肉横飞，长工也被爆炸的气浪轰到沟里，三处负伤。

长工后来知道了，这大鸟叫飞机，是日本人用来杀人的。

看着一起出山的兄弟，还没和小鬼子面对面较量就有一批倒在血泊中，长工发誓，一定得为兄弟们报仇！报仇！

部队刚到上海郊外，前面早就接战。他所在这个连，上阵前共八十六位兄弟，仅有汉阳造、老套筒五十多支，其余就靠大刀片、手榴弹打仗。一挺老掉牙的破机枪，那个机枪栓打了一阵就会掉下来，只能用一根麻线扣在枪上。小鬼子不到二十米他们不敢开火。这一来是没有枪的兄弟太多，太远了，扔的手榴弹就帮不上忙，大刀片更派不上用场。二是新兵多，远了打不中。还有就是每人才十几发子弹，打掉就没有了，得省着用。川军的装备不说，就是队伍的服装也是五花八门，甚至连穿的裤子还长短不一。

可对面的日本人是什么装备？人人一支崭新钢枪，机关枪自不必说，每个战斗联队都配备各种口径的火炮几十门，尤其是迫击炮，都是放在阵地前沿抵近射击。

第一次接战，日本人的炮火结束，没等步兵冲锋，长工所在的这个团已炸死炸伤半数兄弟。日军两次冲锋被打退后，团长与他的大部分战士就倒下永远也醒不来了。

那夜特别黑。日本人的帐篷就搭在不远处。一天激战，半夜时分，小鬼子都进了梦乡。团副带着尚可出战的川军摸了上去。他们每个人一只手臂上扎条白毛巾，一只手紧握大刀片。

悄悄接近帐篷，只听团副一声大叫“杀鬼子啊！”首先杀了上去。

“杀啊，杀啊！”川军兄弟们高喊着，挥刀杀进帐篷后便是一顿乱剁。

长工勇猛，一人先后砍倒了三个死敌。

日本兵乱作了一团，他们怕误伤自己人，不敢乱开枪，只能用刺刀拼命抵抗。团副看看已杀了不少鬼子，且见火光中，日本兵从各处都端着亮晃晃的刺刀涌了过来，便拔出手枪朝天连打了几发信号弹，趁着天黑，带兄弟们返回了阵地。

这次夜袭，下去百十多人，大约也斩杀了百十个鬼子，回来了近一半人，团副和返还的兄弟都笑道："值！"

第二天天刚放亮，半夜吃了亏的小鬼子发了疯似的往阵地上冲，这叫打红眼了啊！双方互相厮杀。来来回回坚守到天黑，长工所在的连队活着的仅存三个，不得不放弃阵地撤了下来。整个二十六师，几天前四千多人，这一仗下来仅阵亡就三千四百多，四个团长死了两个，十二个营长全部战死。包括长工在内剩下的五百多人,基本都负了伤。

川军真心抗战，但蒋介石不这样想，他一直担心川军坐大后会不听话。会战败退了，便把川军全部分散在各个战区。

五个月后，长工随国民党的一支部队来到苏南宜兴南端的凰川湾。

凰川湾在太湖西岸，此湾因由两座山梁伸入太湖形成。湾的北端，那山梁伸入太湖之处，名叫兰山咀。因近水，交通方便，兰山咀属战略要地，日本鬼子在山头上修了好几个大碉堡，上面除驻扎着一支小队的日军，另有伪军百号。

长工所在的部队这次奉命攻下兰山，歼灭这支敌军。

战斗在中午打响。

长工所在的一连，全部是川军兄弟，营长让他们担任主攻任务，二连和三连担任助攻。军号一响，川军迅速冲向山头。他们杀敌勇猛，在接连冲过敌军的两道防线后，就肃清了战壕里的伪军。

眼看川军很快就要攻占碉堡，可就在这时，正在攻击中的川军突然间在背后受到机枪扫射，成排人倒下。长工正在惊讶，只听身边的兄弟在叫："快跑啊！自己人打自己人了！"

原来，担任助攻的两个连，见功劳很快要被川军连夺取，心生不满，便借故掩护，将数挺机关枪从川军背后猛扫。这时，鬼子的援军已乘汽艇来到山脚，山头上的日军不担心了，越战越勇。川军吃不住两面夹击，只得撤下阵地。他们边撤边哭："自己人打自己人啊！中国完了啊，中国完了！"

川军撤退时，日本人的迫击炮追着他们轰炸，炸伤了长工的眼神经，他两眼见不着路了，是让战友背回来的。

这种仗还能打？川军不服，下了战场便追到团部讨要说法。巧在团长在后面亲眼见到了助攻连队为抢夺战功的自相残杀，气得他七窍生烟，没等天黑便枪决了两个助攻连连长。

半夜，在凰川湾一个小村的庙宇里，一个老和尚正在帮长工清洗头部伤口。

部队连夜要出发去邻县广德作战，队伍里不可能带个瞎子走，万不得已，连长只能把长工托付给和尚照应。

都是一起出川的兄弟，分别后也不知此生能否再见，部队出发时，连长哭着，带领剩下的兄弟一齐向长工跪别。

没过几天，长工就听到一个消息：自己这个连的川军，在安徽广德县与日军的作战中，无一生还，这令长工伤心不已。

眼看着国民党军队腐败无能，想着一起出川的将士纷纷战死，长工不由生起出家的念头。老和尚看他可怜，接受了他，赐法号志圆。从此，志圆和尚开始了他念经拜佛的日子。

2

静心向佛，不问世事，虽然粗茶淡饭，倒也生活安逸，两年后，志圆和尚的眼睛竟然恢复了视力。日本人投降那年，老和尚圆寂，他便当起庙里的家。

此庙坐落的国母村，据说孙权的母亲曾经住过。庙有四进，共一百多间房子，供奉的是如来佛祖。远近的人，都称此庙为大庙。

凰川湾有十多平方公里，大庙的庙产，除了房子，还有不少田地。那些田地，庙里没有租给别人，都是和尚们自己耕种。大庙里大小和尚十几个，白天下地干活，晚上念经到半夜。战时，大家日子都不好过，这里的和尚都不出去化缘，柴米菜蔬自给自足。好在虽是战乱年月，大庙里还算太平，除拆掉了所有门板及部分房屋的木料去修了工事外，直至新中国成立，和尚基本没有被打死或饿死的。经过抗战与内战，能是这样的情况，志圆和尚始终认为这是如来佛祖的保佑。因此，他更加笃信菩萨，潜心钻研佛学。

20世纪60年代初，我也降生在凰川湾里，家仅距大庙百米。

我们小村前有一条小河弯弯流过，那水，是从西部山谷毛竹的海洋里流下来的，清澈见底，流向东面不远的太湖。村后边，是条十多米高的山梁，这小山梁向后延伸过去数百米接上了大山，大山再往西延绵十几公里，便接连上了浙江、安徽。它是天目山余脉。

小村也就十几户人家，星星点点，房屋都是依山傍水而建，宁静祥和。童年时，我与同伴整天就是绕着大庙转。

那时，大庙里除志圆和尚外，其他和尚都回了家参加农业生产。志圆和尚不同，老家早已来了消息，父母双亡，老婆改嫁，他已死了回乡的念头，把大庙当了家。

志圆和尚住的禅房单门独院，半亩左右大小的院子里，长有一棵腰杆挺直二百余岁的白果树。

村人知道，志圆和尚是从四川出来打日本人的，是瞎了眼才出的家，且待人和气，凡事从不麻烦别人，尤其待村上所有的孩子极好，所以小村人都很敬重他。虽然他当的是国民党兵，本来是要处理的，但所在地方竟没有一个人找他的麻烦，他得参加队里劳动维持生活，自食其力。

我懂事时，志圆和尚已是个六十开外的老人了，他那光头只要一阵子不剃头，便竖着满头白发。大队里怜见这个孤独的抗战老兵，把他列为全大队第一个“五保”对象，不要他干活，照样供他生活。可他识趣，一直坚持参加生产。生产队夏收秋收的晒粮几乎是他一个人包干。尤其他为人光明磊落，是生产队仓库保管员的不二人选，所以，一年所干的活比正劳力还多。说是五保户，实质是我们队里的一个只图一张嘴，不要付任何工资的免费劳力。

出于敬重,村上没有人叫他志圆和尚,众口一词,以“老师父”相称。

老师父一副公道心，队里分粮、分柴草、分花生大豆等最容易得罪人的事，都成了他的本职，就是因为他能把一碗水端平。他最让人敬重的，是对孩子们的好。那时，没有计划生育措施，家家户户的孩子像狗一样，一窝一窝地生。做父母的，心大都在养家糊口上，没有哪个家长会在意自己孩子平时的情绪。唯这个吃斋念佛的人，会拿我们当宝，大凡你在哪里受了委屈，只要到了老师父跟前，他必是友好得像见了知己，善眉慈目地轻言细语和你交流，让你释怀。他对我们的关爱远胜于自己父母。

1965年隆冬，村前小河结了冰层，我和村里的一群小伙伴来到河边玩耍。时年七岁的严小强胆大，轻轻走上冰面。当他从河岸到河心来来回回走了几次，见冰面没啥反应，竟然敢若无其事地走到了小河对面。

冬天河面的结冰可以走人，在苏南是十分难见的事。小强从河面走回来时，开心得手舞足蹈。大家见他的得意劲，有忍不住的，便也试着走上了冰面。

大家也知道，冰面受不了重压会“嘎吱”作响，见有两个伙伴跟了小强走上冰面，细听冰层没什么反应，于是便又有人上了。岸上仅剩下我们两三个胆小的，在河边对他们生出无限羡慕。

走上冰面的伙伴，年纪有大过小强的，体重大了，开始时也小心翼翼，只是在离河岸几尺的冰面上缓缓走动，见脚下的冰面没什么可担心的，便手拉手慢慢一齐上了河心，跟着小强开始走向对岸。

其实，这冰面并不算厚。小强可以过去，是他长得瘦小，冰面能承受。而其他几个不仅年龄有十岁出头的，长得也结实，偏又是几个结伴而行。河边的冰层，因有河岸支撑，勉强还可以承受，可到河中心就是两回事，也就忽然间“嘎吱”一声响，五个小孩随即同时落入冰河。

刚刚还满是热闹的小河边，顿时“救人啊！”“救人啊！”惊呼声一片，我们发疯般地乱叫！

第一个听到呼救声的是老师父。

孩子们在冰面戏耍的河段，便是庙里洗衣用水的小河埠边，离庙门仅二十多米。惊叫声响起不过半分钟，就见老师父飞也似的到了河边，他一脚用力踏向冰河，河冰随即破裂。

老师父的个子不足一米六，他下水后不是划水而行，而是边用双拳破冰边大踏步走向河心，当冰水漫过头顶时，他完全是憋气继续前行了。

待我们再见着老师父的头顶冒出水面，从河心走向岸边时，他手里已一手各揪着一个落汤鸡样的孩子。老师父向岸没走几步，在冰水过腰深的地方，就将手里提着的孩子奋力扔上河边，然后又回头再次钻进了冰水摸人去了。

等到村上其他大人纷纷冲来的时候，老师父早已把落水的孩子全都救出了冰河。

施救及时，五个孩子一个也没有被淹死。

老师父上岸时，手与脸全被冰片划出了血来。在岸边一片“谢谢老师父，谢谢老师父”的喊声里，浑身湿漉漉的老人脸上满是欣悦。

也是长大后我才知道，老师父那天为什么不是划水，而是走下水的：只因他是旱鸭子，不会游泳。六十多岁的孤寡老人，硬是冒着自己的生命危险，下河救的人。

老师父对村上的每一个孩子都视如己出，是全村孩子的“公堂爷爷”。小村里的人也把这个识趣的老人当作亲人，逢年过节，各家各户会把自己家做的粉条、年糕、豆腐等等塞到他的住处，让他感到温暖。

大庙里最吸引孩子们的日子，是每年的大年初一。

庙里这棵白果树有两个大人合抱那么粗，大人们都说它是棵公树，但总也会长出些果实，在每年秋风吹起的时候，就不断会有熟透的白果零星地从树上掉下来。老师父把这落果视为天赐珍宝，这个时节，他每天天一亮就会在院子里细细寻找，把落果一一搜集起来，然后耐心地把它们去皮、晒干、收藏。

大凡每年年关前，老师父对生产队没有别的要求，辛苦一年，只要给他五斤花生就好，他自己另外会再凑钱买一斤糖果回来，手里有了这些，这样的新年对他来说就已十分圆满。

大年三十，家家户户在吃团圆饭时，老师父就在他的小灶上炒花生，炒白果，为初一早上孩子们的到来准备礼物。

炒花生是个技术活，得有耐心，火不能大，也不能小，锅铲得不停翻炒。老师父有本事，总把花生炒得外壳微黄，剥开后的花生米每一颗都让我们吃到嘴里香到心里。

炒白果更加讲究，因为白果外壳坚实，一遇高温，里面就急剧膨胀，就会炸开，不会炒的，搞得不好锅子也会炸掉。老师父有办法，在炒白果时，他会事先用菜刀背将白果一个一个敲开外壳，然后先在锅里放上粗沙子，待把沙子炒得烫人了再把白果放进沙里，将沙与白果一起翻炒。

老师父炒出的白果，里边的果肉总是青色的，稍一咀嚼便满口清香。

老师父的大年夜，是为全村孩子们忙碌的一天。他要掰着手指统计各家孩子的人数，数好初一有多少孩子会来拜年，他要算好统共要备多少份礼品，每个孩子又可以分得几颗白果、花生、糖果，然后才一份份分好。

那年代物质贫乏，小村人的生活都很艰辛，孩子们把一颗糖果都视作难得一见的宝贝，而老师父这里通常为大家准备着的可是每人两颗糖，外加八颗左右的白果、一小捧花生。如果你慢慢品尝，足可以打发一天的时光。这份重礼的诱惑巨大，让小村上的孩子在年前几天就都各自做着好梦了。初一早上，我们根本不用任何人提醒，也不管哪家有多少其他长辈，自然而然都会先到老师父这里拜年。不过，家中大人也都是默许的，这一来是因为老师父住的厢房里，还有一个一尺多高的如来佛像供奉在里面，让自家小孩来庙里磕个头，求菩萨保佑全家平安，这一直是小村多年的传统；二是老师父是外乡人，又是个大善人，上年纪了，看望他是应该的。当然，孩子们不可能想得这么透彻，求菩萨只是形式，关键是老师父那里的一大捧好东西牵着每个人的心。

哦，可爱的大庙，儿时，它是我们心里的圣地，而老师父便是我们最亲切最真实的佛祖。

3

记忆里，老师父总是一口川音。

小村也有人问起这些："老师父呀，来苏南几十年了，为啥不学说当地方言呢？"他叹道："父母生我，没有报恩。这一口乡音，是父母教的。一日不死，讲一日四川话，死了，去见爹娘时，相认才不陌生啊！"

原是这样。后来，就再也没人问他这个问题。

那时，我已念书了。二三年级，星期天没事的时候，常去庙里玩。我一是喜欢听老师父讲故事，讲川军怎么杀鬼子，讲那一段战斗史。二是自己嘴甜，一声声"老师父"地叫，常会吃到老人年关时剩下的糖。虽然有的糖时间一长，已经化了，但毕竟是糖啊。

一个秋日星期天的下午，天下着大雨，我割不了猪草，想起这天气晒场上干不成活。老师父必然也歇了，这是个闲不住的人，或在庙里会感孤寂，便戴了个斗笠冲出了家。老师父见我挽着裤管赤着双脚冒雨过来陪他，很是欣慰，竟笑眯眯地与我做猜谜的游戏，且猜对一个，会奖我一颗糖。

头次碰着有奖的游戏，我劲头来了。

老师父出的第一个谜，是“六斤少一点”，他叫我打一字。

这不就是老师刚教过的字！他话音刚落，我拳头一举，高声喝道：“兵！”

老师父满脸堆笑，连夸“娃娃聪明！”一颗已化得粘在糖纸上的水果糖马上黏糊糊地落在我手心。

猜谜继续。从打物，到猜字，只要老师父肚里有的东西，他全都搬了出来，可一个谜语也没难住我。老师父说话算数，过年剩下的几颗糖都归了我后，他脸上如开了花般地鼓励：“好讨喜好聪明的娃娃哪，好好念书呵，你将来会有大出息的。”

我头次听到如此暖心的话，它让我生出无比感动。我用感激的目光头次细细打量这个胜过亲长辈的外人：圆圆的光头上，两道一寸多长向上翻翘雪也似的白眉毛，根根透出亲切；一笑，嘴巴便拉到耳下。这种无所顾忌的爽朗的笑，大有拿我当知己的真诚；谈吐间露出的一口白牙，一颗不蛀，显着他虽过花甲之年却依旧不减生命的活力；浓重的四川口音，从他嘴里说出来，因温暖而让我感觉这是这个世间最美的语言。

也许老人没想到，他那天对我的这一番鼓励，是我来到这个世界所获的最高赞誉，这种发于肺腑的教训，让眼前这个苦孩子奉如至宝，激励了他的一生，以至直到今日，依然在发出天天向上源源不断的动力。

年初一，过了一个又一个，我与伙伴们在一天天长大，而老师父，则一天天在老去。

这年秋季，征兵开始，同伴小强参检因身高不够，被刷了下来，满肚子伤心，在老师父那里哭了半天，老人用最暖心的话安抚着他。

就在新兵即将开赴部队的前一天，当带兵的连长听说有个四川老乡、老兵在这里出家时，心生敬意，特来慰问及作别。

连长与老师父一番长谈。老人叙说了当时出川参加抗战及出家过程，表达了对家乡的绵绵思念，还说了国母村人对他的多般关照。见老人至今乡音未改，句句真心，连长不禁大为感动，泪如雨下。临别时，他满足了老师父的唯一要求——带小强去了部队。

就在新兵登车之际，连长突然让武装部长用吉普车赶了二十里地又送他来大庙，在老师父面前，"砰砰砰"磕了三个响头，这才含泪作别。

春花开过，春花又开。渐渐地，我和小伙伴们长大了，各自有了各自的工作与生活。唯有初一，都会带着孩子一起来看志圆和尚，来向佛像祈祷幸福。他始终还是每人一份花生、糖果、白果，不同的是量多了一些。改革开放，物质丰富了，没有人再把这些食品当回事了。过来，能看到他笑眯眯的样子就好，看到他健康就好，看到他依然一早就一手木鱼、一手摸着佛珠，"叽叽咕咕"精神矍铄地念经就好。

长大后，我先是当了村主任，后辞职去北方创业，平时回来得更少。某一天，我娘忽然对我说，老师父走了。

我心里打了一个激灵：怎么可能啊，老人这么好的身体，这么快就走了？

我娘告诉我了一些细节：九十二岁的志圆和尚，行将上路时，由离村五里路的福源禅寺的和尚抬去了。老师父在那里净身后，盘腿打坐，不吃不喝不语，圆寂后的一天里，脸色也始终红润。

娘说，老师父坐化这天，国母村的人全都去行了跪礼，与老师父告别。第二天，没有人组织，国母村家家户户来了人，翻修了他住过的两间小屋，并挂上他生前的一张放大了的身穿袈裟的照片。遗像前，摆放着一张八仙桌，桌子上摆满时令水果以及一只香炉。桌子下方，摆了个蒲团，男女老少，一个接一个，双手合十，焚香跪拜。

老师父身子是走了，可他的魂让国母村人的虔诚牵住了。他也舍不得走，一如生前一样，让挚爱他的人供奉着，每年的初一早上，我们依然要来拜年……

代后记

映山红静静绽放

文学的种子播在我心上时，那天，大地异常安静。

这是一个冬日的长夜。山村，连村里的狗都安然入梦了，唯我，一个虚岁十二的男孩，窝在一卷结块的黑棉絮中，依然睁着双眼，紧盯头顶从破败屋面的瓦缝里钻进的几缕星光，咬牙发誓：我要成为一个作家。

父亲因历史问题，连累着他的四子一女。我们没有一人不在为自己今后的生活考虑出路，而作为小儿的我已深深明白，要想将来能过上别人那样平常的生活，努力成为一个作家，这是唯一的选择。

老天是这么眷顾努力的人，真正的发奋，让我在十五岁辍学后的第二年，县文化馆的油印小报上出现了署名为“王顺法”写的“八一抒怀”的一首短诗。接着，我就渐渐成了公社的文艺创作骨干。一个在二十岁才发育的小男孩，就凭一支笔，在二十一岁当上大队团支书、民兵营长及治保主任一肩挑的“脱产干部”。

是文学之光照亮了我的生活。

报纸上不断发表的文章，让平时见了人都会脸红的少年，不仅得到了让同龄人羡慕的工作，还收获了属于我的爱情。当1986年冬天的长夜里，在妻儿均匀的呼吸声中，我再将双眼盯着头顶的瓦缝，细看从其间渗进的几缕月光时，这破败的危房，让我心潮难平。

生活很现实啊!

其时，改革开放的经济大潮已席卷全国，扛家的责任促使我下了决心：必须学会舍弃。该放下笔了，尽管我如此不舍。

就这样，文学之光悄悄地陪伴了我十年的长夜，又在我命运的转折之时，走得了无声息。

2016年冬，我一手创办的企业由儿子接了班。

忙碌的生活突然间有了空隙，五十六岁的我，在一个长夜中辗转反侧，数十年的艰难打拼过程，犹如电影一般在我脑海里回放。

我对眼前过上的美好生活感慨万千：这生活是如何来的？后代们将来是否会知道先辈不畏万难艰辛创业的过程？而我，作为共和国日新月异变迁史的见证者，作为一个苏南农村改革开放过程中的亲历者，该不该用文学的形式记录下这段历史，告诉后人先辈的不易？

是了，当今日回忆起几年前重新拿起笔的动力，我心中十分明白，儿时的文学梦是为了一己的好日子，现在提笔写作，并不只是圆少年时那个作家梦想，而是一种担当，一种责任。

生活是一本最好的教科书，再写，就没有了那种功利心，心里干净，写作就更显平静。首先，我明白自己的能力：并不是科班出身，一下子要拿出一幅恢宏的历史画卷，几乎难于登天。因为表达这种愿景选择的文学题材，最好为长篇小说，而我少年时代仅有的一点写作基础，学的是写作曲艺、小戏、故事，发表最多的是通讯、人物报道，而小说的写作，属创造性的，与以前所写不沾边了，这咋办？考虑再三，我打算先以微小的叙事型散文入手，然后再从短篇散文走向长篇散文，略见成绩，再开始中短篇小说的写作，向长篇小说迈步。

带着虔诚与真情写成的文字个个滚烫，当我的第一篇散文《消失的轱辘声》成稿后投给一家文学期刊很快发表时，我感动得不能自已，我还能写啊！

我更不会相信，此文又会让另一家期刊转发，主编还由衷赞美“写得真好！”

受此鼓舞，我的创作如有源之水呈井喷现象：《生命粥》《记忆里的秦淮河》《苏三离了洪洞县》等一大批散文作品先后在期刊发表。2017 年 4 月，当两万五千余字的长篇散文《人世间》刊发《太湖》杂志后，我便开始尝试写小说。也是少年时学写故事打下的基础，后来创作的《剧团轶事》《乌鸦军》等中、短篇小说，都得到期刊的认可，于是，2017 年上半年，我便开始长篇小说《天狗》的创作，并在经过三个月的努力后完成了这部三十万字的作品。

《天狗》于 2018 年由江苏凤凰文艺出版社出版，并由南京《金陵晚报》予以连载。

通过一年多近百万字的写作实践，我感觉自己已可以驾驭宏大题材了，2017 年下半年，我启动了向往已久、构思也早已成型的“琉璃三部曲”的写作工程。

作家必须有自己扎实的生活才能写出有根的作品，写出有血有肉有灵魂的人物。我生在苏南宜兴，故乡丁蜀镇是千年古陶都，家乡的每一个山包下，都藏有丰富的陶土资源。靠山吃山，自从在 1994 年下海创业至再拿起笔写作，我的生命始终与琉璃瓦紧密相连：先后创办的三个企业，都专产琉璃瓦，我用琉璃瓦作为背景，叙写苏南农民企业家艰辛的创业史，有深厚的土壤让我的作品扎根，有鲜活的人物给我做参照，有我少年时代苦学十年编故事的功底，我相信自己，一定能将初衷顺利实现。

就是基于这样的信念，自此，每天凌晨三点起床动笔，至早上八点放手。雷打不动的规律，使我仅仅用四十九个起早的时间，就完成了第一部初稿近三十万字《扬州在北》的创作。

令人欣慰的是，此作的初稿得到了文坛名家的肯定，时任《中国作家》杂志主编的王山老师看过稿子，马上拍板，《扬州在北》安排在《中国作家》2018 年下半年的长篇小说专号发表。此作在 2019 年 7 月由江苏凤凰文艺出版社出版时，时任江苏省作协主席的范小青老师欣然为其写序；《人民文学》主编施战军老师的推荐言为："草根创业的执念，平民奋斗的坎坷，情感的拷问，命运的摔打，这一切来自改革开放的波澜壮阔而又充满风险的大背景。《扬州在北》，写出了有灵魂的血肉，也写出了有历史的时代，更写出了有众人的自己和有本心的梦想！"

《扬州在北》出版发行后，得到了文艺界许多专家的认同赞扬：原中国人民解放军总政宣传局局长汪守德老师为其撰写的书评《书写人生的欣悦与哀痛》，《文艺报》主编梁鸿鹰老师为其撰写的书评《创业拼搏心路历程的个性画卷》等书评，分别在《中国文化报》《文艺报》发表。

受这些老师的鼓励支持，我又开始潜心创作"琉璃三部曲"的另两部《苏南的雪》《琉璃红琉璃黄》。感动的是这两部作品的写作，得到了宜兴市委宣传部、江苏省作协的大力支持，《苏南的雪》《琉璃红琉璃黄》，分别被列为“2020年度宜兴市重点文学扶持项目”及江苏省作协第15批“重点扶持文学创作与评论工程”文学项目。受此鼓舞，信心倍增，我没有辜负领导与业界老师们的期望，奋战半年，终于交出了令人满意的答卷：距《扬州在北》在国刊发表事隔一年后，《苏南的雪》又由《中国作家》2020年长篇小说专号上半年发表；而《琉璃红琉璃黄》也在同年发表于《钟山》杂志2020年长篇小说b卷！

写作四年，能在各类文学期刊发表作品两百余万字，这样的成绩让许多同好不解：一个仅初中文化的业余作者，是怎么样才能达成这些目标的？

其实，说来也简单，也就是“努力”两字成就了我。今天，我终于知道，每一个人，真的是“只要有梦想就很了不起。”少年时代学写故事，当初并没有立竿见影，但当我重新拿笔开始小说创作时，这童子功马上就派上了用场，帮了我的大忙。至于细节的描写、文本的架构及叙说故事语言的准确，这又与我长期的阅读分不开。

在成家后进行创业的三十多年时间里，我虽放下了笔，没写，但从来就没有放弃过读书，而所读书籍里让我收获最大的一本，便是《静思姑娘》。《静思姑娘》只是一篇仅十万字出头的小长篇，是由墨西哥作家赫苏斯·戈伊托尔塔·桑托斯所写的。或是看书真是需要缘分，自从我在1984年冬天拿到这本书后，我几乎就把它当作至宝，再也舍不得与它分离，以至中间曾因借书或搬家遗失十多次，我都是想尽办法把它再买了回来。现在手里的这一本是女儿五年前花了35元从旧书网上为我买的，而当初的定价才1.05元。

毫无疑问，是《静思姑娘》成就了我，这本让我已读了不下千遍至今还在时常翻看的书，对人物性格的独特刻画令人难忘，它更把人物外在的美与内心的阴影描摹尽致，真正写到了矛盾的统一。尤抓人心的，是它对环境的唯美描写，以及把主观世界的全部感受与客观世界的表象努力地囊括到作品中的震撼力。文中的凄美感，如行云流水般始终让读者沉浸其中以极度享受而欲罢不能。受此影响，我的许多作品中人物的情感表露，也沾染了这种元素。

得益于商海中摸爬滚打数十年的生活积累，也得益于长期以来文学名著对我的艺术熏陶，加之不为功利，以我手写我心，故每每在凌晨三点起床写作，我很快就会进入我作品中的人物内心，本色出演其中的每一个角色。

对于一个生长在大山里的年过花甲的农民来说，写，只是我想说出自己要留给这个世界的话，现在实现了这个愿景，也一无稀罕，它一如我家老屋后门外的山崖上那棵映山红一样，虽背人独处，骨子里却总有一种向上的劲，熬过寒冬，不在乎是否有没有人来欣赏，总会静静绽放。